Thais Camporez

Victor e os Cinco Exilados

Copyright © 2024 by Editora Letramento
Copyright © 2024 by Thais Camporez

Diretor Editorial Gustavo Abreu
Diretor Administrativo Júnior Gaudereto
Diretor Financeiro Cláudio Macedo
Logística Lucas Abreu
Comunicação e Marketing Carol Pires
Assistente Editorial Matteos Moreno e Maria Eduarda Paixão
Assistente de Edição Ana Isabel Vaz
Designer Editorial Gustavo Zeferino e Luís Otávio Ferreira
Capa Sérgio Ricardo
Revisão Cláudia de Fátima Oliveira e Ana Isabel Vaz
Diagramação Isabela Brandão

Todos os direitos reservados. Não é permitida a reprodução desta obra sem aprovação do Grupo Editorial Letramento.

Dados Internacionais de Catalogação na Publicação (CIP)
Bibliotecária Juliana da Silva Mauro – CRB6/3684
P644v
Pimentel, Thais Camporez
Victor e os cinco exilados / Thais Camporez Pimentel.
- Belo Horizonte : Letramento, 2024.
248 p. ; 23 cm. - (Temporada)
ISBN 978-65-5932-518-4
1. Literatura brasileira. 2. Literatura fantástica. 3. Fantasia. I. Título. II. Série.
CDU: 82-31(81)
CDD: 869.93
Índices para catálogo sistemático:
1. Literatura Brasileira - Ficção 82-31(81)
2. Literatura brasileira - Ficção 869.93

LETRAMENTO EDITORA E LIVRARIA
CAIXA POSTAL 3242 / CEP 30.130-972
av. Antônio Abrahão Caram / n. 430
sl. 301 / b. São José / BH-MG
CEP: 30275-000 / TEL. 31 3327-5771

É o selo de novos autores
Grupo Editorial Letramento

Dedico esta obra à minha obra-prima.

exílio

(z)

[Do lat. *exiliu*] S. m. 1. Expatriação, forçada ou voluntária; degredo; desterro. 2. O lugar onde reside o exilado. 3. *Fig.* Lugar afastado, solitário, ou desagradável de habitar.[1]

---

[1] FERREIRA, Aurélio Buarque de Holanda. Dicionário Aurélio da língua portuguesa – 5. ed. – Curitiba : Positivo, 2010, 2272 p. : il.

MAPA DO GRANDE REINO UNIDO DE CRUX

1 – Cordilheira dos Exilados	10 – Gruta do Grito	19 – Plantação Grande de Daimófepos
2 – Vale dos Exilados	11 – Rio Cor	20 – Plantação Média de Daimófepos 1
3 – Rio Gelado	12 – Topo Quadrirreal	21 – Gruta Escoliótica
4 – Floresta dos Esquecidos	13 – Bosque Merigo	22 – Grande Pasto
5 – Montanha Diminuta	14 – Lago da Ciência	23 – Grande Voador
6 – Deserto Branco	15 – Pequeno Voador	24 – Labirinto das Perdições
7 – Vulcão Permanente	16 – Pedra de Eurtha	25 – Plantação Pequena de Daimófepos
8 – Lago Rubro	17 – Pequeno Pasto	
9 – Cinco Vulcões Irmãos	18 – Plantação Média de Daimófepos 2	

1

O Sol, com seus raios alaranjados, iluminava o início do centésimo trigésimo dia do ano em Vitória, capital do Espírito Santo. Era domingo e quase não se escutava o barulho nas ruas. Eram poucos os corajosos que se exercitavam ou aqueles que retornavam para suas casas e mal se ouvia o ranger dos veículos. Mas, em uma tranquila rua na quadra da Praia de Camburi, um rapaz chamado Victor acordava num sobressalto. Seu rosto estava pálido, seu coração palpitava e sua cabeça latejava. Ele coçou seus olhos, com as mãos ainda trêmulas, e apalpou sua sobrancelha esquerda, em busca de algum machucado.

— Foi só um pesadelo — sussurrou.

Vasculhou sua mente para tentar se lembrar do sonho, mas tudo que vinha eram recortes sem nexo de uma história maluca.

— Era um cavalo? Ou um urso...... com asa? Ou era o cavalo que tinha asas? Ele estava voando? Acho que não...... Mas, acho que tinha algo brilhante. Acho que chovia. Talvez tivesse uma garota.

Por mais bobo que pudesse parecer, seu sonho havia sido bastante real, sua cabeça doía como se tivesse tomado um verdadeiro coice. Tentou lembrar se algo diferente havia acontecido no dia anterior que o tivesse deixado impressionado, mas não havia. Talvez estivesse apenas ansioso e esse era um daqueles sonhos em que nunca se chega onde se deseja ou nunca se encontra o que se procura. Por fim, deu de ombros, pois já estava acordado e nada do que pudesse justificar o pesadelo o faria dormir novamente. Seu celular estava carregando na escrivaninha de estudos e Victor levantou-se para apanhá-lo; foi quando a porta do seu quarto se abriu num estalo e a luz se acendeu.

— Surpresa!

Victor tomou um susto e voltou a sentar-se na cama. Parados, na porta do quarto, estavam sua mãe, seu pai e sua irmã, com um bolo nas mãos.

— Precisava disso tudo? — perguntou Victor, sorrindo.

– Olha a ingratidão! – reclamou sua irmã, antes de puxar o parabéns.

Após cantarem, Victor soprou as velas sobre o bolo e foi abraçado por seus pais.

– Feliz aniversário, filho! – disse seu pai.

– Parabéns, amor! Acordou cedo, hein? Pensei que fôssemos fazer uma bela surpresa!

– E fizeram! – respondeu Victor.

– Por que acordou tão cedo, chatonildo? – perguntou sua irmã.

– Tive um pesadelo e acordei, Lilica.

– Coitado! Bem no seu aniversário? – perguntou sua mãe.

– Acontece, mãe. A gente nunca sabe quando vai acontecer – respondeu Victor.

– Verdade, mas tem coisas que sabemos que acontece – disse o pai de Victor.

Victor franziu o cenho ao tentar compreender.

– Ainda diz que não é desligado... – debochou Júlia.

– Deixa de ser implicante, Lilica! – repreendeu a mãe.

Victor continuava sem entender e seu pai achou melhor responder:

– Em geral, nós presenteamos o aniversariante com algo material além das felicitações.

– Ah, é mesmo!

Júlia saltou à sua frente e lhe entregou um pequeno envelope.

– O que é isso? Dinheiro? – perguntou Victor desapontado ao constatar a fina espessura do envelope – Cheque? Quem ainda usa cheque?

– Abra! – pediu sua mãe.

Victor abriu o envelope e seus olhos brilharam de imediato.

– Ingressos para a corrida de Interlagos?

Victor Zurc Tupetteo estava completando dezesseis anos de vida e era entusiasta da velocidade desde criança. Seus brinquedos de infância se resumiam aos veículos e ai de quem tivesse a ousadia de ultrapassá-lo em sua bicicleta de equilíbrio. Era um rapaz até bonito, considerando o desengonçado período da adolescência. Seus cabelos eram cor de mel, liso nas laterais com o topo um pouco mais ondulado. Seus olhos eram uma bonita mistura de cinza com verde e sua sobrancelha esquerda tinha uns pelos arrepiados na descida de sua curvatura, devido a um pequeno, incomum e charmoso redemoinho.

Outra característica exclusiva em relação aos demais familiares era a de ser canhoto. Ele conseguia utilizar as duas mãos quase que de maneira igual, porém nas atividades habituais a mão esquerda era, involuntariamente, a mais acionada. Era um jovem sereno e tranquilo, mas sabia ser bastante teimoso quando colocava algo na cabeça, o que era capaz de fazer as pessoas ao seu redor saírem do sério. Era parceiro para toda hora e sua agradável companhia era sempre desejada pelos parentes e amigos. Desde a infância era extremamente observador, obstinado em seus objetivos e tinha bastante facilidade em aprender novas coisas, mesmo quando parecia não estar atento, característica que irritava bastante sua irmã. Seu último desafio foi aprender a tocar violão com seu avô e estava se saindo muito bem.

Sua família era unida e afetuosa, apesar dos frequentes e esperados arranca rabos com sua irmã. Júlia Zurc Tupetteo era um ano mais velha do que Victor, um pouco agitada e mandona, daquelas com o pavio bem curto. Se as simples discussões com ela já eram explosivas, as brigas eram nucleares. Vaidosa, adorava se arrumar, se maquiar e se admirar. Se curtia bastante. Gostava muito de falar, sair, em especial com os amigos, e adorava o celular.

Sua mãe, Nadir Zurc Tupetteo, era uma mulher baixinha, gordinha, alegre e divertida. Apesar de não ter quase nenhuma semelhança física com a mãe, Victor tinha puxado seu bom humor e sua tagarelice. Nadir era médica, assim como o pai de Victor, Giacomo Luigi Tupetteo, só que, diferente dela, Giacomo era uma caricatura mais fiel de um homem da ciência. Era calado, mas quando abria a boca era para falar de forma bem complicada e sobre temas científicos que apenas um médico, quando muito, era capaz de entender.

– Eu não acredito! – disse Victor, quase emocionado.

– Pois acredite! – respondeu Nadir, animada – E vamos tomar café da manhã porque logo mais tem seu primeiro campeonato de Kart.

Victor era novato no kart, ou seja, disputava entre os jovens acima de quatorze anos e já se destacava entre os adolescentes da sua idade, o que enchia seus pais, assim como ele próprio, de orgulho.

– Seus avós irão também. Depois, viremos todos almoçar aqui em casa para comemorarmos seu aniversário – disse Nadir.

– Dependendo do resultado nós comemoraremos lá mesmo, não é, mãe? – retrucou Victor.

– Eu achei bom.

– Segundo lugar, vô? – perguntou Victor, revoltado.

– Ganhou em segundo, Buga.

– Não, vô. Ele perdeu – disse Júlia.

– Mas, Senhora Green, por muito pouco ele não ultrapassou o primeiro!

– Pois é, vô. Ele não ultrapassou o primeiro, continuou em segundo e não ganhou a corrida. Simples.

O avô de Victor se chamava Fábio Cosme Zurc e tinha setenta e nove anos. Era metalúrgico aposentado. Além de cantor e compositor, gostava de contar histórias. Tentou diversas vezes escrever um livro contando algumas delas sem, entretanto, colocá-las, de fato, em um papel. Era apaixonado por futebol e, apesar da idade avançada, às vezes levava os netos para jogar bola. Ele não falava, para não provocar mais ainda a discórdia, mas achava Júlia muito melhor jogadora do que Victor. Fábio era um senhor muito bonito, assim como o foi quando jovem. Mas, agora, a pele estava mais enrugada e os cabelos grisalhos secretamente tonalizados.

– O que importa é competir, não é, Vitinho? – ecoou uma voz da cozinha.

– Vó, meu nome significa vitorioso, ou seja, aquele que sempre ganha.

Sua avó entrou na sala e falou, sem pensar muito:

– Para você ver que até quem sempre ganha, às vezes, perde.

Sua avó era Sara Panidine Zurc e tinha setenta e quatro anos. Assim como seu avô, também era aposentada, mas como professora. Era muito amorosa e presente na vida da filha e dos netos. E gostava muito de falar, até sozinha conversava. Era uma bela senhora. Apesar da estatura baixa, era uma mulher de muita presença: tinha cabelos castanhos escuros, olhos castanhos claros, e o nariz de batata característico dos Panidine. Adorava ficar em casa assistindo a vários filmes e maratonando séries. Era exímia cozinheira, fazia pratos deliciosos, inclusive macarrão caseiro. Era responsável pelos bolos de aniversários da família, já que não existia doceria com bolos mais gostosos do que os dela.

– Isso não está certo! – Victor seguia inconformado.

Nadir o abraçou e falou:

– Calma, meu filho! Foi sua primeira competição e você se saiu muito bem. Outras virão. Você vai continuar treinando, como sempre treinou.

O dom você já tem, agora falta o treino. Tudo em seu tempo! Não se afobe, com paciência e determinação você chegará exatamente onde quer. E estaremos sempre ao seu lado!

Victor permanecia inconsolável.

– Foi por muito pouco, se não fosse aquele...

– Ei! Sem palavrão! – recriminou Giacomo.

– *Crucks*! – gritou Júlia, acabando com a tensão no ambiente.

Victor olhou para a irmã e começou a rir. A risada se espalhou um a um e a sala eclodiu em gargalhada. Após o momento das risadas, Sara perguntou:

– Essa palavra feia voltou?

– Eu nem me lembrava mais dela! – disse Fábio.

– Eu me recordo, agora que a Júlia falou, mas, de fato, havia me olvidado – respondeu Giacomo.

– Como pudemos nos esquecer? Vitinho, toda vez que era contrariado, você ficava muito bravo e repetia essa palavra! Era tão bonitinho, apesar de eu ter a sensação de que o que você queria na verdade era falar um palavrão.

– Com certeza eu queria, mãe! – disse Victor sorrindo. – Eu só não tinha a dimensão disso! *Crucks*! Isso tem tanto tempo!

– Agora, meu filho, tire essa roupa e vá tomar um banho para almoçarmos, você está pingando – disse Nadir.

– E fedendo – completou Júlia.

Victor revirou os olhos.

– Ainda não te demos nosso presente, Buga. Assim que você tomar banho, te entregamos.

Após o banho, Victor vestiu o conjunto de moletom que havia ganhado de sua madrinha e calçou seu novo par de tênis, que havia ganhado do padrinho. Desde a infância, sempre que ganhava um presente, Victor gostava logo de usá-lo.

– Filho, você vai passar calor – disse Giacomo.

– Aproveitei para experimentar.

– De tênis dentro de casa? – perguntou Sara, segurando um grande embrulho.

– É novo, vó! Nunca saí com ele. O que é isso?

– Seu presente, meu querido! Espero que goste!

— É o que eu estou pensando?

— Abra para ver, Buga!

Victor desembrulhou o presente, já imaginando o que poderia haver naquela caixa em formato de trapézio comprido.

— *Crucks*! Um violão! Obrigado, vó! Obrigado, vô! — disse o jovem passando os dedos nas cordas do seu novo instrumento.

— Que ótimo, filho! Quem sabe agora meu violão fica a salvo das lascadas que você tira dele quando bate nos móveis! — brincou Nadir.

— *Crucks*, mãe! Pode deixar! Cuidarei como se fosse minha vida!

— Não sei pra que eu fui lembrar essa palavra. Agora ele vai ficar falando o tempo todo — se queixou Júlia, revirando os olhos.

— É verdade. É também uma palavra bem feinha, inclusive — completou Sara.

Fábio pigarreou para chamar atenção e disse:

— Mas os presentes não acabaram. Sua avó deu o presente dela e agora eu darei o meu.

— Desde quando você compra presente para alguém, Fábio?

— Desde hoje, Sara! E quem disse que eu comprei?

Fábio colocou a mão no bolso, retirou uma pequena caixa antiga e a estendeu para Victor. Sara deu um suspiro alto e colocou uma mão na boca e outra no coração e disse, incrédula:

— Você pegou a caixa das nossas alianças, Fábio!

— Eu não sabia que era a caixa das alianças, Sara! Eu precisava de uma caixa para colocar o presente do Buga!

— Por que não me pediu uma caixa?

— Porque você reclama que eu sempre te peço tudo e não resolvo nada!

— E você acha que assim está resolvendo?

Victor limpou a garganta alto e pegou a caixa que estava na mão de Fábio. Os dois avós pararam a discussão:

— Pode deixar, vó. Eu te devolvo a caixinha!

— Não tem problema, querido da vó! Nem a usamos mais!

— Então, por que reclamou? — perguntou Fábio.

— Depois a gente conversa — respondeu Sara entre os dentes.

Júlia, curiosa, colocou-se ao lado do irmão.

— Uma palheta, vô?

Victor precisou perguntar porque ficou um pouco em dúvida. Aquela palheta laranja que havia ganhado era bem mais grosseira do que as que ele conhecia, que costumavam ser mais finas e delicadas. Mas, mesmo assim, era muito bonita.

– Isso mesmo! Gostou, Buga? – perguntou Fábio, bem acomodado no sofá da sala, dedilhando o violão recém ganhado do neto.

– Muito, vô! Só que ela não parece ser muito nova... – falou Victor passando o dedo por cima da palheta como se a limpasse.

– Ah! Era minha, não te falei? É de família! E como eu já usei essa danadinha... Entretanto, eu a aposentei quando decidi deixar as unhas da minha mão direita crescerem. Agora a palheta é sua, mas não pode perdê-la. Vocês jovens são danados para perder as coisas! – disse Fábio.

– Massa, vô! Valeu! Não vou perder, pode ficar tranquilo!

– Me empresta ela aqui, rapidinho! – pediu Fábio.

Victor entregou a palheta para o avô, que a passou delicadamente entre as cordas, que emitiram um som horrível.

– *Crucks*, vô! Parece o Vitinho tocando! – debochou Júlia.

Fábio olhou para a frente e o verso da palheta e falou:

– Acho que perdi a prática. Segure-a para mim. Esses dias eu me lembrei de uma música feita em um dia muito especial. Ela se chama "Pequeno Som em Tinta e Papel". Ela é bem fácil, Buga. Só tem três acordes: MI, FÁ e LÁ. Vou te ensinar, preste atenção.

Como um rio que corta o coração
Recriei minha história em tinta e papel
Única como uma bela canção
Zero é um rei riscado a pincel

– Gostaram?

– Gostei – respondeu Júlia, pouco entusiasmada.

– Legal, vô! Não entendi muito bem sobre o que é a música, mas posso tentar?

– Claro!

Fábio entregou o violão para Victor, que tentava tocar ao mesmo tempo em que o avô cantava e pedia para ele trocar de acorde.

– *Cruks*! Ficou horrível – disse Júlia, com honestidade.

– *Cruks* mesmo! Eu acho que foi essa palheta... eu gostei muito dela, vô, mas ela é meio grossa! – disse Victor.

– Não culpe a palheta, cara de pau! – respondeu Júlia.

– Eu achei lindo! – disse Nadir!

– Você é mãe, não conta! – respondeu Júlia.

– Pois eu também achei! – disse Sara.

– Eu também – emendou Giacomo.

– Bando de puxa sacos!

Fábio sorriu, passou a mão pelos cabelos do neto e falou:

– Ficou bacana, Buga. Vou deixar a letra e os acordes escritos para você. Você pode até não entender agora, mas as músicas sempre te falam alguma coisa. Lembre-se: MI, FÁ, LA.

– O papo está bom, a música está linda, mas se daqui a pouco a única canção que irão escutar será o meu estômago gritando de fome! – brincou Nadir.

Todos se dirigiram à mesa posta para o almoço. Havia uma travessa de macarrão, uma de salada e uma peça de carne, a qual Victor se prontificou a cortar.

– Espero conseguir fatiar essa carne melhor do que eu toquei essa músi... Ai!

Victor não percebeu, mas, ao fatiar a carne olhando para o avô, acabou cortando o próprio polegar.

– Meu Deus! Está sangrando muito! – disse Júlia.

Nadir entregou papel toalha para que o filho enrolasse no dedo machucado e falou, quase gritando:

– Vitinho, tire esse dedo sangrando daí de cima que isso não é ao molho pardo!

– O primeiro quirodáctilo não deveria sangrar esse volume todo. Creio ser importante colhermos um coagulograma completo do Vitinho.

– Não entendi nada do que você falou, Giozinho – disse Sara ao genro.

Nadir entrou para buscar gaze e soro fisiológico para limpar e analisar a ferida. Ela chamou Victor para entrar no banheiro com ela e pediu para ele lavar bem o polegar sob água corrente.

– Minha nossa! Esta laceração foi mais profunda do que eu imaginava, talvez tenhamos que suturar.

– Não é para tanto, pai. Só colocar um curativo que já resolve.

— Seu pai costuma ser exagerado, mas ele está certo nesse ponto. Esse dedo está sangrando demais.

— Vamos ao pronto socorro — decidiu Giacomo, à porta do banheiro.

— Só por causa de um corte do dedo? — perguntou Fábio.

Victor pegou o chumaço de gaze na mão de Nadir e colocou sobre a ponta do polegar como se fosse um cogumelo.

— Pronto! Agora é só passar o *micropore*. Você é cirurgiã e meu pai é clínico, mas eu, o paciente, tive que me tratar sozinho!

Giacomo envolveu as gazes enroladas no dedo ferido de Victor e Júlia brincou dizendo:

— Ficou lindo o seu curativo! Igual a um rabo de *poodle*.

Após os ânimos se acalmarem, todos retornaram à mesa e almoçaram a carne fatiada com o cuidado e a expertise de Sara. Nadir contava sobre um caso complexo de um paciente quando Giacomo percebeu o sangue aparecer no curativo recém colocado.

— Estranho tamanho sangramento, pois a vascularização distal dos quirodáctilos não é calibrosa e a hemorragia, em geral, cessa rápido.

— Fala em português para sua sogra, Giozinho — pediu Sara.

— Nada demais, Sara! Estava pensando alto!

— Ele está dizendo que não era para estar sangrando tanto na extremidade de um membro que, em tese, não é muito vascularizado.

Fábio abriu os dois primeiros botões da camisa e falou:

— Não sei se o calor da conversa, da emoção do dedo cortado ou do almoço, mas eu achei que esquentou!

— Que falta de modos, Fábio! Você não está em casa! — disse Sara.

— Quer dizer que a casa da minha filha e dos meus netos não é minha casa?

— Tecnicamente não, Fábio. Mas o senhor pode considerá-la sua — respondeu Giacomo.

Fábio ergueu as sobrancelhas e Júlia emendou, rapidamente:

— Não liga para o papai, vô! A casa *é* sua!

Victor, que se sentava em frente ao seu avô, viu que, ao abrir os botões da camisa, Fábio evidenciou uma grande cicatriz pré-cordal. O jovem falou sem pensar:

— *Crucks*, vô! Esse médico fez um belo estrago no em você, hein?!

Fábio olhou para o tórax e passou os dedos pela cicatriz enquanto Nadir respondeu:

– Pelo menos ele salvou o vovô, não é, Vitinho? Naquela época todo tratamento era cirúrgico com o peito todo aberto. Não tinha essas modernidades de hoje. Imagina a sorte que seu avô teve! Ele era muito novo, ainda bem que o médico que o operou era muito competente.

– Você infartou com quantos anos mesmo, vô? – perguntou Júlia.

– Eu deveria ter uns trinta e poucos anos, Senhora Green.

– *Crucks*! Você nem se lembra da sua idade nesse evento marcante? Fábio balançou a cabeça em negativa. Júlia continuou a pergunta:

– E você nunca mais infartou?

– Não. Depois disso, passei a cuidar melhor da saúde. Até porque problemas de coração tão cedo só podem ter origem familiar. Já que não podemos mudar a família, temos que tentar mudar nós mesmos! Mas eu tenho uma curiosidade interessante: você sabia que o médico que me salvou também se chamava Fábio?

– Olha só! Essa nem eu sabia! – disse Nadir, sorrindo.

– E quanto tempo ele demorou para melhorar, vó? – continuou Júlia.

– Eu não sei, amor! Quando eu o conheci já estava bom.

– Eu a conheci logo depois de melhorar! Mudei para Vitória para trabalhar, nos conhecemos e logo casamos. Olha aqui a foto. O resto vocês sabem melhor do que nós!

Enquanto contava a história, Fábio retirou uma foto antiga do seu casamento de dentro da carteira. Júlia pegou a foto para olhar junto com Victor:

– Vó, você era linda! E o vovô, hein, vó? Você tinha que ficar muito esperta, porque ele era um galã! – disse Júlia.

– Ele também tinha que ficar esperto comigo! – Sara protestou – E você, Fábio, abotoe logo essa camisa porque está muito feio assim!

Júlia e Victor riram ao mesmo tempo que Fábio abotoava a camisa e caçoava de Sara. Nadir levou o bolo para a mesa para cantarem, mais uma vez, o parabéns, e comerem o delicioso bolo de morango com leite condensado feito por sua mãe. Após conversarem mais um pouco, Fábio bocejou e disse:

– Bom, vovô não é mais um rapazote e precisa tirar seu cochilo da tarde. Buga, treine bastante essa música que eu te passei. Preste atenção aos detalhes se quiser tocar muito bem o violão. Aliás, se quiser fazer qualquer coisa na vida. O mesmo serve para você, Senhora Green.

– Feliz aniversário, Vitinho! Me faz muito feliz ver o rapaz lindo que você se tornou! – se derreteu Sara. – Lembra, Nadir, esse menino batendo as perninhas na banheira aos dois meses de idade? Como esse tempo passa rápido!

Victor estava no quarto treinando a música que Fábio o ensinou a tocar no violão recém-ganhado. Era inadmissível uma música com quatro estrofes e três acordes não soar perfeita aos seus ouvidos. A única coisa que ele poderia culpar era o bendito curativo no dedo.

– *Cruks*! Por que eu fui fazer um troço tão grande assim? – se perguntou o rapaz – Quem poderia imaginar que um cortezinho desse poderia sangrar tanto?!

Três leves batidas na porta afastaram seus pensamentos. Ele sabia quem era antes mesmo de ela se abrir.

– Já são quase meia noite e você ainda acordado, meu filho?

– Estou meio sem sono, mãe.

– Então não fica mexendo no celular, filho. A luz da tela atrapalha, você sabe. Não é mais criança!

– Eu sei, mãe...

– É por causa do pesadelo?

– Que pesa... Ah! Eu já tinha até me esquecido dele! Por que foi me lembrar? – perguntou Victor, fingindo estar bravo.

– Nossa, que furo! Desculpe! – respondeu Nadir, também sorrindo.

Victor se recostou na cabeceira da cama. Nadir sentou-se a seu lado. A mão de Victor logo começou a acariciar seus cabelos.

– Filho, eu sei que você não saiu mais de casa, mas era bom tomar outro banho e trocar essa roupa. De tênis em cima da cama?

– Ele é novinho! Só usei aqui dentro de casa.

Nadir olhou para o filho com desaprovação:

– Eu vou deixar passar só porque é seu aniversário! Você sabia que essa sua mania de mexer no meu cabelo é desde bebê? Enquanto eu te ninava, vinha você com o seu "mãozão" puxar meus cabelos. Aliás, os meus e os de qualquer um que fosse te ninar! Não podia ver um cabelo dando sopa! Que ódio! Eu sempre detestei que mexessem em meus cabelos!

Victor sorriu, porém retirou sua mão dos cabelos da mãe, que a pegou carinhosamente e a colocou de volta em sua cabeça e continuou a falar:

— Eu pensei que quando você crescesse iria parar com essa mania, mas olha isso! Eu não gosto que ninguém mexa, exceto você!

Nadir beijou o rosto do filho e falou:

— Está bem tarde, filho. Vamos dormir.

A mãe de Victor ligou o ventilador e se levantou para fechar a janela, porém antes, ao olhar para fora, ela exclamou:

— Olha, filho! O Cruzeiro do Sul, venha ver!

— Não precisa, mãe! Eu sei como é. Já vi milhares de vezes — respondeu Victor, com preguiça.

— Ah, esse céu cheio de estrelas é tão especial para mim. Me lembra da minha infância. Você conhece seu avô e sua criatividade sem limites! Ele vivia inventando histórias para eu dormir. Cada constelação tinha uma história e a que eu mais gostava era a do Cruzeiro do Sul.

— Como era essa história, mãe?

— Hoje não, amor. Está tarde e amanhã é dia de acordar cedo — respondeu Nadir ao fechar a janela e a cortina.

— *Crucks*, mãe! — falou sem pensar.

— *Crucks*?

— Não queria ter que acordar cedo amanhã.

— Nossa, nem me fala. Minha agenda está cheia e você tem aula, então é hora de dormir — disse Nadir beijando a testa de Victor. — Boa noite, meu amor! Durma com Deus!

— Obrigado, mãe. Você também!

— Te amo — disse Nadir, já na porta.

— Eu também.

Assim que Nadir fechou a porta Victor pegou o violão, olhou mais uma vez a folha em que seu avô havia anotado sua música e tentou tocá-la, bem baixinho para ninguém escutar.

Co... mo... um... rio... que... cor... ta... o co... ra... ção.

Re... cri... ei... mi... nha... his... tó... ria... em tin... ta e pa... pel.

— Como é difícil! — pensava Victor enquanto tentava tocar com aquele chumaço de curativo no dedão — Ah! A palheta!

O dedo machucado fazia muita diferença, pois até segurar a palheta se tornava complicado com aquele curativo volumoso.

Ú... ni... ca co... mo uma... be... la can... ção
Ze... ro é um... rei... ris... ca... do... a pin... cel

– Está ainda pior do que antes!

Pensou Victor ao fazer um movimento involuntário com a mão, que acabou prendendo seu curativo entre as cordas do violão. Ao tentar puxá-lo, ele sentiu dor, talvez porque o sangue seco pudesse ter grudado na gaze, e hesitou. Ele, então, enfiou a palheta no curativo para tentar descolar a gaze da ferida e, além da dor, o sangramento tornou a começar. Victor segurou o braço do violão com força, contou até três e puxou com força a mão direita, soltando-a do curativo. O dedo machucado voltou a sangrar e ele abraçou o polegar com os outros quatro dedos. A dor era tão grande que ele ficou um pouco tonto e fechou os olhos para tentar amenizar a vertigem. Sua vontade era a de soltar um belo palavrão, mas se contentou em soltar um abafado:

– *Crucks!*

A tontura e a náusea se tornaram cada vez mais intensas. Sentiu um frio percorrer todo seu corpo e achou aquilo tudo muito estranho, pois já havia se machucado muito mais sem aquela sensação tão esquisita. Aos poucos, o mal-estar foi cedendo enquanto o frio se manteve, talvez até tenha sentido o ar um pouco mais gelado. Com os olhos bem fechados, começou a respirar fundo. Inspirava pelas narinas e expirava pela boca, lentamente. Ao sentir-se melhor, conseguiu se perceber no espaço e se espantou por estar de pé.

– Devo ter levantado no meio da confusão.

Sua mão esquerda segurava o violão, enquanto a direita permanecia abraçando o polegar. Uma onda gélida invadiu seu corpo e ele decidiu desligar o ventilador. Ao abrir os olhos, Victor foi tomado completamente pelo pânico.

– Onde eu estou?

2

Victor olhou ao seu redor para tentar entender o que estava acontecendo. Tentar. Todo o seu corpo tremia e ele não sabia se de pavor ou de frio. Não era noite, mas dia, e o sol castigava os seus olhos.

— Será que desmaiei de dor e só acordei no dia seguinte? — pensou, perplexo.

Tudo era branco. Ele estava em uma área toda aberta e coberta por neve. Ao longe, conseguia ver elevadas montanhas nevadas que cercavam a região, com exceção de uma faixa repleta de árvores secas e tortuosas.

Victor estava sozinho e confuso. Não havia pegadas ao seu redor que sugerissem a presença de outra pessoa e tudo que ele queria era encontrar alguém para pedir ajuda. Seu polegar direito, que permanecia abraçado pelos demais dedos, ainda sangrava e latejava de dor, o que parecia muito insignificante perto do desespero que sentia.

— Neve? Floresta? Como eu vim parar aqui?

Nada fazia sentido. Victor morava em região tropical e demoraria muito tempo para que chegasse a um lugar tão frio. Ele não sabia nem o que pensar, a não ser que aquilo só poderia ser um novo pesadelo, só que mais real. Tinha que ser isso. Um pesadelo. Ele deveria apenas esperar e logo despertaria em seu quarto e em sua cama quentinha.

Era interessante como nesse sonho havia tanta minúcia. Estava vestindo a mesma roupa com a qual adormecera, inclusive o tênis. O violão continuava em sua mão esquerda. A mão direita se mantinha ensanguentada. Victor abaixou-se, apoiado no violão, e a colocou sobre a neve. Seus pais diziam que frio ajudava a estancar o sangue. Ele, então, afundou o dedo ferido no gelo por um tempo até sentir formigar. Depois, o retirou e o examinou. De fato, já não sangrava tanto. Olhou para a marca vermelha no chão branco e percebeu que havia algo além dela. Era a palheta de seu avô, que ele não reconheceu de imediato por estar coberta de sangue. Limpou-a na blusa e a guardou no bolso da calça.

— Nem meus sonhos mais reais foram tão reais assim. — pensou, apavorado e incrédulo.

Victor olhou para os lados. Ele não sabia o que fazer. Se deveria esperar ali até acordar ou se deveria ir para algum lugar qualquer. Ao mesmo tempo, receava que não fosse sonho algum. Seus pensamentos foram interrompidos por um zumbido. Sentiu um sopro forte e veloz, como se um inseto houvesse picado sua orelha esquerda. Quando Victor olhou para trás, enquanto acariciava a orelha, viu um novo objeto fincado na neve e abaixou para examiná-lo melhor.

— Uma flecha? Do nada? — pensou.

Nesse momento, outra flecha passou ao seu lado e acertou o chão.

— *Cruks!*

A segunda flecha era muito diferente da primeira. A madeira era mais comprida e mais escura. Uma terceira flecha quase acertou a sua perna.

— Que tipo de brincadeira de mau gosto é essa?

Victor procurou a origem daquelas flechadas, porém a única coisa que viu foi uma chuva de flechas vindo em sua direção. De repente, um estampido de arma de fogo se fez ecoar. Sem pestanejar, o jovem colocou o violão sobre as costas, como um escudo, abaixou-se o máximo que pôde e correu em direção à floresta que, mesmo distante e seca, seria um esconderijo melhor do que a neve aberta.

Embora correr com o violão nas costas fosse mais difícil, aquela ainda era a melhor solução para tentar se proteger dos ataques soturnos naquele lugar estranho. Victor nunca imaginou que seria tão cansativo correr na neve. Era como se estivesse numa areia muito fofa e, quanto mais corria, mais longe parecia da floresta. Ele parou um pouco para tomar fôlego, o que não foi possível porque uma flecha quase o acertou e ele voltou a correr na maior velocidade que suas pernas trêmulas conseguiam alcançar. Victor apertou os olhos, como se aquilo lhe desse força e oxigênio e continuou correndo até bater em uma árvore, anúncio tão esperado de que havia, enfim, chegado à floresta.

O jovem olhou, em pânico e com a cabeça a mil, para os lados, pois já não sabia se alguma arma aleatória poderia surgir para feri-lo. Caiu sentado no chão, soltou o violão e tentou respirar, mas seus pulmões pareciam minúsculos, enquanto seu coração parecia tão grande a ponto de quase sair pela boca. Aos poucos, Victor foi se asserenando e sua consciência foi retornando. Nesse momento, ele sentiu a presença de alguém próximo a ele. Olhou ao seu redor, mas não viu ninguém e, a essa altura, já não sabia se ficava triste ou feliz por isso.

A luz do sol era mais amena por entre as árvores, mas o frio continuava intenso. Uma flecha havia atingido o corpo do seu violão. Ao removê-la, Victor notou que ela era feita com pedra polida, pedaços de cordas finas e madeira comprida lixada e escura. Parecia muito com a segunda flecha que viu.

– Isso não pode ser um sonho. Está tudo muito linear, muito minucioso. Mas também não pode ser verdade. Não tem como isso ser real!

Victor passou o dedo pela marca no violão, causada pela flechada.

– Quem poderia querer me acertar? E por quê?

Mais calmo, Victor conseguiu olhar o seu entorno. Tudo era triste e sem vida. As numerosas árvores grandes e ressecadas tinham suas raízes cobertas por folhas mortas. Quase não se notavam pegadas de animais, quaisquer que fossem.

– Que lugar é esse? Como vim parar aqui?

A cada instante que se passava, Victor tinha mais certeza de que aquilo não poderia ser um sonho. Mentalmente, repassou os acontecimentos que antecederam sua chegada nesse lugar misterioso. Ele tocava violão, quando prendeu o dedo machucado e, ao soltá-lo, sentiu muita dor.

– Será que a dor que eu senti abriu um portal no espaço? Ou será que foi a música?

Victor não conseguia manter a lucidez, por isso não custava tentar um pouco da insanidade. Sentou-se a um pé de uma das árvores, posicionou o violão e, com bastante delicadeza em seu colo, tentou tocar, mas seu polegar direito estava tão dolorido que ele não conseguia passá-lo pelas cordas do instrumento. Decidiu tocar apenas com o indicador.

Co... mo... um... rio... que... cor... ta... o co... ra... ção
Re...

A canção foi interrompida por um novo zumbido. As flechas não haviam apenas retornado. Agora, suas pontas tinham fogo.

– *Cruks*! Quanta agressividade!

Uma flecha flamejante passou rente à sua cabeça e Victor tornou a correr. Ele percebeu que havia muitas flechas em todas as direções que se cruzaram bem acima dele.

– Será que todas essas pessoas querem me acertar? Ou será que estou no meio de uma guerra entre tribos que não tem nada a ver comigo, tipo uma "flecha perdida"? Ou várias?

Victor não teve tempo para continuar o raciocínio, pois uma flecha em chamas acertou seu violão.

– O violão novinho!

Victor bateu o violão no chão para apagar o fogo, mas logo teve que voltar a correr, porque as flechas em sua direção não cessavam. Sua preocupação com as flechas no alto era tão grande que ele não percebeu algumas raízes expostas e tropeçou. Seu escudo improvisado ainda estava em sua mão quando uma flecha flamejante caiu bem ao lado do seu rosto. Essas flechas estavam muito bem direcionadas para estarem perdidas. Tentou se levantar, mas se assustou com uma segunda flecha flamejante que caiu do outro lado do seu rosto. O fogo queimava, lentamente, as folhas secas no chão. Victor levantou-se e viu uma flecha em chamas vir em sua direção. Era muito rápida. Ele não conseguiria escapar. Fechou os olhos e se deixou cair. Se fosse um sonho acordaria. Se não, nunca mais teria a oportunidade de rever as pessoas que mais amava. Victor estava triste e sozinho. Ele morreria sozinho, naquele lugar frio e distante. Longe do calor da sua casa e do amor da sua família. Sentiu o seu rosto úmido outra vez e tentou se acalmar. Afinal de contas, tanto o nascimento quanto a morte são eventos solitários para todos.

Não houve dor. Victor sentiu seu corpo se elevar, mas sem nenhuma sensação de paz. Também achou estranho, pois ainda segurava o violão. Ele havia sido arremessado para um local morno e fofo.

O jovem abriu os olhos ao sentir algo espanando seu rosto. Era um rabo de cavalo azul escuro, de um verdadeiro cavalo. Aliás, todo o pelo do animal tinha uma tonalidade azulada. O jovem, que estava com a barriga apoiada no lombo do animal, passou a mão de leve para sentir a sua pelagem. Aquilo era uma coisa que muito irritava Victor. Desde sempre ele e sua irmã detestavam quando os animais eram tingidos pois, na maioria das vezes, a tinta era tóxica para eles. Mas não havia tempo para muitas lamúrias.

– Eu acho que estou em uma roça, muito fria, e um caipira me salvou! Talvez ele tenha percebido que eu não tinha relação com a confusão entre essas tais tribos e me tirou de lá. Ou então, sabe que eu não sou daqui e... – Victor voltou a sentir um frio na barriga. – E se na verdade ele é o meu sequestrador e quer me manter vivo por algum motivo específico? O que eu faço?

O rapaz mexeu disfarçadamente a cabeça para ver onde estava. Ainda na floresta. Ele respirou fundo. Mesmo com medo, ele precisava sair daquela inércia e falou rápido e estabanado:

– Obrigado, moço.

Ele esperou um tempo por uma resposta que não veio. Após um discreto pigarro tentou, outra vez, com mais firmeza:

– Obrigado, senhor.

Mais uma vez, a reposta foi o silêncio.

– Senhor, ou talvez você seja uma senhora, obrigado por ter me sal... o quê?

Enquanto falava, Victor virou-se para frente e se assustou por não ver mais ninguém montado no cavalo.

– Quem está guiando esse animal? – pensou.

Tentou outra vez, falando um pouco mais alto:

– Muito obrigado por ter me salvado.

O cavalo parou e uma voz baixa, grave, serena e pausada soou:

– Não há de quê, caro jovem de Quini.

Victor se assustou. Ele queria, mas não esperava por uma resposta, já que não havia mais ninguém ali por perto.

– Desculpe, mas eu não consigo te ver.

O silêncio se manteve. O cavalo voltou a trotar. Victor insistiu, enquanto esticava a cabeça para procurar quem puxava o animal.

– O senhor se importaria se eu descesse para te conhecer?

O cavalo parou e Victor escutou a resposta:

– Absolutamente.

– Obrigado!

A expectativa de Victor era a de encontrar seu misterioso interlocutor, porém, ao descer do animal, o que ele viu o fez duvidar, mais uma vez, de sua sanidade.

– Isso são... asas?

O cavalo à sua frente era enorme, azul e possuía grandes asas com penas em tom azul mais claro que o restante do corpo. Victor se desequilibrou e quase caiu no chão. Ele não conseguia formular uma ideia sequer.

Talvez houvesse batido a cabeça com mais força do que pensava. Havia um cavalo alado azul bem à sua frente. Ele encostou sua mão nas penas da asa do cavalo e perguntou em voz alta, sem perceber:

— Isso é de verdade?

— Sim, isso é real — respondeu a mesma voz.

Victor se assustou.

— Por que eu não consigo te ver?

— Seus olhos estão abertos e olhando diretamente para mim. Você toca as minhas asas. Todos os indícios mostram que você me vê, ao contrário do que diz.

— Como? Quem é o senhor?

O cavalo alado relinchou, de forma tão silenciosa que mal deu para escutar, e posicionou-se em frente a Victor. Ele abaixou as patas dianteiras e a cabeça, fechou os olhos, colocou a asa direita fletida embaixo do pescoço e estendeu a asa esquerda para trás, rente ao corpo.

— Alaxmaner de Magnum.

Seus olhos viam, mesmo assim Victor não conseguia acreditar que um cavalo alado azul se apresentava para ele. Após o momento de perturbação, Victor conseguiu balbuciar:

— V-você fala?

O cavalo alado voltou à sua elegante postura inicial e, com bastante serenidade, respondeu:

— Sim. E você?

— Eu? Sim, claro! Mas, você é um cavalo... com asas!

— E você um humano, sem asas.

Victor parou por um instante. Fechou os olhos, respirou fundo e continuou:

— Desculpe, erh... senhor. Mas isso é novidade para mim. Todas as vezes que falei com outros... animais, eles nunca me responderam, quero dizer, não na minha língua. Latiam, miavam, piavam, relinchavam, mas nunca falaram!

— Ou será que eles nunca foram compreendidos, caro jovem de Quini? — o cavalo alado parecia observar o fundo da alma de Victor. — Estou me referindo à energia da palavra falada. Tudo é energia, meu caro jovem de Quini, inclusive as palavras proferidas. Somos capazes de captar a energia e a modular de forma a compreender o que foi dito.

– Energia da palavra falada? Essa é nova! – pensava alto – Então, na verdade, você está relinchando e eu estou entendendo na minha língua.

– Não.

– Não entendi.

– Você está captando a energia da palavra que eu pronuncio.

– Ah, sim! Entendi – mentiu Victor para não alongar mais ainda aquela conversa maluca.

– Como posso chamá-lo, caro jovem de Quini?

– Victor.

– Caro Victor de Quini, seria...

Victor franziu o cenho e interrompeu o cavalo alado:

– Ãh? Não! Não sou Victor de Quini. Sou Victor Zurc Tupetteo. Talvez o... senhor esteja me confundindo com outra pessoa.

O cavalo, além de nome e asas, tinha expressão, porque se mostrou surpreso ao ouvir o nome completo do rapaz. Ele franziu o cenho, olhou para cima como se procurasse algo escondido em sua mente:

– Não, caro... Victor de... Zurc Tupetteo? Não o conheço. Nem como Victor de Quini, tampouco como Victor de Zurc Tupetteo. Seria muita indelicadeza se pudesse me informar a qual Reino pertence Zurc Tupetteo?

– Reino? Do que você está falando? Esse é o meu sobrenome!

– Por que você tem um nome sobre o outro?

– Do mesmo jeito que você tem o Magnum.

O cavalo alado fez uma pequena pausa e disse:

– Caro Victor de Zurc Tupetteo. Sou Alaxmaner do Reino de Magnum. A palavra Reino está implícita em nosso cumprimento em todo Grande Reino Unido de Crux. Qual a sua procedência?

Victor arregalou os olhos.

– Crux?

– Sim, o Grande Reino Unido de Crux, Reino onde estamos. Gostaria de saber se está tudo bem contigo, caro Victor de... você não me falou sua procedência.

Victor não prestou atenção em mais nenhuma palavra, ou energia, falada pelo cavalo alado.

– Claro! É isso! Eu estava tocando o violão e falei *crucks*, por causa da dor no dedo machucado que tinha ficado preso nas cordas. Só pode ser isso! Cadê o meu violão?

– Por obséquio, não o toque nesse momento. Não é uma decisão acertada. Ainda podem estar nos caçando.

Victor já segurava o violão, mas congelou ao escutar as palavras enérgicas de Alaxmaner.

– Nos caçando?

– Sim, caro Victor, de... ainda não me disse sua procedência.

– Sou de Vitória – respondeu rápido àquele questionamento irrelevante. – Por que estão nos caçando?

– Desculpe-me, caro Victor, devo me referir a você como proveniente do Reino de Zurc Tupetteo ou do Reino de Vitória?

Os neurônios de Victor haviam dado um nó. Ou vários. Ele balançou a cabeça como se procurasse recobrar a lucidez, ou o que tinha sobrado dela, e recomeçou a falar:

– Senhor Alaxmaner, eu não entendo a importância disso, mas meu nome é Victor. Sou de Vitória. Zurc é o sobrenome da minha mãe e Tupetteo é do meu pai. Como o senhor pode estar preocupado com a minha procedência e o meu sobrenome se estamos sendo caçados?

– Por que insiste em colocar um nome sobre o outro?

– Porque... – Victor pensava a melhor forma para explicar para o cavalo alado que não era apenas falador, mas também bastante questionador – Porque, de onde eu venho, as pessoas não se conhecem pelos... reinos, mas pela ascendência do pai e da mãe.

– É assim no Reino de Vitória?

– Na verdade, Vitória não é bem um reino, mas sim. Em Vitória é desse jeito. Agora, desculpe ter que interromper sobre esse papo sobre nomes e reinos, mas por que estamos sendo caçados?

O cavalo alado parecia não compreender. Victor também estava muito confuso. No entanto, percebeu que o cavalo alado não responderia às suas dúvidas antes que ele explicasse aquela questão tola sobre os nomes.

– Senhor... – Victor não sabia se esse seria o tratamento mais adequado ao animal e pigarreou – Alaxmaner, de Magnum, claro. Estou vendo que, para você, o local de nascimento é muito importante. Mas, na minha... de onde eu venho, o local de nascimento não é registrado em nossos nomes como você é registrado em Magnum. E por que não é registrado em Crux?

– Caro Victor de Vitória, o Reino de Magnum faz parte dos cinco reinos que compõem o Grande Reino Unido de Crux. O Reino no qual se nasce é o Reino no qual se cresce e é o Reino no qual se morre.

– Você não pode sair do seu reino?

– Sim, caro Victor de Vitória, muitas vezes há necessidade de sairmos de nossos Reinos natais. Quando assim ocorre, retornamos tão logo que possível. Pode demorar horas, dias, meses e anos, mas retornamos, na imensa maioria das vezes.

– Entendo. Mas, mudando um pouco de assunto, por que essa galera está nos caçando? Foi o senhor que me salvou?

– Sim, caro Victor de Vitória. Eu te recolhi do chão quando estava em vias de ser atingido por uma flecha flamejante. Somos caçados porque estamos na Floresta dos Esquecidos, no Vale dos Exilados. Por que denunciou sua posição ao fazer barulho com seu instrumento? – o cavalo alado perguntou ao apontar uma das asas para o violão.

– Pensei que tivesse chegado aqui porque estava tocando o violão. Não sei se abriu um portal ou qualquer outra coisa do tipo. Então eu toquei de novo, achando que, assim, poderia voltar para casa – disse Victor, ao mesmo tempo se questionando sobre a racionalidade do que dizia.

– Esse instrumento é mágico?

– Eu queria muito que fosse e que me levasse logo de volta para onde eu nunca deveria ter saído! O senhor poderia me explicar o motivo de estarem caçando a mim e a você nessa floresta? Eu não consegui entender até agora!

Um novo estampido de arma de fogo se fez ouvir, e em seguida, uma lança passou rente ao ombro de Victor.

– Outra vez?

– Os Mercenários! Rápido, caro Victor de Vitória, monte em mim! – enquanto Alaxmaner falava, uma lança acertou a árvore que estava atrás dele.

Victor apanhou o violão e subiu no cavalo alado que correu pela floresta, se desvencilhando das árvores e das armas com maestria. Por sua vez, Victor, que não era tão habilidoso, segurava o violão em suas costas com uma mão e a crina com a outra e se mantinha abaixado a fim de diminuir a chance de ser atingido. Alguns projéteis acertavam galhos e troncos próximos a eles. Victor sempre sentira adrenalina com a velocidade, mas, pela primeira vez, ansiava por não ter que correr. Ao sentir outra arma cravar o violão, o jovem gritou:

– Alaxmaner, voe!

O cavalo alado não respondeu e continuou cavalgando no mesmo ritmo acelerado. Victor, assustado, sequer conseguia olhar para trás:

– Voe, Alaxmaner! Voe!

Alaxmaner corria sem demonstrar nenhum sinal de decolagem. Apenas quando os ataques cessaram, ele diminuiu o ritmo da cavalgada. O cavalo alado parou próximo a um rio e Victor, confuso, perguntou:

– Por que não voou, Alaxmaner?

– O Rio Gelado é um local muito vigiado pelos Mercenários. Devemos ser breves para saciarmos nossa sede a fim de, posteriormente, nos dirigirmos a um local mais seguro e, assim, estarei confortável para responder as suas indagações.

– Existe algum lugar seguro por aqui? – perguntou Victor para si.

Assim que colocou as mãos nas águas do rio, o rapaz compreendeu o porquê de o rio se chamar gelado. Ele as limpou percebeu que o ferimento do seu polegar já não sangrava mais. Após beberem aquela água que congelava até o cérebro, Victor montou em Alaxmaner e continuaram a andar, atentos e qualquer ruído ao redor.

...

– Podemos parar agora. Estamos em local denso em árvores, o que facilita nossa camuflagem para os Mercenários. – disse Alaxmaner.

Victor desceu com cuidado, apoiando-se na asa do cavalo alado, colocou o violão no chão e disparou a falar baixo:

– Eu não consigo entender nada! Por que você não voou? Quem são os Mercenários? Onde é que eu estou afinal? Por que estamos sendo caçados? O que é que está acontecendo?

– Asserene-se, caro Victor de Vitória. Explicarei tudo no devido tempo. Enquanto cavalgava concluí que deve ser sua primeira vinda ao Grande Reino Unido de Crux.

– Sim! Eu te falei isso! Eu sou de Vitória e não faço a menor ideia de como vim parar aqui! Eu estava tocando violão e... Não é possível que seja isso... Mas, e se eu fizer exatamente o que eu fiz antes de vir para cá?

Victor pegou o instrumento e retirou a outra flecha que o havia atingido. Ele poderia estar maluco ou dentro de um sonho, mas precisava tentar de tudo para sair daquele lugar. Naquele momento, ele não mais queria saber de Crux, floresta, mercenário, flecha e nada. Tudo o que pensava era em retornar para casa. Colocou o violão em seu colo e, antes de tocar a música que o avô lhe havia ensinado, lembrou-se da palheta. Ele a retirou do bolso e enrolou algumas folhas menos secas no dedo machucado como se fosse um curativo.

– Caro Victor de Vitória, o que está fazendo? Aqui é um pouco mais seguro, mas não há local completamente safo na Floresta dos Esquecidos. Ao tocar esse instrumento, denunciará nossa posição.

– Pode deixar, Alaxmaner. Prometo que eu vou tocar baixo, mas eu preciso tentar!

    Co... mo... um... rio... que... cor... ta... o.. co... ra... ção
Re... cri... ei.. mi... nha... his... tó... ria... em tin... ta... e pa... pel
      Ú... ni... ca co... mo... uma... be... la... can... ção
      Ze... ro... é.. um... rei... ris... ca... do... a... pin... cel

No último acorde, Victor fez a batida bem forte, para machucar seu dedo ferido, e falou:

– Casa!

A dor era tão imensa quanto a que sentiu quando chegara a Crux. Seu polegar latejava, ele o abraçou com o restante dos dedos e abriu os olhos lentamente. Victor estava sentado em frente a um cavalo alado azul com olhar desaprovador.

– Foi mal – disse Victor, envergonhado.

Ele retirou as folhas que cobriam seu polegar e notou que um discreto sangramento havia recomeçado. O jovem buscou coragem para encarar o ressentido cavalo alado enquanto guardava a palheta no bolso da calça.

– O problema não é tentar, caro Victor de Vitória. É dizer e se contradizer. Você me disse que não faria ruído algum. Contudo, o fez, e nos denunciou. Estamos agora vulneráveis a outro ataque. Se você tivesse conseguido retornar à sua casa, por alguma mágica qualquer, teria me deixado só e sujeito ao ataque. Se tivesse me avisado sobre o ruído, eu o teria levado a um lugar distante para tentar realizar sua magia e depois, caso não obtivesse o resultado esperado, como não obteve, retornaríamos para este local mais safo. Jamais te negaria a oportunidade de tentar, mas me daria, ao mesmo tempo, condições de segurança.

Embora Victor não tivesse feito o barulho para denunciá-los, ele não poderia negar que acabou tocando mais alto do que havia planejado e, para piorar, Alaxmaner, aquela criatura que havia se colocado em perigo para salvá--lo, estava decepcionado com ele, com toda a razão. Para aumentar mais ainda seu constrangimento e sua angústia, o cavalo alado não demonstrava raiva, e sim tão somente frustração.

– Me desculpa, Alaxmaner! Eu não deveria ter feito isso. Você salvou a minha vida e eu te retribuí dessa forma. Eu estava, estou, desesperado... eu só queria voltar para minha vida. Acabei não pensando em você. Foi um erro absurdo e eu me arrependo demais. Me desculpe, por favor.

Victor tentou segurar as lágrimas, mas nem seu orgulho foi capaz de segurá-las. Alaxmaner se aproximou, encostou sua testa na do rapaz, envolveu seu ombro com sua asa e falou:

– Infelizmente, caro Victor de Vitória, esse é um pensamento deveras ordinário aqui no Vale dos Exilados. Vamos sair deste local, que não é mais seguro. Tentarei te explicar tudo o que sei sobre o Grande Reino Unido de Crux em momento oportuno.

O crepúsculo se anunciava quando Alaxmaner encontrou uma outra região menos evidente. Victor desceu e escorou o violão em uma árvore, com o coração ainda apertado. Estava chateado por não estar em casa e por trair a confiança de Alaxmaner, único ser com que tivera um contato amigável naquele lugar.

– Aqui deve ficar muito frio depois do pôr do sol, não?

– Sim, caro Victor de Vitória, em demasia.

– Acender uma fogueira pode chamar atenção dos Mercenários?

– Sim.

– Então, se não morrermos com uma flechada, vamos morrer de frio! – Victor pensou um pouco e continuou – E se nós fizéssemos uma cabaninha? O fogo não seria tão visível e nós ficaríamos um pouco mais aquecidos.

– Podemos tentar, caro Victor de Vitória. Você pode apanhar, em silêncio, as madeiras mais próximas enquanto eu busco as mais longínquas. Devemos ser breves, pois logo chega a escuridão da noite e podemos nos perder.

Victor apanhou as madeiras mais robustas que conseguia carregar, pois acreditava que, assim, a cabana ficaria mais firme. Após algumas idas e vindas, sentou-se na pequena pilha de madeira feita por ele e aguardou o cavalo alado retornar de sua busca. Sozinho, olhava melancólico para o violão com os três furos nas costas. Estava, mais uma vez, com a mesma sensação de estar sendo observado quando sentiu um novo zumbido próximo a sua orelha e pensou:

– Ah, não! Os Mercenários de novo? Onde está o Alaxmaner? Será que ele ficou chateado comigo e foi embora?

Victor acompanhou, com os olhos, a nova flecha até cair no chão. Ele a pegou e notou que era mais grossa do que as anteriores e não tinha nenhuma pedra cortante em sua ponta. Aquilo não era uma flecha, mas um graveto.

– Você deve se atentar mais, caro Victor de Vitória.

Mesmo assustado, o rapaz sentiu alívio ao ver Alaxmaner, com muitas toras de madeira em seu lombo.

– Além da madeira, trouxe também alimentos para nós. – disse o cavalo alado ao deixar cair no chão algumas frutas que pareciam amoras.

Foram tantos acontecimentos estranhos em tão pouco tempo que Victor não percebeu que estava faminto. O que era bom, porque ele não sabia que essas pequeninas frutas o sustentariam. Agradeceu ao cavalo alado e as guardou próximas ao violão.

Antes do cair da noite, a pequena e dismórfica cabana estava pronta após um trabalho rápido, silencioso e sincronizado. Victor entrou nela e acendeu uma fogueira com alguns gravetos. Alaxmaner conseguiu entrar parcialmente, uma vez que suas patas traseiras não couberam no diminuto espaço e ficaram para fora.

– Poxa, Alaxmaner, deveríamos ter feito essa cabana um pouco maior para te caber aqui dentro. – disse Victor, incomodado.

– É do tamanho exato que deveria ser, caro Victor de Vitória. Ademais, essa cabana foi construída com o intuito de abrigar você, e não a minha espécie. Estou bem. Já estive em situações bem mais extremas. Quanto a isso, não se preocupe.

As frutas eram muito mais doces do que o jovem imaginava e, com a boca cheia, perguntou:

– Agora que estamos aquecidos e menos expostos, você poderia me explicar o que é que está acontecendo? Quem são os Mercenários?

Eu não faço a menor ideia do que eu estou fazendo aqui e do porquê de alguém querer me matar! Onde eu estou? Em Crux? Na Floresta dos Esquecidos? No Vale dos Exilados?

Alaxmaner, que também comia as frutas, movimentou a boca, algo próximo de um sorriso, e pigarreou:

— Bem-vindo, caro Victor de Vitória, ao Grande Reino Unido de Crux. Uma lástima que tenha chegado justamente no Vale dos Exilados. Em instantes, você compreenderá o que digo. O Grande Reino Unido de Crux é um reino formado por cinco reinos: Magnum, Mimus, Rubrum, Alba e Quini.

— Ah! Você me chamou de Quini. Mas por quê?

— Paciência, caro Victor de Vitória. Tudo a seu tempo. Vou lhe explicar um pouco do que é o Grande Reino Unido de Crux. Ao Sul, está localizado o Reino de Magnum. O meu reino. O reino dos cavalos alados. É considerado o maior reino em extensão e em riqueza. São produzidos, além de alimentos, uma plantação de material precioso chamado daimófepos, de enorme valor monetário para o Reino de Magnum e grande valor de troca para a moeda única do Grande Reino Unido de Crux.

Ao Oeste, situa-se o Reino de Mimus, o reino dos curupês, que são criaturas muito parecidas com os seres humanos. É o terceiro maior reino em extensão. Sua maior característica é a de reproduzir tudo o que fazem os demais reinos, em especial o Reino de Magnum. Tentam produzir um pouco de tudo e acabam por não produzir muito de nada. Os curupês estão por toda parte. São sempre solícitos e não cobram honorários abusivos, pois, em geral, estão em busca de ideias que possam ser levadas ao seu reino, além de propagarem sua crença para as terras em que vão trabalhar. Essa crença exacerbada é a única característica exclusiva do Reino de Mimus, talvez por isso, a mais destacada.

Ao Norte, está o Reino de Rubrum, o reino das Fadas.

— Fadas?

— Sim, fadas, caro Victor de Vitória — continuou Alaxmaner, ignorando a expressão de espanto no rosto do rapaz. — É o segundo maior reino em extensão. É também muito rico, pois produz as ervas rubalíneas e as frutas rotáceas, de valor medicinal, comercializadas, inclusive, para os reinos adjacentes. O pó de rubalto é usado para manipulação, preensão, formando a rubaltea, moeda de troca para a moeda única. As fadas são belas, têm personalidade forte e grande atração pelo grandioso. O Reino de Rubrum é o perfeito retrato delas.

Ao Leste, está o Reino de Alba, o reino dos ursos.

Victor arregalou os olhos. O cavalo alado ignorou, novamente, a reação de estranheza do rapaz e continuou.

– O Reino de Alba é o reino menos privilegiado. Cercado por cordilheiras, desertos salgados, florestas secas e neve, muita neve. É abastecido apenas por um pequeno rio, o Rio Gelado. Produz melado e roxuras, ambos sem muito valor monetário. Portanto, você verá ursos por todos os cinco reinos como principal força laboral. Em outras épocas, os ursos tinham sua importância para a proteção e a guarda do Grande Reino Unido de Crux, mas que, há tempos, está em paz.

– Então, estamos no Reino de Alba?

– Sim, estamos. Em breve voltarei nesse reino para explicar melhor, mas antes, gostaria que soubesse da existência do quinto reino. O Reino de Quini é o quinto, formado pelos seres humanos. Era uma ilha cujo mar secou e foi anexada ao Grande Reino Unido de Crux, mas somente durante a formação do Grande Reino. Antes disso, os outros reinos sequer tinham conhecimento de sua existência. Está localizado ao sudeste de Crux. É um Reino sobre o qual não sabemos muito. São um povo culto e fechado. Sabemos que produzem orinalva, também muito valiosa, livros e matérias diversas que usamos em todo o reino.

Todo o material precioso vai para o Castelo do Grande Reino Unido de Crux, localizado no Topo Quadrirreal. É uma espécie de tributo dos cinco Reinos para o Grande Reino a fim de ser convertido em Denum, a moeda única. Quanto mais valioso o material cedido para confeccionar a moeda única, maior quantidade de Denum é recebida de volta. Como os daimófepos são os mais valiosos, o Reino de Magnum recebe mais Denum e, portanto, se mantém como o principal reino dos cinco.

Como você já percebeu e verbalizou, caro Victor de Vitória, estamos no Reino de Alba. Ao nosso redor, estão as Cordilheiras dos Exilados, as maiores cordilheiras do Reino de Alba e do Grande Reino Unido de Crux. Neste vale, formado entre as cordilheiras, está situado o Vale dos Exilados, local para onde são levados, ou melhor, trazidos aqueles que foram expatriados de seus respectivos reinos.

– Você está aqui por isso? Foi expatriado?

– Paciência, caro Victor de Vitória, paciência. O Vale dos Exilados é formado por uma floresta, a Floresta dos Esquecidos, um rio, o Rio Gelado e por uma grande extensão de neve. Aqui, no Vale dos Exilados, os expatriados são deixados à própria sorte. No frio e com escassez de alimentos é muito difícil sair com vida. Nunca soube de ninguém que tivesse conseguido escapar previamente. Agora, então, com a presença dos Mercenários, ficou ainda mais difícil.

— Mercenários?

— Os Mercenários são criaturas que estão aqui para em busca de alguma recompensa, na maioria das vezes. Porém existe uma pequena quantidade deles que cometeram alguma transgressão, mas não tão grave a ponto de gerar a expatriação. A eles é dada uma chance para escaparem da punição do exílio.

— Como?

— Exterminando um exilado.

Victor cuspiu toda a fruta de sua boca. A náusea o dominou. Toda aquela história de reinos estava interessante, mas descobrir que o que ele estava passando não era uma má sorte do acaso o deixou um pouco zonzo.

— Como eu vim parar aqui? — o desespero de Victor havia retornado. — Eles querem me matar! A mim! A mim? Eu não fiz nada. Eu preciso voltar para casa, Alaxmaner! Meus pais devem estar me esperando!

— Eu compreendo suas palavras e seus sentimentos, caro Victor de Vitória.

Victor tentava respirar, mas o ar parecia não entrar em suas narinas. Aos poucos, a serenidade de Alaxmaner o acalmou e ele conseguiu perguntar:

— E você? Por que veio parar aqui?

— Fui exilado, caro Victor de Vitória.

— Sim, eu entendi isso. Mas gostaria de saber, o que você fez para ser enviado para essa masmorra a céu aberto? Você parece tão correto e educado.

— Obrigado pelos elogios, caro Victor de Vitória. Não saberei explicar o motivo pelo qual fui exilado porque não sei de maneira exata. Creio ter sido um engano, apesar de não conseguir imaginar por que seria expatriado de maneira equivocada.

— Você assassinou alguém?

— Se assassinei? — Alaxmaner parecia surpreso com a pergunta — Não, caro Victor de Vitória, jamais exterminei criatura alguma.

— Você não fez nada de diferente pra estar aqui?

– Não. Embora tenha repassado por diversas vezes em meu íntimo meu último dia no Reino de Magnum, não me recordo de nada de incomum.

– Então, seu caso é parecido com o meu.

Alaxmaner pensou um pouco antes de falar:

– Caro Victor de Vitória, não houve nada que, ao meu ver, pudesse tomar uma proporção de punição tão grave quanto a expatriação. Eu sou, ou era, fiscal dos trabalhadores da plantação média um de daimófepos. Minha função consiste em fiscalizar os trabalhadores da plantação, sejam eles cavalos alados, curupês ou ursos. Todavia, nesse fatídico dia, minha escala apontava para a análise da plantação em si. Um trabalho longo e exaustivo, no qual eu devo percorrer toda a sua extensão em busca de irregularidades quaisquer, tais como plantação fora do alinhamento ou sementes não germinadas. Enquanto fazia minhas análises em uma área ábdita, escutei um trecho de uma conversa entre um cavalo e uma égua alados. Ou duas éguas aladas, não sei. Essa foi a única situação peculiar ao meu ordinário.

– Sobre o que eles conversavam?

– Para ser honesto, não compreendi ao certo o que diziam. Parecia-me alguma conversa sobre tributos. Uma conversa não, uma calorosa discussão, uma vez que consegui escutar apenas a voz de uma égua alada. O outro, ou a outra, sequer conseguia pronunciar uma palavra que fosse. Pelo que pude perceber, pareceu-me que algo havia saído do Reino de Magnum em direção ao Castelo do Grande Reino Unido de Crux que, de alguma forma, não chegara ao seu destino. Imagino que o cavalo alado responsável era o que estava sendo repreendido. Deduzi que falavam sobre os daimófepos, até porque eles conversavam em meio à plantação. Porém, ao perceberem minha aproximação, cavalgaram para longe. Eu não fui capaz de vê-los, apenas escutei o trotar, que deveria estar tão sincronizado que parecia haver apenas um cavalo alado.

– Essa, então, foi a única coisa de diferente que aconteceu no seu dia?

Alaxmaner assentiu com a cabeça e Victor logo emendou:

– Eles poderiam estar desviando os tributos.

– Ponderei sobre essa possiblidade. Entretanto, esbarro no pressuposto de que o destino final de um desvio de tributos deveria ser outro, não a própria coroa.

– O que mais de diferente aconteceu nos seus dias anteriores?

– Absolutamente nada.

– Não é possível. Eles devem ter te explicado alguma coisa quando te prenderam.

– Não fui preso, e tal situação é também questionável e suspeita. Não houve prisão ou julgamento. Enquanto retornava para o meu estábulo, a última lembrança antes de eu desmaiar foi a de um vulto. Quando despertei, estava aqui. Pela descrição escutada das minhas aulas, quando ainda potro alado, não havia dúvidas de onde eu estava.

– Então, somos dois punidos sem crime!

Victor processava toda aquela informação quando se lembrou de um detalhe e perguntou:

– Por que você se arriscou para me salvar?

– Excelente pergunta. A resposta é tão excelente quanto a pergunta: eu não sei.

– Como não sabe?

– Eu não sei o que me motivou. Foi um breve instante no qual a ação é mais veloz do que o raciocínio. Senti que era o certo a fazer e fiz.

– Por acaso você estava me vigiando?

– Desculpe, não compreendi a sua indagação.

– Por acaso você tem me observado desde que cheguei aqui?

– Não. Percebi sua presença somente após você tocar seu instrumento. A primeira vez que te vi foi quando tentava escapar do ataque duplo quando tropeçou e caiu. Por que me sonda?

– Às vezes tenho a sensação de que estou sendo observado.

Alaxmaner se alarmou, olhou ao redor e perguntou:

– Acredita na presença de Mercenários ao nosso entorno?

– Não sei se é algum Mercenário. Às vezes sinto que tem alguém me vigiando.

– É bom estar atento, uma vez que podemos ser vigiados a todo tempo e em todo lugar. Não existe local seguro no Vale dos Exilados. No entanto, caro Victor de Vitória, pode ser apenas uma impressão causada pelo temor. É tarde e pela noite é o melhor momento para tentarmos repousar – disse o cavalo alado, ao se ajeitar para dormir.

– Alaxmaner?

– Pois não.

– Eu quero ir embora. Para minha casa. Acha que vou conseguir?

– As estatísticas estão contra.

– Por mais que você tente não demostrar, eu percebo que tem esperança de sair daqui. Com vida, eu quero dizer.

– Esperar não é realizar, caro Victor de Vitória. Enquanto estivermos vivos, esperaremos por algo. No momento, devido às circunstâncias, esperamos sair vivos do Vale dos Exilados. Se conseguirmos sair, esperaremos alguma outra coisa, por exemplo, para você, seria o retorno para casa. E quando voltar para casa, esperará rever sua família. E quando revir sua família...

– Entendi – Victor interrompeu o cavalo alado. – Estamos sempre esperando. Por alguns instantes, pensei que você estivesse mais otimista, agora que somos dois.

– Na verdade, é complicado para uma única criatura escapar. Dois, eu diria que é quase impossível. – Alaxmaner abaixava a cabeça próximo das patas como se fosse dormir.

– Posso fazer mais uma pergunta?

Alaxmaner apenas levantou os olhos para Victor.

– Vá em frente.

– Por que você não quis voar enquanto fugíamos dos Mercenários?

– Porque não posso voar.

– Não pode voar por estar no Vale dos Exilados?

– Não. Não posso voar porque não posso.

– Você nunca voou?

– Nunca.

Victor estava incrédulo.

– Desculpa, Alaxmaner! Está difícil de entender! Você é um cavalo que tem boca e fala, mas tem asa e não voa?

– Caro Victor de Vitória, não é a conversa de uma noite que vai te fazer um perito em tudo que há no Grande Reino Unido de Crux. Vamos repousar. Amanhã continuamos a esclarecer as suas dúvidas, que não serão findadas em apenas um dia. Vamos aproveitar a noite para descansar. O escuro é bom para o perseguido.

– Alaxmaner, posso te fazer a última pergunta?

O cavalo alado estava de olhos fechados.

– Faça-a.

– Posso dormir perto de você? Estou congelando de frio.

– Por gentileza, estimado Victor, se aproxime.

Victor se aconchegou na barriga do animal e foi, gentilmente, coberto por sua asa. Sentiu-se aquecido e relaxado. Adormeceu quase de imediato. O cansaço era tanto que não percebeu quando sua mão começou a acariciar a crina azul-escuro de Alaxmaner que, por sua vez, achou aquele contato um tanto estranho e precoce. Victor, já adormecido, escutou ao longe:

– Pode ser apenas um costume peculiar entre os habitantes de Vitória.

3

O sono de Victor estava superficial quando ele escutou o seu nome sendo chamado.

– Já vou, pai.

O rapaz resmungou e se virou para o lado. Tentou puxar o cobertor até o seu ombro, mas não conseguiu.

– Estimado Victor, não sou seu pai. Teria muito prazer em sê-lo, no entanto, não sou. O sol raiou e precisamos nos movimentar ou poderemos ser descobertos sem esforços e nos tornar presas fáceis para os nossos perseguidores – respondeu Alaxmaner, serenamente.

Victor esfregou os olhos. Por alguns instantes pensou que tudo não havia passado de um sonho, mas o breve alívio logo cedeu lugar à realidade. Ele ainda estava deitado na barriga do cavalo alado azul falante e coberto por suas asas quando notou que, além das penas, as asas também tinham pelos azuis.

– Isso não deve ser delírio, acho que nem as loucuras têm tantos detalhes assim – pensou.

O jovem se espreguiçou e reparou que havia uma crosta sobre a ferida do seu polegar direito e, portanto, não sangrava mais. Doía apenas quando era apertado. Após se levantar, olhou para o cavalo alado e falou baixo:

– Obrigada, Alaxmaner. Além de ter me salvado durante o dia, você me salvou também durante a noite. Eu não iria aguentar de tanto frio.

Alaxmaner assentiu com a cabeça e respondeu:

– E eu agradeço a agradável companhia.

– Impossível achar agradável um cara que, além de te perguntar tudo o tempo todo, dorme em cima de você e te faz correr de um lado para o outro fazendo barulho com um violão achando que, como mágica, vai conseguir voltar para casa.

– Ignoro o fato de ter tocado seu instrumento em momento indevido por puro desespero. É compreensível. Assim como é compreensível saber que não é prudente ou seguro estarmos em dois. Todavia é muito mais agradável. Faço gosto em responder às suas demandas e inquietudes, mas é bom que se lembre, sempre em voz baixa, para não despertarmos atenção de nenhum Mercenário.

Victor ouviu um discreto estalar de folhas secas, como se alguém se aproximasse, e procurou a origem do som. Quase sussurrando, falou para Alaxmaner:

– Você ouviu isso?

– Sim. Mas não identifiquei a procedência. Você a identificou? – perguntou Alaxmaner, preocupado.

– Se você não sabe de onde vem o barulho, quem me diz eu! Não sei de onde veio, mas continuo com a mesma sensação de estar sendo vigiado.

Victor e Alaxmaner observaram tudo ao redor, sem, contudo, descobrirem qualquer outra criatura.

– Acalme-se, estimado Victor. Esse ruído deve ter sido provocado por algum animal que se aproximou de nós. Se você estivesse sendo observado por algum Mercenário há tanto tempo quanto crê, você não estaria mais aqui. Por desejar a recompensa o mais breve possível, eles podem procrastinar o ataque para planejar a ação, mas não se alongam por mais do que algumas horas. Acredito que não deva cismar com isso. De toda forma, é bom nos precavermos e não ficarmos tanto tempo estáticos. Vamos?

– Pra onde, Alaxmaner?

– No primeiro momento, nos afastar da cabana, a qual se destaca à luz do dia. No segundo momento, vagar silenciosamente para evitar novos ataques.

– Até quando?

Alaxmaner não respondeu porque não precisava. Victor, cabisbaixo, apanhou o violão e algumas frutas. Ele poderia tentar esconder de si o desalento, mas não a fome. Depois, montou em Alaxmaner, que trotou calmo e silencioso pela Floresta dos Esquecidos. Enquanto devorava as pequenas frutas, Victor pensava no almoço, mas desanimou ao lembrar que seria impossível fazer uma refeição de verdade naquele lugar.

O cavalo alado cavalgava em meio à branquitude da floresta. Victor não fazia ideia de onde estava e para onde ia. Era tudo tão parecido e monótono que a sensação era a de que eles estavam andando em círculos. Talvez estivessem mesmo. Seus pensamentos corriam soltos, pensava em seus pais, nos seus avós, na sua irmã nos seus amigos até que uma dúvida o interrompeu.

— Alaxmaner, além da energia da palavra falada, você consegue sentir a energia do pensamento... hum... pensado?

— Não mais, estimado Victor. Por favor, lembre-se de falar baixo.

— Sim, desculpe! – cochichou Victor. – Não mais? Como assim? Alguma vez você já pôde ou é tipo sua asa, uma coisa que você tem, mas nunca usa?

Alaxmaner parou de cavalgar sem responder o rapaz. Algo parecia ter chamado sua atenção, pois seus músculos estavam contraídos e ele permanecia olhando para frente. Victor sabia o que estava para acontecer. Fechou os olhos, se curvou para frente, agarrou-se à crina de do cavalo alado e colocou o violão nas suas costas. Mas, para a sua surpresa, o cavalo alado não se moveu. Victor abriu os olhos e perguntou:

— O que houve?

— Silêncio, estimado Victor, por favor.

Alaxmaner mantinha o olhar na mesma direção. Victor apertou os olhos e identificou o que prendia a atenção do cavalo alado. Por trás da única árvore mais robusta que podia ver, havia uma silhueta felpuda sentada em uma de suas enormes raízes.

— Será que aquele bicho está dormindo? – perguntou Victor, sussurrando na orelha do cavalo alado.

— Pode estar, estimado Victor. Como pode ser um Mercenário tramando um ataque contra nós.

— O que estamos esperando? Vamos sair logo daqui, Alaxmaner! – cochichou Victor.

O cavalo alado, contudo, não se mexeu. Victor, desesperado, olhava para os lados para tentar prever uma possível emboscada. Nesse momento, ele pôde ver, pelo canto do olho esquerdo, um vulto passando. Mas mesmo olhando para todos os lados, não encontrou nada. O rapaz estava quase certo de que eles estavam no centro de uma armadilha e que deveriam fugir o mais rápido possível.

— Alaxmaner, o que você está fazendo? Vamos embora!

Victor estava tão apavorado que não percebeu que havia falado a última palavra mais alto. Alaxmaner repreendeu o jovem com olhar.

E Victor respondeu com gestos de desespero, que se intensificou quando viu a silhueta da criatura levantar a cabeça. Após alguns segundos olhando para frente, a criatura abaixou a cabeça outra vez. Apesar daquele movimento não ter demonstrado, de forma alguma, agressividade, Victor desejava não esperar para ver o que poderia acontecer e perguntou:

– O que você está esperando?

– Você acha mesmo, estimado Victor, que se essa criatura fosse um Mercenário teria nos notado e tão logo voltado a se alimentar?

– E se for uma armadilha? Quem disse que ela está comendo? Se tiver um grupo de Mercenários escondidos usando essa isca para nos pegar?

– Não, não há.

– Como não há, Alaxmaner?

– Repare sua respiração.

Victor estava um tanto quanto nervoso com o cavalo alado. Tudo que ele queria era sair dali e o outro falando sobre o seu padrão respiratório.

– O que tem? – respondeu o rapaz bufando.

– A criatura manteve a mesma frequência respiratória antes e depois da perturbação causada pela sua voz. É notório que está se alimentando, pelo movimento das patas e da mandíbula que observamos a essa distância.

– Ah, pensei que estivesse se referindo à minha respiração!

– A sua está ofegante e com ritmo acelerado, de uma pessoa pronta para fugir. Outra opção seria ter a expectativa de que seu meio de transporte o fizesse. Uma terceira opção seria estar irado por ainda não termos evadido.

– Engraçadinho. Então, por que nós ainda estamos aqui? Você diz que nós não podemos ficar muito tempo parados. Fala que nós precisamos nos manter em movimento para escapar de um ataque, mas está aqui parado há um tempão, só olhando... hum... – Victor não sabia como definir – aquilo.

– Justamente, estimado Victor, para sobrevivermos, precisamos nos movimentar. Todavia, temos, atrás daquela árvore, uma criatura estática. Por quê?

– Ali e aqui, não é? Alaxmaner, o que você tá pensando em fazer? – perguntou Victor, com receio da resposta.

— Penso em me aproximar e indagar. Procurar compreender.

— Mas, Alaxmaner, precisamos sair daqui. Já vacilamos demais! Eu não entendo por que tentar entender alguém que você nem conhece?

— Estimado Victor, eu não sei o porquê. Empenho-me em entender-me. A mim, meu corpo e meus sentimentos. É um exercício que faço. Sinto apenas, nesse momento, que devo fazê-lo. Imagine que nós estivéssemos frente a um jovem rapaz em perigo. Esse rapaz é atacado por quem não consegue enxergar. Ele tenta escapar, tropeça e cai. Está no chão, não há alternativa. Uma flecha em breve cravará sua cabeça. Você, nesse momento, está montado em mim. O que me diz? Devemos nos arriscar por entre os tiros, lanças e flechas para salvar o indefeso rapaz, que tem menos chance de vida do que de morte? Ou devemos seguir o desconhecido caminho da fuga eterna?

Victor hesitou em responder. Ele sabia que fugiria deixando o rapaz à sorte, ou azar, de ser atingido pela flecha. Preferiu, então, se calar e descer do cavalo alado, que o ajudou com sua asa. Após escorar o violão em uma árvore próxima, falou:

— Deixa comigo, Alaxmaner. Eu vou lá.

— Estarei logo atrás de você, estimado Victor.

À medida que Victor se aproximava, mais detalhes da silhueta era capaz de identificar. A criatura tinha pelos rosa e olhava para algo em seu colo.

— Alaxmaner tem mesmo razão. Deve estar comendo — pensou enquanto caminhava.

Apesar dos passos cuidadosos, Victor e Alaxmaner não conseguiam conter alguns estalidos dos gravetos se partindo pelos seus passos. No entanto, a silhueta não respondia com qualquer movimento que fosse. Parecia não escutar ou mesmo se importar com a presença deles. Victor começou a achar que não se tratava mesmo de um Mercenário. Ele estava tão distraído com seus pensamentos que acabou tropeçando e caindo. Parte do seu corpo ultrapassou o tronco da árvore em que a criatura estava sentada. Imóvel ela estava, imóvel ela permaneceu. Sequer olhar para Victor estatelado no chão, a criatura se deu o trabalho de fazer.

O rapaz, então, aproveitou para reparar a criatura dos pés à cabeça. Os pelos eram curtos, rosados e de aparência macia. Suas patas traseiras, curtas e roliças, estavam cruzadas. Havia um pequeno pote em seu colo. Ao mesmo tempo que observava cada detalhe da criatura,

Victor se levantava do chão e, ao se colocar de joelhos, a criatura enfim olhou para ele, que ficou encantado. Jamais vira uma criatura tão fofa assim tão de perto. Mais parecia um bicho de pelúcia do que um animal de verdade. O conjunto de pelos rosados, olhos redondos e azul-claros, focinho delicado e rosa mais escuro era muito harmonioso. Victor estava maravilhado, queria tocá-la:

– Uma ursinha! – pensou. – Será que ela também fala?

Após soltar um pequeno pigarro, Victor falou:

– Bom dia!

– E aí, parceiro? Beleza? – respondeu uma voz grossa, rouca e áspera daqueles lábios tão delicados.

Victor só não caiu porque ainda estava ajoelhado e falou assustado, sem pensar:

– Você é um urso?

– E *ocê* é um humano, parceiro. Qual o problema? – respondeu o urso com olhar adorável e voz bronca.

– Nenhum! Nenhum! – respondeu Victor, olhando para Alaxmaner em busca de ajuda, mas o cavalo azul alado falante e expressivo, até demais, parecia se controlar para segurar o riso.

– Bom dia, caro urso de Alba. Sou Alaxmaner de Magnum – disse o cavalo alado fazendo a reverência já conhecida por Victor.

– Joca de Alba.

O urso respondeu, ainda sentado, como se prestasse uma continência e acenasse tchau ao mesmo tempo com a pata direita. A pata esquerda, ele introduzia no pote em seu colo, com melado escorrendo pelas bordas.

– E quem é *ocê,* parceiro?

Victor, que ainda não havia se acostumado com aquela voz tão rude saindo daquela criatura tão terna, respondeu:

– Victor. Eh... de Vitória.

O urso olhou diretamente nos olhos de Victor. Sua expressão dúbia o deixava ainda mais gracioso:

– Vitória? Onde fica isso, parceiro?

Victor não estava disposto a se alongar com a mesma conversa com Alaxmaner e decidiu resumir:

– Longe. Bem longe.

– O que importa, não é, parceiro?

– Como assim? – perguntou Victor.

Joca respondeu com uma risada grotesca e apontou com a pata melada para Alaxmaner.

– O parceiro ali deve ter entendido. Explica aí pro moleque, patrão!

– Primeiramente, caro Joca de Alba, devemos manter-nos em silêncio. – respondeu Alaxmaner – Estimado Victor, o caro urso de Alba teve a intenção de dizer, acredito eu, que não importa se você mora longe ou perto do Reino no qual estamos. Uma vez no Vale dos Exilados, não há mais retorno. Esse urso, por exemplo, é do Reino de Alba, cujo perímetro abrange o Vale dos Exilados, porém jamais voltará a Motrile.

– Motrile?

– É a área mais urbana do reino dos ursos. Onde, para exemplificar, residem as grutas as quais eles habitam.

O urso parecia não compreender o motivo da explicação para o jovem.

– Qual é a sua, parceiro? *Ocê tá* ou *ocê* não *tá*?

– Estou, mas não queria estar. Cheguei aqui por acidente.

– Como acidente? *Ocê* não é Mercenário?

– Eu? – Victor respondeu, perplexo.

– Pensei que *ocê* e o parceiro aí *era* tudo Mercenário.

– Não, caro Joca de Alba, não somos, e se fôssemos, decerto que não estaríamos conversando, e sim te atacando.

– Faz sentido, parceiro. É que nunca vim pra cá antes. Não sei como funciona.

Victor olhava incrédulo para Alaxmaner. Até ele que mal chegara, tinha mais noção de como funcionava o Vale dos Exilados do que o urso. O cavalo alado, que também havia se impressionado com a resposta do urso, perguntou:

– Caro Joca de Alba, poderia nos dizer qual foi o grave delito que te fez condenado à expatriação?

– Quê? – O urso, com a mão inteira com melado na boca, parecia não ter entendido.

– Por que você foi exilado? – perguntou Victor.

– Ah, sim, agora eu entendi. Eu não sei. Todo mundo sempre falou que pra ser exilado tem que fazer alguma coisa muito ruim. – Joca meteu a pata rosa no pote, retirou o melado e o lambeu. — Eu não sei o que posso ter feito de tão ruim.

As lágrimas começaram a escorrer dos delicados olhos azuis em direção à boca e se misturaram o melado. Alaxmaner aproximou seu rosto ao de Joca para demonstrar solidariedade:

— Gostaria de compartilhar conosco o que lhe sucedeu, caro Joca de Alba?

Joca soluçava quando falou de forma explosiva, aos prantos, deixando seu pote cair:

— Ela me deixou!

— E isso é crime? — disse Victor.

— Não, parceiro — respondeu o urso com olhar triste, úmido e distante.

Após uma pequena pausa, Alaxmaner quebrou o silêncio:

— Estranho. Diga-me, por obséquio, caro Joca de Alba, se o motivo do seu abandono poderia ter relação com o seu exílio.

— Não sei, parceiro. Um belo dia eu saí cedo pra trabalhar. Eu t*ava* fazendo manutenção das *gruta*, que é meu trabalho. Não paga muito, mas paga. Naquele dia, eu trabalhei só de manhã e voltei para almoçar em casa. Não percebi quando eu cheguei que só as minhas *coisa tava* em casa. Só de noite percebi que a Shanaia não ia mais voltar.

Victor olhava para Alaxmaner sem ter a menor ideia do que fazer. O cavalo alado continuou.

— Após a constatação do abandono, o que fez caro Joca de Alba? Feriu alguém?

— Pra quê? De ferido já tinha eu, parceiro! Depois que eu vi que não tinha jeito, fui pro Melar, que *tava* muito mais vazio do que sempre. Tinha só uns três *urso* conversando no balcão.

— E o que aconteceu depois?

— Dois desses *urso sentou* na mesa comigo. Nós *bateu* um papo rápido e eu me senti zonzo. Depois tudo apagou e eu acordei aqui, no pé dessa árvore...

— Desculpe a interrupção, caro Joca de Alba, contudo você me diz que desmaiou e tão logo que acordou estava no Vale dos Exilados?

— Sim, parceiro.

— Não houve julgamento?

Os olhos azuis de Joca pareciam saltar das órbitas. Ele olhou para Victor e Alaxmaner como se tivesse achado a última peça de um enorme quebra cabeça.

– Eu não fui julgado! Parceiro, como não me toquei disso antes?

– Então, caro Joca de Alba, você sabe que é necessário um julgamento para que se seja condenado à expatriação ao Vale dos Exilados?

– Não só sei, como já participei de um! Eu era auxiliar do auxiliar do auxiliar do Juiz Urso Maior de Motrile. Coisa fina!

– Auxiliar do auxiliar do auxiliar? O que você fazia? – indagou Victor.

– Levava os *documento* dos *julgamento*. As *gravação*.

– Gravações?

– Estimado Victor, temos a capacidade de nos compreender devido à energia da palavra falada. No entanto, não conseguimos transcrever, manualmente, por ausência do polegar opositor. Cavalos alados utilizam do recurso das gravações, uma vez que a prestação de serviço da transcrição de um curupê é mais onerosa do que o da gravação. As demais criaturas as utilizam quando não querem cometer equívocos.

– Ou quando têm preguiça, porque é mais fácil – completou Joca.

– Você trabalhava, indiretamente, com o Juiz Urso Maior de Motrile e não foi julgado. – Alaxmaner raciocinava alto.

– Isso mesmo, parceiro.

– Não foi bem uma pergunta, caro Joca de Alba. Estou refletindo sobre o que nos disse.

– Ah, entendi, parceiro. Foi mal – disse Joca, metendo, novamente, a pata com melado na boca.

– Você trabalhou por muito tempo no judiciário, caro Joca de Alba?

– Por muitos sóis, parceiro.

– E por qual motivo foi dispensado? – perguntou Alaxmaner.

– Eu e o auxiliar do auxiliar e o auxiliar do Juiz Urso Maior de Motrile. Nós *foi* mandado embora porque eles *disse* que *ia* colocar uns *urso novo* lá dentro. Urso treinado no Castelo de Crux.

Alaxmaner franziu o cenho e perguntou:

– De todos os citados, só o Juiz Urso Maior continuou no cargo?

– Acho que sim, parceiro. Mas ele já tinha vindo do Castelo de Crux. Ele foi o primeiro. Foi mudando toda a turma. Eles *falou* que os *urso* mais capacitado que nós *ia* trabalhar lá. Eu acho até que fui o último de todos a sair, sabia?

– Essa informação muito me espanta, uma vez que o Grande Reino Unido de Crux sempre respeitou a autonomia dos cinco reinos que o constituem. Como sabe que foi o último?

– Escutei o Juiz Urso Maior falando com alguém.

– Com quem ele falava?

– Não sei. Não prestei atenção.

– O que mais ele disse?

– Não lembro direito. *Tava* falando só mesmo de mudar a ursada, colocar os *pessoal* da confiança dele. Vê só, se pode, eu trabalhei tanto tempo lá e não era de confiança.

– E depois? Você foi trabalhar com manutenção das casas? – perguntou Victor.

– Das grutas, parceiro, sim. A grana apertou e eu tive que fazer o que dava pra fazer. O que os *urso tava* precisando era disso. Mas passei a ganhar muito menos, sabe? Shanaia *tava* com muita dificuldade em se adaptar à nova vida.

– Por isso ela te deixou? – perguntou Victor.

Os olhos de Joca voltaram a marejar:

– Shanaia já tinha me falado algumas *vez*, um pouco antes de eu ser mandado embora, pra procurar outra profissão. Mas eu não dei muita bola, porque o trabalho era fácil e a grana era boa. Acho que o saco dela encheu.

– Compreendo sua dor, caro Joca de Alba. Seria muito desconforto voltarmos ao, qual é o nome, Melar?

– Eu queria, parceiro, mas *diz* que não dá pra sair daqui do Vale dos *Exilado*.

Victor intercedeu novamente pela comunicação um pouco rebuscada demais de Alaxmaner com o urso de coração partido.

– Não é isso, Joca! O que o Alaxmaner quer saber é se ele pode te perguntar mais coisas sobre o Melar em que você estava antes de vir para cá.

– Pode, ué! – respondeu Joca enxugando as lágrimas com a pata direita e pegando mais melado com a esquerda.

– Você consegue se lembrar de quem eram os ursos ou sobre o que conversavam?

– Ah, parceiro, não prestei atenção. Eu *tava* bem triste, sabe?

– Tudo bem, é totalmente compreensível.

– *Ocê* parece tão educado, parceiro. Nem parece que matou alguém.

– Como? – Alaxmaner perguntou com um leve tom de indignação.

– Ou *ocê* só carregou o moleque pra ele matar *pr'ocê*. Eu já vi muita dessa audiência, mas quase nunca vi ninguém ser mandado pra cá. Pra mim esse lugar nem era de verdade – Joca respondeu.

– Assim você nos ofende, caro Joca de Alba – Alaxmaner voltou a seu tom de voz habitual.

– Não tem que matar pra vir para cá? – repetiu o urso.

– Você matou alguém?

– Não.

– Então?

– É mesmo – refletiu Joca. – Então, como *ocês chegou* aqui?

– Gostaria de saber te responder – respondeu Victor. – Eu estava tocando uma música no violão na minha casa, em Vitória, e, do nada, apareci aqui.

– Estranho também. E *ocê*, parceiro?

– Assim como você, caro Joca de Alba, fui condenado sem julgamento. Estava retornando à casa após um cansativo dia de labuta quando fui surpreendido. Como já explicitei ao estimado Victor, a única situação incomum no meu dia foi a de ter presenciado uma conversa, no meu entendimento, confidencial. No entanto, acredito, discorriam sobre tributos ou sonegação desses, não sei ao certo. Bem como ser abandonado, essa conjuntura, outrossim, não configura crime de alta gravidade.

– Que doideira! – exclamou o Joca, lambuzando-se do melado.

– Bom, caro Joca de Alba, devemos continuar a nos movimentar, a quietude pode nos surpreender com um ataque silencioso dos Mercenários. Gostaria que nos acompanhasse, uma vez que seu exílio ocorreu de maneira tão extraordinária quanto o nosso. Entretanto, quanto mais separados, maiores as chances de sobrevivência.

Os olhos marejados do urso rosa deixaram a lágrima escorrer. Da boca delicada do Joca soou a voz rouca, áspera e chorosa:

— Shanaia me deixou! *Ocês tá* me deixando! Até um Mercenário, se aparecesse aqui, não ia me matar, ele ia me deixar também! Que valor eu tenho? Nem uma mísera roxura!

O urso deixou seu corpo roliço e peludo cair no chão e o pote de melado rolou para seu lado. Com uma rapidez inesperada, Joca agarrou seu pote e voltou a se lambuzar.

— Isso é um pouco nojento – disse Victor.

— Vamos, caro Joca de Alba, não é necessário o comportamento infantil. Você sabe da importância de seguirmos separados.

— Eu sei, parceiro, ainda mais *pr'ocês* de Magnum, né? *Ocês* separam *ocês d'ocês* mesmos. Quem dirá dos outros.

— O que você quer dizer, Joca? – perguntou Victor.

— *Ocê* não sabe dos *cavalo alado* de linha e dos *cavalo alado liso*? – perguntou Joca.

— Não. Não estou entendendo, existem dois tipos de cavalos?

Alaxmaner pigarreou:

— Para compreender a questão, estimado Victor, faria-se necessária longa explicação. Contudo, em resumo, eu poderia dizer que há duas raízes distintas na origem dos cavalos alados. A primeira estaria relacionada com a ancestralidade do Rei de Magnum, os quais são considerados os cavalos alados de linha, e a segunda, não, os quais são considerados os cavalos alados lisos.

— E por isso eles têm que ficar separados?

— Infelizmente sim, estimado Victor. Por exemplo, como o caro Joca de Alba nos citou, existe uma separação física entre os cavalos alados. Há um pasto no Reino de Magnum que deve ser ocupado apenas por cavalos de linha, chamado Grande Pasto. Já os cavalos lisos ocupam o Pequeno Pasto, cuja função é quase a mesma, porém com recursos e qualidades inferiores.

— Você é liso ou de linha, Alaxmaner? – perguntou Victor.

— Sou cavalo alado de linha, estimado Victor. Gozei desse privilégio por toda a minha existência.

— *Tá* vendo, parceiro? Se eles fazem isso com eles mesmos, imagina o que eles não fazem *com nós* que *é* dos outros reinos. – Joca falava com tanto melado na boca que escorria pelos cantos. – Daí, *ocê* já pode imaginar por que o Reino de Magnum é o maior de todos e o mais rico.

– Eu compreendo e compartilho do ressentimento do passado injusto do Reino de Magnum com os outros reinos. Contudo, caro Joca de Alba, nem todos os cavalos alados são iguais. Muito já se melhorou em nosso Reino de Magnum, embora haja muito que se melhorar.

Victor achou que a conversa estava se tornando longa e densa e tentou mudar o foco.

– Vocês podem trazer pertences para o Vale dos Exilados?

– Não, por quê, estimado Victor?

– Porque ele trouxe esse pote – respondeu apontando para o melado do urso.

– Ah, o pote *tava* todo sujo de melado por fora e acabou grudando no meu traseiro, quer ver? – respondeu o urso, tentando se levantar.

– Não! Obrigado, mas dispenso de ver o seu traseiro!

Alaxmaner pareceu relaxar um pouco sua rígida musculatura e falou:

– Distinto Joca, gostaria de nos acompanhar rumo à jornada do desconhecido? Devo alertá-lo que, como estamos em três, devemos triplicar o silêncio e a cautela para não sermos encontrados pelos Mercenários.

Joca levantou-se com os olhos lacrimejando e abraçou Alaxmaner e Victor, sujando-os com sua barriga enorme e cheia de melado. Victor tentou se limpar, em vão, e falou:

– Estava aqui pensando. Eu vim parar aqui tocando violão. Você, Alaxmaner, veio parar aqui depois de escutar uma conversa nada a ver. O Joca, depois de ter sido abandonado...

– O que tem, parceiro? – perguntou o urso.

– O que eu quero dizer é que o Vale dos Exilados pode ser um lugar para onde criaturas são enviadas, de um jeito aleatório, pra servir de exemplo para que as outras fiquem com medo e nunca cometam nenhum crime. Porque, eu vou contar para vocês, até agora nada aqui fez o menor sentido.

– Olha, eu acho que eu concordo – respondeu uma voz feminina.

– Quem está aí? – Os três responderam ao mesmo tempo, assustados, procurando de onde vinha aquela misteriosa voz.

4

– Como, quem? Eu, oras! E se eu fosse uma Mercenária bem do mal, já teria acabado com vocês nessa conversinha mole, mole – disse a voz.

Joca parecia não ter se incomodado com a visita oculta, pois havia voltado a lamber a sua pata melada. Por outro lado, Victor e Alaxmaner permaneciam imóveis e receosos. Sem olhar para o lado, o rapaz perguntou, com a voz baixa, ao cavalo alado:

– Será que ela não é mesmo uma Mercenária?

– Acredito que não, estimado Victor. Os Mercenários não costumam se anunciar ou tripudiar de suas caças. O tempo para eles é importante. Você se recorda de um barulho que escutamos? Talvez, de fato, estivéssemos sendo observados por essa mesma criatura que nos fala.

– Pode ser, Alaxmaner – respondeu Victor, sem esconder o medo.

Joca retirou a pata com melado de dentro da boca com um estalo.

– Então, *ocês tava* sendo *vigiado* e *parou* pra falar comigo e me meter no meio do rolo *d'ocês*?

– Nós não sabíamos que estávamos sendo vigiados, Joca. Eu que estava com a impressão de ter alguém me observando. Mas eu estou sentindo isso desde o primeiro segundo em que eu apareci aqui nesse lugar! Pensei que fosse coisa da minha cabeça! – respondeu Victor.

– Jamais o poríamos em risco, de maneira voluntária, estimado Joca. Mas, se um consolo se faz necessário, penso que, se a tal criatura a nos falar fosse a Mercenária que segue à espreita do estimado Victor, certamente já teria nos atacado antes mesmo de chegarmos a você – disse Alaxmaner.

– Sério que vocês vão mesmo continuar falando como se eu não estivesse aqui? – A voz feminina ecoou outra vez.

– Desculpe-nos. Estamos aliviados por você não ser uma Mercenária. Queira, por gentileza, nos agraciar com sua presença, além da sonora, cara... como posso chamar-lhe? – perguntou Alaxmaner.

Uma graciosa criatura pulou dos galhos da árvore em que Joca estava sentado. Parecia pairar no ar como se usasse um paraquedas invisível. Sua pele era escura, o cabelo crespo e volumoso e preso por uma tiara dourada. Os olhos eram cor de mel, e a sobrancelha, castanha e como se fosse desenhada. Era linda e delicada. Estava com um vestido amarelo, brilhoso, cuja barra estava um pouco rasgada. Era possível observar pequenas e translúcidas asas saindo de suas costas. Victor, que nunca havia visto uma fada, ficou encantado. Ela pousou, sutil como uma flor que se desprende de uma árvore, sobre o cavalo alado, colocou as mãos na cintura, dobrou os joelhos e abaixou a cabeça, como uma formosa bailarina:

– Flora de Rubrum.

Com a mesma formosura com que desceu da árvore, a fada saltou do cavalo em direção ao chão. Alaxmaner respondeu, de imediato, com a sua elegante reverência.

– Alaxmaner de Magnum.

– Joca de Alba – disse Joca, sem olhar para a fada, retirando a pata direita, cheia de melado, do pote e repetindo o mesmo movimento atrapalhado que misturava uma continência e um aceno.

Victor ainda não estava habituado com as formalidades do Grande Reino Unido de Crux e demorou para perceber o hiato que se formou que ele julgou ser o momento de sua apresentação.

– Victor… de Vitória.

A fada sorriu virando a cabeça para trás. Ela era linda e encantadora.

– Olha garoto, eu vou te contar uma coisa: foi im–pos–sí–vel não escutar a conversa de vocês aqui de cima. E, deixa eu te dar uma dica? Não faça isso.

Victor olhou para Alaxmaner em busca de alguma compreensão, mas o cavalo alado deu de ombros.

– Desculpe, Flora, mas eu não entendi. Não fazer o quê?

– Veja bem, fofinho. Eu poderia passar o dia aqui enumerando as situações constrangedoras que meus delicados ouvidos capitaram, mas vou me ater às que eu estou lembrando porque vocês três falam demais! Primeiro: não me venha com esse papo de que você apareceu "do nada" após tocar esse violão todo estourado. Todos sabem que são as fadas que detêm o conhecimento da arte milenar e abolida da magia, e não seria um quínio, que mais se assemelha a uma minhoca, que iria ressuscitá-la.

– Minhoca? Olha, me desculpe se eu te ofendi quando disse que apareci aqui após tocar violão. Eu não disse que foi magia. Só disse o que aconteceu, mas não precisa me ofender também.

– E te ofendi, por acaso?

– Me chamou de minhoca!

– Tome como elogio, fofinho. Minhocas são feinhas, esquisitas e asquerosas, mas são super importantes! Sem minhocas não tem terra fértil e sem terra fértil não tem vida! – respondeu a fada elevando os braços.

Victor não sabia o que responder. Era melhor aceitar. Flora continuou dizendo:

– E outra, querido, se não quer admitir que é de Quini, eu te entendo. Eu também teria vergonha de assumir. Mas nesse caso é só falar qualquer outro lugar. Fala que é de Centauro. Se bem que ninguém nunca nem viu ninguém do Reino de Centauro, às vezes não vão acreditar em você... Ah! Já sei! Fala que você é do Reino de Musca! Eu também nunca vi pessoalmente, mas já me falaram que são bem anêmicos, tipo assim, que nem você!

Victor percebeu que não era a intenção da fada ofendê-lo, mesmo assim ela o fazia. Ele respirou fundo e perguntou:

– Por que eu não posso falar que sou de Vitória?

– Porque foi uma péssima invenção. Victor, de Vitória? É o mesmo que falar Alaxmaner de Alaxmanar ou Joca de Jaca. Victor de Vitória, além de muito, MUITO cafona, é inverossímil!

– Por mais cafona e inverossímil que seja, Flora, eu sou de Vitória. Eu também nunca tinha visto nenhuma fada. Você é a primeira que eu vejo e poderia muito bem falar que você não é do Reino de Rubrum.

A fada fechou os olhos e respirou fundo. Victor fingiu não ver e continuou sua explicação:

– Do mesmo jeito que, para você, é óbvio ser de Rubrum, para mim é óbvio que eu venho de Vitória, entende?

– Pela Rainha da Magia! Fala que você é de Magnum que todo mundo vai acreditar. Fica explicando e explicando coisa que ninguém pediu! Com certeza tem uma asa escondida em algum lugar aqui nas suas costas, porque a cara de cavalo você já tem!

– Será que você é capaz de conversar com alguém sem insultar?

A fada apertou os olhos para Victor, como se ele tivesse falado um grande absurdo.

— Quando foi que eu te insultei, fofo?

— Inacreditável! Está vendo, Alaxmaner. Era para termos passado reto desde quando você viu o Joca sentado naquela árvore! Ele não faz a menor ideia do que está acontecendo, fica alheio a tudo e se lambuzando com esse melado o tempo todo. A Flora não consegue falar mais de três frases sem colocar uma ofensa.

— Onde que tem ofensa, garoto? Você é muito sensível. Olha, eu conheço uma terapeuta cognitivo-comportamental ótima! Ela pega esse probleminha pontual e resolve rapidinho!

Victor olhou sério para Alaxmaner. Pela primeira vez desde que chegara em Crux, ele experimentou o mesmo sentimento de quando discutia com sua irmã, o que o desagradava bastante.

— Estimado Victor, eu compreendo seu pensamento. As fadas têm personalidade e opinião fortes e transparentes. Se ela se manifestou e apareceu para nós é porque, possivelmente, temos algo em que possamos auxiliá-la. — Alaxmaner olhou para a fada e completou: — Em que podemos ajudá-la, cara Flora de Rubrum?

— Quanta autoestima, hein, cavalinho alado, para pensar que eu precisaria da ajuda de um pangaré alado, de um potro em transformação e por um... — Flora olhou para Joca com o melado escorrendo pela boca e caindo em sua barriga. — Eu nem consigo descrever isso.

— Ah, não, Alaxmaner! Você, o tempo todo, fica bancando o educado que tenta organizar esse meio de campo, mas tem coisa que não dá! Ontem você me parecia muito mais preocupado com os perigos do Vale dos Exilados. Hoje prefere ficar parado e bater papo com qualquer criatura que aparece do nada? Ainda mais essa fada que só sabe nos insultar!

— Deve ser de Quini mesmo. Muito cheio de detalhezinhos — disse Flora, pensativa.

— Desisto! — falou Victor, irritado.

— Aquietem-se, os dois!

Alaxmaner falou de forma firme, no entanto com a voz baixa e serena. Ao final, soltou um discreto relincho. Foi a primeira vez que Victor o viu relinchar de verdade. Pensou que o cavalo alado não deveria estar tão calmo quanto parecia.

– Cara Flora de Rubrum, o estimado Victor é, sim, um forasteiro.

– Mas, querido, eu nunca disse que não era. Só disse que eu acho Victor de Vitória é uma desculpa esfarrapadíssima! – ponderou Flora.

– Porém, continua divagando sobre sua possível origem.

– Mas que é difícil de acreditar, é! Victor de Vitória...

– Eu o salvei ontem...

– Eu já sei, pangarezinho alado! Eu escutei toda a conversa de vocês.

– Então, permita-me continuar, por gentileza, se deseja saber a razão pela qual acredito na palavra dele. Eu o resgatei ontem, como a cara Flora de Rubrum assume ter escutado. Após conversarmos, percebi que fui a primeira criatura do Grande Reino Unido de Crux com quem ele teve contato. Ele apresentava-se apavorado e...

– Pela Rainha da Magia! É óbvio que ele estava apavorado, pangarezinho! Ele estava sendo atacado por Mercenários. Ele jamais estaria dançando a Dama da Floresta! Qualquer um no lugar dele estaria se borrando de medo! Até mesmo você com essa calma enfadonha sua... você não pode ser calmo assim, de verdade, sempre! – interrompeu a fada.

– Sim, cara Flora de Rubrum, de fato não sou sempre calmo, assim como, acertadamente, acredita. O medo pode nos cegar, ensurdecer, emudecer, paralisar, confundir e quase enlouquecer. Por outro lado, pode, de maneira paradoxal, nos encorajar, aguçar, ponderar, encarar e movimentar. Portanto, cara Flora de Rubrum, o mesmo medo que nos fragiliza pode nos fortalecer a depender da forma com a qual se lida com ele. Ademais, como um reflexo, o medo pode durar apenas segundos, e mesmo que dure uma vida, que a criatura pareça cega, sempre haverá momentos de lucidez. O estimado Victor podia estar assustado, mas seu raciocínio se manteve intacto, o que me faz crer na sua idoneidade.

Flora olhava fixa para Alaxmaner quando respondeu:

– Você poderia resumir o que acabou de dizer? Eu parei de prestar atenção na metade da segunda frase.

– O que eu quis dizer, cara Flora de Rubrum, foi...

– De novo não, parceiro. Por favor! – suplicou Joca, com a carinha cansada.

– Nem o urso guloso aguenta essa aula toda de novo – emendou a fada.

Alaxmaner revirou os olhos. Victor percebeu que até o cavalo alado havia perdido a quase infinita tolerância. A vontade de Victor era de ir embora, mas conteve o desejo para, antes, satisfazer uma curiosidade que o perturbava desde o aparecimento da fada.

– Flora, você imagina por que veio parar aqui, no Vale dos Exilados?

– Imagino não, fofo, eu sei!

– Se cometeu um grave delito, por qual razão concordou com o pensamento do estimado Victor sobre o Vale dos Exilados?

– Desde quando sucesso é grave delito, pangaré alado?

Alaxmaner e Victor se entreolharam sem entender. Depois, Victor olhou para Joca que, entre uma dedada e outra no melado, fez sinal de maluquice, rodando a pata próximo à orelha. Flora estava tão preocupada em mostrar seu andar glamoroso que não viu o que o urso fazia.

– Desculpe-nos, cara Flora de Rubrum. Não fomos capazes de compreender o que nos diz. Quer nos dizer que, por fazer sucesso, foi penalizada com o exílio mortal?

– Você é mais esperto do que parece, pangarezinho! Quase isso!

– Perdoe-me, mas estou tendo certa dificuldade em entender de que forma esse evento sucedeu.

A fada deu um salto de empolgação e bateu palmas.

– Ah! Se queriam que eu contasse toda a história, era só ter falado antes! Vamos, podem se sentar que eu explico tudinho para vocês!

Flora puxou Victor pelo braço e Alaxmaner pela crina e os fez sentar ao lado de Joca, que, de imediato, ofereceu o melado aos companheiros.

– Obrigado, Joca. Talvez mais tarde – respondeu Victor, tentando ser educado.

A fada limpou a garganta como forma de pedir silêncio:

– Bom, ontem o dia estava magnífico e eu pensei que seria um ótimo dia para visitar uma amiga de longa data.

– Não é necessária tanta riqueza de detalhes, cara Flora de Rubrum.

– Olha quem fala! Na sua vez ninguém ficou te atrapalhando! Como eu dizia, eu estava conversando no tronco de uma amiga...

– Tronco? – interrompeu Victor.

– Sim, tronco – respondeu a fada, inexpressiva.

– Você mora em um tronco de árvore? – Victor perguntou, incrédulo.

Flora respondeu com uma feição muito irritada pelas interrupções e pelos questionamentos frequentes. Alaxmaner se adiantou:

– Estimado Victor, há muitos anos o Grande Reino Unido de Crux era deveras diferente. Havia mágica e as fadas eram as responsáveis pelo seu domínio. Nessa época, elas podiam diminuir de tamanho. Todavia não eram capazes de aumentar além do seu tamanho original, que é esse que você pode visualizar agora – respondeu Alaxmaner apontado sua asa para Flora. – Nessa época, por questão de sobrevivência, as fadas preferiam ter suas casas em troncos de árvore e se manter em tamanhos reduzidos. Hoje, não há mais mágica no Grande Reino Unido de Crux. As fadas moram em suas casas que continuaram a ser chamadas de tronco, pela força do hábito.

– Toda vez que você abre a boca para explicar alguma coisa, tem que ser desse jeito prolixo e monótono, pangaré?

Victor apenas escutou o cavalo alado respirar fundo. Flora parecia não se atentar a mais nada além de sua história:

– Só mesmo um forasteiro novato não saberia dessa história dos troncos. Pena que eu não tenho paciência para novatos. Mas, como eu estava dizendo antes de ser interrompida pelo... garoto... eu estava na casa da Sabrina, e lembrei que precisava de uma roupa para o "Festival Fada Mais" desse ano. Uma roupa que eu nunca tinha usado antes, claro. E, enquanto ela foi resolver algum problema que ela estava tendo com a vizinha... só um parênteses, ela arruma confusão com todas as fadas. Então, enquanto ela estava resolvendo algum problema com a vizinha, eu resolvi checar se ela tinha alguma novidade da moda desse ano.

– Você roubou as roupas da sua amiga? – Victor perguntou, atônito.

– Claro que não, fofo. Eu lá vou roubar roupa usada de alguém? Justo eu?

– Se não roubou as *roupa*, *ocê* fez o quê? – perguntou o Joca.

– Bom, se vocês não pararem de me interromper, jamais vão saber. Onde eu estava mesmo? – dizia Flora como se contasse um filme. – Ah, sim! Estava olhando as novidades, se é que eu posso chamar assim aquelas roupas velhas, no armário de Sabrina. E aí, eu achei no fundo dele, onde estavam as caixas de alguns sapatos...

– Você vasculhou o armário todo da sua amiga? – perguntou Victor, mas a fada não respondeu.

– E sabem o que eu achei?

– O quê? – perguntaram os três, uníssonos.

– Nada! Acreditam?

Alaxmaner, Victor e Joca murcharam. A fada continuou.

– Eu acho um absurdo uma fada guardar milhares de caixas de sapato vazias! Eu poderia ter achado um bicho horroroso e fedido lá dentro! Pelo menos era só um mapa velho e riscado! Ufa! Enfim, para resumir, aquela visitinha do armário foi uma perda de tempo.

– Um mapa? – perguntou Alaxmaner.

– Pela Rainha da Magia, fofo, que depois de tudo o que eu falei, foi nessa parte que você bitolou? Sim, oras! Um mapa no meio de um monte de caixa vazia de sapato!

– Um mapa de quê, cara Flora de Rubrum? Você foi capaz de identificar?

– Se eu fui capaz de identificar? Ah! Me respeita, pangaré! – disse Flora, ofendida. – Você está falando com uma fada da mais alta categoria! Como não poderia identificar um mapa de Crux?

– Guardar mapas do Grande Reino Unido de Crux não é relevante, uma vez que muitas criaturas os têm em sua residência – continuou Alaxmaner.

– Ele só fica assim? – perguntou Flora apontando para Joca se lambuzando no pote.

– Ao que pudemos perceber, sim – respondeu Alaxmaner.

A fada fez cara de nojo e continuou.

– Mas aquele mapinha estava surrado, viu? Um tanto de risco que parecia mais uma caça ao tesouro.

– Em todo o Reino Unido de Crux? Ou apenas no Reino de Rubrum?

– Em Crux, criatura! Em Crux! O mapa era de todo o Reino de Crux! Vocês não me deixam sair dessa parte! Rainha da Magia, dai-me paciência!

– Sua amiga te flagrou com o mapa riscado? – perguntou Victor.

– Claro que não, minhoca anêmica! Olha para mim! Tenho cara de amadora? Ajeitei tudo direitinho e voltei pra esperar ela na sala, sentadinha no sofá, toda linda, como manda a *fadetiqueta*. Quando ela voltou, parecia bem impaciente. Acho que deu ruim com a vizinha. Ela me pediu para ir embora, que precisava resolver algumas questões particulares e que eram urgentes. Eu saí, né? Ia fazer o quê? Ela só não suspeitava de que eu tinha achado no meio daquela bagunça, que ela chama de armário, um vestido novíssimo! E eu o peguei emprestado!

A fada virou-se de costas e mostrou a etiqueta ainda pregada no vestido amarelo. Victor estava estupefato e perguntou:

– Você surrupiou o vestido da sua amiga?

– Claro que não, garoto! Peguei emprestado!

– Sem ela saber?

– Isso foi só um detalhe! Eu ia devolver com etiqueta e tudo.

– Ela descobriu o roubo do vestido e mandou prender *ocê*? – perguntou o Joca.

– Claro que não! Primeiro que isso não foi roubo, foi empréstimo. Segundo que ela não mandou me prender! Meus queridos, vocês estão colocando muita fé na pobre da Sabrina!

– Então, dona, *ocê* foi mandada pra cá porque *ocê* catou um vestido usado, mas novo? – perguntou Joca, lambendo o dedo.

– Por causa do vestido? Não! Claro que não! Vim mandada para cá por causa do sucesso arrebatador que eu iria fazer no "Festival Fada Mais"! Como eu iria brilhar mais do que Sabrina, aliás, mais do que qualquer outra fada, tiveram que me trancar aqui! – respondeu Flora com os olhos cintilando.

– Desculpe a intromissão, cara Flora de Rubrum, como foi seu julgamento? – perguntou Alaxmaner.

– Olha queridinho, eu bem penso que o judiciário de Rubrum tenha mais o que fazer do que ficar atrás de fadas sensacionais que só querem o bem da beleza!

– Você também não foi julgada e condenada ao Vale dos Exilados?

– Não me ofenda, pangaré! Eu não sou e nem tenho cara de meliante! Por que seria julgada? É cada uma que eu tenho que escutar!

– Como *ocê* veio pra cá, então, dona? – perguntou Joca.

– Quando estava voltando para o meu tronco, duas fadonas grandonas me pegaram. Não tive escapatória, e olha que eu tentei, hein! – Flora dramatizava a cada palavra.

– Apagaram *ocê* e *ocê* acordou aqui, dona? Igual eu? – perguntou Joca.

– Não! Eu não sou fada de me entregar fácil. Elas eram grandes, mas burras! Eu consegui escapar delas no meio da estrada, só que elas conseguiram me encurralar no Beco das Flores.

– Foi aí que você foi sedada? – perguntou Victor.

— Vocês querem vir aqui contar a história pra mim ou vão parar de me interromper? – perguntou, irritada. – Olha, sou uma fada sensata e maravilhosa, mas não me conformo com injustiça. Quando me vi coagida daquele jeito, comecei a confrontar aquelas duas, mas com muita educação.

— Imagino... – Victor soltou, sem querer.

— Conseguiu extrair alguma informação, cara Flora de Rubrum?

— Então, Panga... Eu estava falando um pouco e acabei não prestando muita atenção no que as fadonas diziam.

— Você devia estar fazendo um escândalo e não conseguiu escutar o que elas falavam, isso sim! – respondeu Victor.

— Se você gosta de um barraco o problema é seu, querido. Eu sou uma fada fina, fofo – respondeu Flora.

Victor sorriu de nervoso, balançando a cabeça.

— Não dá para acreditar em você.

— *Ocê* não lembra de nadinha, dona? Nem uma palavrinha? – perguntou Joca entre uma lambida e outra no melado.

Flora parou para pensar por alguns segundos:

— Tenho quase certeza que uma das fadas disse algo sobre eu saber alguma coisa demais, mas não sei exatamente o quê, porque a outra fadona deu um tapão na boca dela e saiu tudo abafado. Ela já falava meio que pra dentro, com uma mão na frente, aí que não dava para entender nada mesmo. Depois tudo escureceu. Quando eu acordei já estava aqui. Fim. Pronto, viu? Nem demorou.

— Cara Flora de Rubrum, algo a faz refletir sobre o que poderia ser a tal coisa? Ou se poderia ter relação com algo no tronco de sua amiga. O mapa, por exemplo? – perguntou Alaxmaner.

— Claro que sei, panguinha. A tal coisa era o meu sucesso!

Victor respirou fundo sem acreditar que alguém poderia ser tão egocêntrico assim. Alaxmaner o trouxe de volta à conversa ao perguntar a Flora:

— Algo a faz refletir se a razão da expatriação foi o vestido, cara Flora de Rubrum?

— Mais uma vez, porque vocês gostam bastante de uma repetição: não foi pelo vestido, fofos, mas pelo sucesso que eu seria com ele no "Festival Fada Mais"!

Joca, finalmente, soltou o pote de melado e perguntou:

— Como *ocê* subiu nessa árvore?

— Com meus braços e minhas pernas, fofo! Subi para tirar um cochilo, mas vocês me acordaram com esse papinho morno de vocês. Aliás, vocês falam tão alto que eu não sei como os Mercenários ainda não os acharam. – A fada respirou fundo e continuou: – Olha, esse lugar monocromático já é um tédio. Agora, então, com vocês falando sem parar no meu ouvido, ficou ainda pior. Já deu!

Flora deu as costas para Alaxmaner, Victor e Joca e, quando estava desaparecendo de vista, olhou para trás e perguntou:

— Vocês vão ficar aí parados ou o quê?

— Você não estava indo embora? – perguntou Victor sem entender.

— Eu estou. Mas eu duvido que vocês sobrevivam um dia completo sem mim.

Alaxmaner e Victor se entreolharam e Joca passou entre eles, com seu pote de melado nas mãos, em direção à fada.

— Essa fadinha sabe mesmo o que diz! Bora, galera? – Joca perguntou aos outros dois.

Victor esperou Joca passar para perguntar:

— Eles parecem dois malucos. Acho melhor deixá-los ir. Eles formam uma dupla inacreditável e perigosa. Ele é desligado e ela escandalosa, uma mistura perfeita para os Mercenários.

— Sem dúvidas, estimado Victor, eles têm suas peculiaridades, bem como você e eu. Todavia, algo nessa conversa agitada me deixou desconfiado.

— O que te deixou desconfiado?

— Nenhum de nós foi julgado e condenado ao Vale dos Exilados. Você, estimado Victor, veio de outro mundo. Eu escutei uma conversa estranha que julguei ser sobre tributos. O estimado urso foi abandonado pela parceira, porém antes trabalhou na justiça de Alba. Por fim, a cara fada de Rubrum pegou um vestido sem aviso prévio.

— Eu ainda acho que fazem do Vale dos Exilados um lugar para causar o pânico e medo na população.

— Eu, por outro lado, não estou tão certo, estimado Victor. Gostaria de colher mais informações a fim de tentar compreender melhor e preencher determinadas lacunas do meu raciocínio.

– Você quer continuar com aqueles dois malucos, Alaxmaner?

– Tentarei ser o mais breve possível, estimado Victor.

– Você mesmo disse que era perigoso estar aqui sozinho, pior em dupla e quase impossível em três. Agora, seremos quatro criaturas, Alaxmaner! Sendo uma delas tagarela e espalhafatosa. Você acha mesmo que isso é prudente?

– Não.

– Então?

– Estimado Victor, há algo de estranho no Grande Reino Unido de Crux.

– Algo? Tem tudo de estranho nesse lugar, Alaxmaner!

– Você não percebeu que nossa conversa acordou a cara Flora de Rubrum?

– Ela está longe de ser cara! Você não precisa ser cortês com todo mundo o tempo todo!

O cavalo alado ignorou o pedido do rapaz e continuou.

– Entretanto, a mesma conversa não atraiu nenhum Mercenário.

Victor parou por um instante e pensou. Aquilo era verdade. A conversa, o tombo, as discussões, o aparecimento da fada expansiva, e não houve um único ataque sequer. Victor olhou para Alaxmaner e falou:

– Tudo bem, mas espero que a gente descubra o que você precisa saber muito rápido. Não sei até quando a sorte vai estar do nosso lado.

– Serei o mais breve que puder, estimado Victor.

Alaxmaner abaixou a asa direita. Victor apanhou seu violão e montou no cavalo alado, que começou a cavalgar. Logo, a conhecida voz estridente se fez escutar:

– Vocês vêm ou não, lesmas?

Victor suspirou irritado:

– Alaxmaner, essa fada, agora, está gritando! Gritando! E você achando ruim a gente ficar perto de uma cabana.

– Você tem razão, estimado Victor, precisamos ter uma conversa enérgica com ela.

O dissabor momentâneo da irritação de Victor foi interrompido ou intensificado por um grande ronco de sua barriga e ele perguntou:

– Quando a gente vai parar para comer?

– Infelizmente, não conseguiremos parar para nos alimentarmos, pois ficamos muito tempo estagnados. Contudo, estimado Victor, você pode colher algumas folhas e frutas para comê-las no caminho.

Decepcionado, Victor respirou fundo, pensando na alquimia culinária da sua mãe. Ele jamais tornaria a reclamar da sua comida, caso voltasse para casa. Seus pensamentos se esvaíram após um grito grave e áspero:

– Ah! Eu não aguento mais! – Joca sentou-se onde estava, abriu o pote de melado, e meteu a pata dentro. Victor olhou para trás e constatou que eles estavam a poucos metros da árvore onde o urso estava sentado.

– Mas, Joca, a gente quase não andou ainda.

– Fácil *pr'ocê*, parceiro, que tá montado no cavalo alado!

– Talvez você devesse comer menos desse negócio. Isso não deve estar te fazendo bem. Tem muito açúcar, pode atrapalhar sua condição física.

– Que isso, minhoca anêmica? Não escuta ele, fofinho – disse Flora para Joca. – Você está em ótima forma!

– Obrigado, docinho!

– De nada, fofinho, fofucho! – disse Flora apertando a barriga de Joca. – Só uma dúvida: por que só a minhoca anêmica e mal-humorada que anda a pangaré?

– Porque vocês caminharam na frente sem nos esperar, cara Flora de Rubrum.

– E porque não caberia todo mundo aqui em cima, Alaxmaner! – sussurrou Victor em suas orelhas.

– Já que paramos antes mesmo de começarmos a andar, aproveite para colher alguns alimentos, estimado Victor.

– Tudo bem – respondeu Victor ao descer do cavalo alado.

Enquanto Flora tentava rebocar Joca, empurrando-o costas com costas, Victor deixou o violão próximo a Alaxmaner e saiu a procurar alguma coisa que pudesse comer. Ele encontrou umas frutas pequenas e redondas de cor alaranjada e voltou para perguntar se aquilo poderia ser comestível. Como tudo era novo, ele não queria ser surpreendido por uma fruta venenosa. Seria vergonhoso morrer envenenado por descuido após escapar de dois ataques Mercenários.

– Gente, o que é isso?

– Isso é calcija, minhoca! – gemeu Flora, ainda tentando tirar Joca do chão, que permanecia imóvel, com seu pote nas patas.

– Pode comer?

– Você come o que quiser, fofo – respondeu ela entre as bufadas.

– Pergunto se isso tem algum veneno ou alguma coisa que possa me fazer mal!

– Ah, aí já eu não sei o que seu estômago aguenta, né, fofinho? Dizem que minhocas comem até cocô – respondeu Flora com as mãos nos joelhos cansada de tanto empurrar o urso.

– Pode ingeri-las, estimado Victor. Tanto seu fruto quanto sua casca são comestíveis. Inclusive para humanos.

– Obrigada pela resposta, Alaxmaner! Era só ter respondido isso, Flora.

A fada revirou os olhos e Victor balançou a cabeça enquanto retornava para o pequeno calcijeiro. Ele não entendia se era implicância constante da fada ou se ela era realmente daquele jeito. Independente da resposta, não gostava de nenhuma das opções. Victor pensava, colhia e degustava as saborosas e miúdas frutas. Após comer umas trinta calcijas, ele retirou o casaco para carregar mais algumas para a viagem quando escutou um estalido e pensou, desesperado:

– É um Mercenário!

Sem saber o porquê, em vez de voltar correndo ou gritar por ajuda, o jovem decidiu descobrir de onde vinha o barulho. Silenciosamente, e ainda com algumas pequenas frutas nas mãos, Victor caminhou a passos lentos em direção ao local do estalido. Com cuidado, retirava os galhos das árvores para passar e os recolocava na posição original sem provocar o menor ruído. Ele procurava qualquer pequeno vestígio que pudesse comprovar a presença de alguma outra criatura naquele perímetro. Victor fotografava em sua mente cada parte da floresta captada por sua retina. De repente, seus olhos repousaram sobre uma marca na neve desnuda. Ao se aproximar, ele percebeu que parecia parte de um calçado, uma bota talvez, e se abaixou para examinar com maior acurácia a pista deixada. Parecia recente. O Mercenário deveria ter fugido ao perceber que ele o havia escutado. Victor precisava avisar ao cavalo alado, mas foi paralisado pela sensação de uma respiração em sua nuca. A resposta estava atrás dele. O Mercenário não havia escapado, havia preparado uma emboscada na qual Victor caíra feito um pato tolo. Ao fechar os olhos o rapaz escutou:

— Por que se afastou tanto, estimado Victor? — A voz serena do cavalo alado azul penetrou os seus ouvidos.

— Alaxmaner? É você? — Victor virou-se, aliviado, e o abraçou.

— Estimado Victor, você está tremendo de frio, onde está o seu casaco?

— Não estou tremendo só de frio. Você me deu um baita susto. Deixei meu casaco perto do calcijeiro. Alaxmaner, precisamos ir embora, e rápido. Lembra que eu sempre tive a sensação de estar sendo observado? Então, agora eu tenho certeza!

— O que diz? Como pode estar certo disso?

— Enquanto eu colhia as calcijas escutei um barulho! Parecia que tinha alguém aqui perto, e vim aqui para ver!

Alaxmaner franziu o cenho.

— Não foi a atitude mais acertada, estimado Victor. Por sorte, acredito não ter encontrado nenhum Mercenário, caso contrário, não estaríamos mais conversando nesse exato momento.

— Sim, você tá certo! Eu não encontrei ninguém, mas minha vinda não foi infrutífera, olhe! — respondeu Victor apontando para o chão.

— Uma marca de botina! Parece que não foi feita há muito. Por que acha que é um humano?

— Porque é a marca de um calçado. Vocês, cavalos, e os ursos não usam. As fadas eu não sei se conseguiriam usar calçados de reles mortais, só devem usar calçado fino.

— Pode ser também de um ou de uma curupê.

— Sim, Alaxmaner, pode ser, mas não é esse o ponto!

— Compreendo, estimado Victor. Entretanto, há uma disparidade, pois qual motivo um Mercenário teria para fugir de você, distraído e completamente desarmado?

— Talvez ele não soubesse que eu estava desarmado.

— Se você estava sendo observado, como julga, ele saberia.

— É verdade. Não sei, ele pode ter se assustado com alguma coisa.

— Pode ser, não temos certezas, apenas especulações. Como te disse, há bastantes coisas estranhas acontecendo no Grande Reino Unido de Crux. Eu não sou capaz de precisar o motivo pelo qual o Mercenário escapou e não te atacou, ou mesmo se era de fato um Mercenário. Contudo, é certo que devemos nos movimentar. A cara Flora de Rubrum conseguiu erguer o estimado Joca. É importante que nos apressemos.

– Alaxmaner, você conseguiu conversar com a Flora sobre o jeito escandaloso dela?

– Sim, estimado Victor, o fiz. Porém não acredito que vá fazer diferença alguma.

Victor sorriu. Ele se surpreendeu por não estar mais tão irritado com a fada. Após olhar por um tempo para a marca no chão, Victor acompanhou Alaxmaner pelo caminho de volta. Passaram próximos ao calcijeiro, apanharam seu casaco com as pequeninas frutas e continuaram o percurso. Estavam quase chegando ao local onde estavam Joca, novamente sentado, e Flora quando um grito de dor ecoou pela floresta:

– Se essa floresta é mesmo dos esquecidos, por que eles fazem questão de lembrar o tempo todo que a gente está aqui? – perguntou Flora tentando disfarçar o medo nos olhos.

– Tomara que tenha sido de uma vez. Menos sofrimento para esse pobre coitado – completou Joca, que já havia sentado de novo e estava com o pote entre as pernas.

Um novo grito, ainda mais sofrido, soou, e o urso emendou:

– Parece que não. Ele deve *tá* precisando de um meladinho pra ficar mais calmo.

O urso se levantou com dificuldade e caminhou lentamente pela floresta na direção do grito. Flora parecia admirada com o urso e falou:

– Isso mesmo, fofinho! Vai na frente, que eu vou em busca de reforços!

Victor viu a fada correr para a direção oposta e a segurou pelo vestido.

– Você por acaso está fugindo, Flora?

– Fugindo? Eu? Tá maluco, minhoca anêmica! Já disse que vou buscar reforços!

– Que reforços, Flora? Você só conhece a gente aqui!

– Você tá achando que todo mundo é anônimo igual a você? Querido, olha para mim! Sou uma fada influente!

– Aqui? Até parece!

– A audácia!

Victor colocou Flora em cima de Alaxmaner e um novo grito doloroso se fez ouvir. Ele acomodou o casaco com as frutas no colo da fada, que reclamou:

– Ah, pronto! Agora virei sacoleira? Nem morta, minhoca! Toma que o filho é seu!

Antes que Flora pudesse jogar o casaco de volta para Victor, ele pegou seu violão e montou em Alaxmaner. Ao passar pelo lento Joca, Alaxmaner estendeu sua asa e Victor o agarrou com a mão livre e o ajudou a montar. Seu polegar doeu um pouco.

– Ah! Por que eu tenho que ficar no meio? Tira esse urso da minha frente! Ele vai me esmagar! – reclamou a fada.

– Foi o que deu para fazer na pressa, Flora! – respondeu Victor.

– Ah, claro! Como se a pressa te impedisse de colocar esse peso todo atrás de você.

Alaxmaner cavalgava, ligeiro, em direção aos gritos de dor que se tornavam cada vez mais altos. O cavalo alado, de repente, parou e deu um passo, hesitante, para trás.

– Eita! – disse Joca.

– Pela Rainha da Magia! O que aconteceu aqui? – perguntou Flora.

Victor olhou por trás das três cabeças à sua frente e ficou aterrorizado com o que viu. Havia uma criatura ferida no chão. Estava de barriga para cima e havia sangue espalhado por todo o seu corpo. Seu rosto estava cheio de hematomas. Vestia um sobretudo marrom aberto e uma camisa verde. Usava calça escura e apenas uma botina. Aparentava ser uma pessoa, mas em vez de fios de cabelo, labaredas vermelhas amarronzadas saíam de seu couro cabeludo, seus olhos eram vermelhos e o formato levemente puxado. Um pouco acima do seu joelho esquerdo havia uma flecha por onde jorrava sangue. A criatura olhou para eles e berrou desesperada:

– Por favor, me ajudem!

5

Alguns tímidos flocos de neve começaram a cair pela primeira vez desde que Victor chegara a Crux. Alaxmaner, que ainda estava um pouco distante da criatura de cabelos de fogo roxo amarronzado, abaixou-se para facilitar a descida de Victor, Joca e Flora. Entretanto, os três se mantiveram imóveis.

– O que estão esperando? – perguntou o cavalo alado.

– Alaxmaner, você acha que é uma boa ideia a gente se aproximar dessa... criatura? – perguntou Victor, hesitante.

– Essa criatura é um habitante do Reino de Mimus, estimado Victor. Um curupê. Suas labaredas capilares não nos deixam dúvidas quanto à sua origem.

Victor surpreendeu-se ao escutar que aquela criatura de cabelos flamejantes era um curupê. De fato, era quase idêntico a um ser humano, como já havia dito Alaxmaner, salvo pelo cabelo de fogo. O cavalo alado continuou falando:

– Tenho ciência da imprudência de pararmos e nos delongarmos em um mesmo local mais uma vez. Contudo, eu não conseguiria seguir o meu caminho, que nem destino há ao certo, e deixá-lo em tamanho sofrimento. Meu corpo estaria livre e minhas pernas me levariam a qualquer parte, no entanto minha consciência permaneceria neste local, agonizante como ele – respondeu Alaxmaner.

Victor nem se deu ao trabalho de tentar convencê-lo do contrário, até porque nem ele sabia que seria melhor. O jovem desceu e apoiou o violão no chão para ajudar Flora e Joca a descerem. O urso colocava a pata, repetidas vezes, dentro do melado e na sua boca, como se comesse pipoca.

– Pela Rainha da Magia! Eu não acredito que você sujou todo o estofado, seu urso porco! – disse a fada para Joca ao constatar que ele havia derramado boa parte do melado em Alaxmaner.

– Asserenem-se! Já nos basta os gritos dolorosos desse curupê – disse Alaxmaner.

– A coisa ali parece bem feia, hein? Que tal buscar uma equipe médica? – disse Flora.

A fada soltou o casaco com as calcijas no chão, e tentou correr, mas tropeçou no violão, que estava logo atrás dela, e caiu.

– Quem foi o arruaceiro que deixou essa porcaria no meio da estrada? – reclamou Flora.

– Flora, se nós ficamos, você também fica! Nós, agora, somos um time! – disse Victor, vestindo o casaco.

– Um time bem do chinfrim, viu, fofo – disse a fada encarando Victor, Alaxmaner e Joca. – Pensando bem, se eu não for a capitã desse time, o que será de vocês?

Ao perceber que Alaxmaner se aproximava do curupê, Victor perguntou:

– Alaxmaner, e se esse for o dono da pegada que vimos lá atrás?

– Pegada? Que pegada? – perguntou Flora surpresa.

– Eu vi uma pegada na neve, quando eu fui buscar as calcijas, e mostrei para Alaxmaner quando ele foi me procurar.

– Ah! Então, os bonitos estão sonegando informações agora? Que belo time! Cartão amarelo para os dois! Não querem que eu saia, mas não me contam o que acontece quando eu estou rebocando o contêiner de melado. Vocês são péssimos jogadores! Da próxima vez será vermelho! Estão avisados!

– Desculpe, Flora – disse Victor. – Foi uma falha minha. Não deu tempo de te falar, porque, antes de te alcançarmos, a gritaria desse curupê começou.

A fada apertou os olhos para Victor e cruzou os braços.

– Que isso não se repita. De você, minhoca anêmica, já estou por aqui!

Victor respondeu com um sorriso amarelo, até porque se fosse o contrário ele também ficaria bastante irritado.

– Não vai se repetir, prometo. Mas, como eu estava dizendo, será que a pegada não poderia ser dessa criatura?

– À distância da qual nós estamos é muito difícil afirmar com precisão, ainda mais nesse caso em que o curupê calça apenas uma botina.

Contudo, eu diria que o seu formato é um pouco distinto do que vimos na pegada na neve, estimado Victor – respondeu Alaxmaner.

– Como assim? – perguntou Victor.

– A marca que vimos na neve é de uma botina de ponta mais arredondada e esta, do curupê, é mais quadrada.

– Eu não sabia que você era tão detalhista assim, Alaxmaner!

Flora interrompeu o raciocínio de Alaxmaner e Victor:

– Sabem quando surge um novo herói? Quando o bom moço e o bom pangaré alado ficam de fofoquinha e se esquecem de que o mundo não para pra eles conversarem.

A fada apontou em direção ao curupê. Joca estava de joelhos ao lado da sua cabeça flamejante e entornava o pote de melado em sua boca. O curupê já não gritava. Seus olhos estavam esbugalhados e quase roxos e seus cabelos flamejantes tornaram-se totalmente arroxeados.

– Ânimo, parceiro! Isso vai te ajudar!

Joca passava a pata no melado que escorria da boca do curupê e colocava em sua própria boca. Flora correu em direção ao urso e foi seguida por Victor e Alaxmaner.

– Joca, o que você está fazendo? – perguntou Victor.

– Pare, estimado Joca! – pediu Alaxmaner, firme.

O urso chegou um pouco para trás, puxou o pote, o posicionou entre suas pernas e continuou lambendo a pata melada.

– Eu só *tava* tentando dar um gás para o curupê, parceiro!

Alaxmaner falou, muito sério:

– A depender da dose que o gás é fornecido, a consequência pode ser letal. Você deve ser mais cuidadoso, estimado Joca. Rápido, estimado Victor, vire-o de lado e tente remover parte do melado de sua boca. O melado é viscoso, ele pode ter dificuldade de deglutir e sufocar-se.

– Eu acho que esse parceiro já era, parceiro! Só *tava* querendo sua partida. Descul... – respondeu Joca.

Enquanto o urso terminava de falar, Victor o empurrou para garantir espaço perto da cabeça do curupê que, além de ferido, estava agora asfixiado. Victor colocou-se de joelhos e, ao segurar as orelhas da criatura para virar sua cabeça para o lado, retirou as mãos quase no mesmo instante.

– Ai! Me queimei!

– Amadores... eu tenho que fazer absolutamente tudo por aqui? – perguntou Flora.

A fada abaixou-se e beliscou as bochechas do curupê até conseguir virar sua cabeça sem se queimar. A criatura machucada, asfixiada, com os olhos arroxeados e esbugalhados estava também estrábica.

– Aprendeu como se faz, minhoca? – perguntou Flora, imodesta.

– Estimada Flora, o curupê ainda parece sufocado.

– Minhoca anêmica, mete logo o dedo na goela desse esquentadinho e tira esse melado preso! – disse a fada.

– Por que não faz você?

– Porque eu tenho nojo. Vai ficar discutindo comigo ou vai tentar salvar o moribundo?

Victor bufou e, com muito cuidado para não se queimar novamente, colocou o dedo na garganta do curupê, forçando o vômito.

– Eca! – exclamou Flora, nauseada.

O curupê voltou a respirar de maneira ofegante. Seus cabelos foram tomando uma coloração amarelada com marrom e roxo. Com as duas mãos feridas agarrou a gola da blusa de Victor e clamou com o pouco fôlego que tinha:

– Me ajude!

– Vamos te ajudar, cara! Calma! – disse Victor soltando as mãos do curupê da sua gola. – Você não é um Mercenário, é?

– Não – respondeu a criatura com a voz fraca e ainda muito ofegante.

– Bom retorno ao mundo dos vivos, parceiro! – disse Joca, levantando seu pote como se brindasse.

– Você acha mesmo que ele ia te falar se fosse um, minhoca? – perguntou Flora.

– Não! Eu não sou! Fui atacado por esse sujeito – o curupê respondeu com muita dificuldade, apontando para o lado.

A criatura de cabelos flamejantes novamente marrons e arregalou seus olhos vermelhos e gritou com uma voz rouca e quase sem fôlego:

– Onde é que ele está? Ele estava aqui! Ele estava caído também!

– Paciência, caro curupê de Mimus, vamos te ajudar. Primeiro, por gentileza, fale mais baixo, não queremos visitas inoportunas – disse Alaxmaner para a criatura e, logo, virou-se para a fada: – Estimada Flora, você saberia fazer algum chá medicamentoso para ele?

– Isso é como perguntar se uma fada é de Rubrum, Panga! Claro que sei! Óbvio que sei!

– Tudo bem, já entendi. Agora, precisamos remover essa flecha da sua perna, caro curupê.

– Pela Rainha da Magia! – Flora deu um grito de pavor. – Eu acho que ele está sem a perna! A vestimenta dele está murcha do joelho esquerdo para baixo!

Victor estava tão concentrado na flecha que não havia reparado que, de fato, não havia volume na calça abaixo do joelho. Joca se aproximou, novamente, com o pote na mão:

– Parceiro, você precisa mais do que eu.

O urso derrubou o melado mais uma vez em direção à boca do curupê, que desviou no mesmo momento em que Victor retirou o pote das mãos de Joca.

– O que você está fazendo?

– O parceiro *tá* no Vale dos Exilados. Foi atacado por um Mercenário, quase morreu e ainda perdeu a perna na briga. Ele PRECISA mais do que eu.

– Eu... – a criatura começou a falar com dificuldade.

– Vamos nos asserenar, por gentileza. Estimada Flora, por qual motivo ainda não foi buscar os ingredientes?

– Tem alguma coisa estranha nessa perna. Aliás, na perna sem a perna – respondeu a fada.

– Eu... – uma voz fraca saiu dos lábios da criatura.

– Estimado Victor, por gentileza, retire a flecha primeiro e depois resolvemos qualquer outra questão. Estimada Flora, nos faça a graça de apanhar os ingredientes para o chá medicamentoso.

– Olha, queridinho, eu disse que sei fazer. Não disse que perderia meu precioso tempo e dom com um reles curupê – respondeu a fada ainda observando a perna.

– Eu... – tentou, mais uma vez, a agonizante criatura.

– Calma, parceiro! Nós *vai* achar a sua perna e *vai* costurar ela de volta! Nós *tem* uma fada aqui, *ocê* sabia? *Tá* tudo resolvido! – disse Joca, animado, apontando para Flora.

– Olha, Joquinha, a gente faz um chazinho ou outro, mas costurar uma perna pode ser um nível bem mais avançado, não é? Se bem que deve ser tipo remendar roupa. Não deve ser tão complicado pra mim!

– Mas, eu... – o curupê tentou falar, com muita dificuldade.

– Vamos tirar essa flecha agora, está bem? – disse Victor.

O jovem apoiou a mão direita sobre a coxa do curupê e, com a esquerda, e puxou a flecha com toda a sua força. A criatura urrou de dor, mas a flecha continuou enterrada em sua perna.

– Mas, gente?! Era só tirar! – gritou Flora.

– Eu tentei, você não viu? Ela está muito mais profunda do que eu pensava. Tem que ter mais força e...

Enquanto Victor terminava de falar, Joca arrancou a flecha da perna do curupê, que gritou outra vez de dor.

– Pronto. *Ocês pode* procurar o resto da perna pra costurar – disse Joca, tranquilo, ao retornar para seu pote com a flecha ainda na mão.

Alaxmaner, surpreso, falou, de maneira carinhosa:

– Obrigado, estimado Joca.

Joca acenou como se batesse continência, sem olhar para Alaxmaner.

– Estimada Flora, agora que está tudo resolvido, você poderia buscar os ingredientes para o chá medicamentoso?

– Eu não!

– Por gentileza, estimada Flora de Rubrum. Este frágil curupê depende das suas habilidades medicinais.

Poderia ser apenas impressão, mas a sensação de Victor era a de que Alaxmaner estava usando o ego insuflado da fada a seu favor. Flora respondeu, enquanto olhava ao seu redor:

– Não me mande fazer o que você acha que eu tenho que fazer! Eu sei o que eu tenho que fazer!

Alaxmaner virou para Victor e falou, antes de sair:

– Estimado Victor, fique aqui com o caro curupê, por gentileza. Eu tentarei encontrar seu membro amputado nos arredores.

– Eu... – a criatura tentou falar, mas foi interrompida por Victor.

– Acredito que você esteja sentindo muita dor. Nós vamos te ajudar. Tenta poupar energia. Respira devagar e evita falar. Vou colocar gelo em cima da sua perna para aliviar um pouco a dor, tudo bem?

– Mas eu... – a criatura continuou.

– Tudo bem! Eu imagino que deve estar sendo muito difícil para você. Vou tentar achar alguma coisa para limpar um pouco esse sangue. Eu confesso que pensei que num caso como esse teria mais sangue. Você não é mesmo um Mercenário, é?

– Não! Mas eu preciso...

– Calma, eu já volto! Só vou buscar alguma coisa para limpar isso!

Após procurar e não achar, Victor perguntou para Joca:

– Você viu algo por aqui que pudesse limpar o ferimento dele?

– Tipo aquele pedaço de pano? – perguntou o urso apontando para o curupê que balançava um retalho com a mão.

– Isso! Agora vem me ajudar, Joca!

Victor e Joca se aproximaram do curupê, que tentou falar entre gemidos:

– Eu queria...

– Não precisa falar nada agora! Poupe sua energia! Nós vamos limpar um pouco desse sangue, não é, Joca?

O urso, que estava entretido, desenhando na neve, respondeu sem nem saber o quê:

– Sim!

Victor pegou o pedaço de pano, tirou algumas folhas do chão até chegar na neve e o afundou para tentar umedecê-lo. Depois, dobrou, bem devagar, a barra da calça do curupê.

– Aguente firme! Qual o seu nome?

– Antuã de Mimus – disse entre os gemidos e semblante de dor.

– Prazer, Victor de Vitória.

– Joca de Alba – disse, prestando sua meio continência, meio aceno.

– Alaxmaner de Magnum – disse o cavalo alado recém-chegado ao fazer sua reverência. – Não encontrei o membro amputado.

– Mas, eu...

– Está tudo bem, Antuã! Nós vamos tentar resolver isso de alguma forma! – Victor tentava parecer confiante.

Flora se aproximou com os braços cheios de folhas, galhos e frutos:

– Não exijam que eu faça um milagre! É impossível arrumar qualquer coisa nesse fim de mundo.

– Acho que essa é a ideia de fazer um vale para trazer os *criminoso*, docinho – disse Joca, caminhando em direção ao seu pote.

Flora olhou para a criatura agonizante e falou, sem conseguir fazer seu movimento caraterístico de saudação devido ao tanto de ingredientes que segurava:

– Flora, de Rubrum!

– Antu..

– Ã de Mimus, eu escutei, fofo, não sou surda. Agora, deixa eu ver o que consigo fazer aqui com esses restos da terra.

Victor dobrou a barra da calça até a região do joelho e se espantou com o que viu.

– Antuã, você não perdeu a perna nessa briga, perdeu?

Alaxmaner, Flora e até mesmo Joca viraram-se para Victor, sem entender a razão da pergunta.

– Não, humano Victor! Eu nasci assim! – disse o curupê com a voz rouca entre gemidos.

Todos se aproximaram do curupê e constataram que o coto da perna estava intacto, sem o menor sinal de arranhão ou sangramento. O ferimento causado pela flecha estava acima da parte sem o membro. O silêncio foi quebrado por Flora:

– Como? Você nunca teve esse pedaço da perna?

– Não! Eu já disse, fada Flora! Eu nasci assim!

– E posso saber por que o bonitão não avisou a gente antes? – perguntou a fada indignada.

– Eu estava tentando avisar, fadinha, mas vocês não quiseram me escutar. Toda hora um de vocês me pedia para ficar quieto – disse com a voz fraca e embargada de dor.

– Nós não quisemos te escutar? Você só gemeu o tempo todo! – respondeu Flora aos berros. – Seu ridículo! Me fez buscar esse monte de porcaria à toa! Ah! Mas, já que está tudo aqui, você vai ter uma perna amputada para ser tratada! Vamos, Joquinha! Arranca a outra perna dele! Vai!

Após ordenar ao urso, a fada sentou-se no chão para amassar as folhas. Joca perguntou para Flora:

– O que que *ocê* pediu *pr'eu* fazer, docinho?

– Estimada Flora, por favor, não grite! Já temos confusão demais aqui. Sim, o caro Antuã de Mimus está correto, nós nos precipitamos e, pior, não o escutamos.

– Nós nos precipitamos? Oras, pangaré de araque! Ele tá fazendo hora com a nossa cara! Isso sim! Tudo encenação! Deve ter um monte de Mercenário rodeando a gente nesse momento pronto para dar o bote, inclusive o tal que ele disse que fugiu!

Antuã falou entre gemidos:

— Fada Flora, eu não tinha a menor intenção de fazer vocês de bobos. Só posso garantir que não sou um Mercenário e eu não estou metido em complô nenhum.

Alaxmaner relinchou baixo e falou:

— Estimada Flora, seu trabalho não foi em vão. Ele está com uma ferida profunda causada pela flecha. Você pode e deve medicá-lo. Caro Antuã de Mimus, você consegue sentar-se?

— Nem sei, cavalo alado Alaxmaner. Tudo em mim dói – respondeu o curupê.

— Estimados Victor e Joca, seria possível que vocês o auxiliassem a apoiar nessa árvore, enquanto a estimada Flora prepara seu chá? Ficarei à espreita, caso algum Mercenário nos tenha escutado.

— A capitã aqui sou eu!

Victor e Joca carregaram Antuã para próximo de uma árvore. Antuã conseguiu sentar-se com dificuldade. Victor continuou limpando o ferimento e ficou confuso quando percebeu que seu cabelo flamejante se tornava menos marrom e mais azul e amarelo. Joca voltou ao seu pote de melado:

— Vai? — O urso ofereceu o dedo cheio de melado para Antuã.

— Não, obrigado, urso Joca – respondeu com a voz fraca – Ainda sinto o gosto disso na minha boca.

— Bom, não?

Antuã afirmou com a cabeça. Entretanto, o cabelo flamejante se tornou imediatamente roxo-escuro. Após terminar de limpar o ferimento, Victor dobrou o pano e o manteve comprimido sobre a ferida, assim como seus pais tinham feito com seu dedo para diminuir o sangramento. Flora havia confeccionado um recipiente com as folhas mais grossas e dentro havia um caldo amarronzado:

— Está pronto! Agora, só falta esquentar no fogão!

— Esquentar onde? – perguntou Victor.

— Ora, onde, minhoca? No único fogão que temos aqui! – respondeu apontando para a cabeça de Antuã, que estava azul amarelada.

Flora posicionou o recipiente acima da cabeça de Antuã, cujo cabelo tornou-se alaranjado, mas sem deixá-lo encostar no fogo. Após a bebida ferver, Flora a mexeu bastante e a entregou para Antuã:

– Vai, toma isso em um gole só!

– Coragem, parceiro! – disse Joca.

– Coragem por quê? Posso saber? – perguntou a fada, ofendida.

– Porque *tá* com um cheiro muito ruim, docinho! – respondeu o urso.

– Faz melhor, então, fofo. Muito me admira logo você, que vive com essa nojeira na boca, me falar isso.

Joca ignorou a provocação da fada, enfiou a pata no pote, apanhou um pouco de melado e o levou em direção ao recipiente improvisado, mas foi interceptado por ela:

– Não apela, fofinho! Já foi difícil demais fazer alguma coisa com o que essa Floresta podia oferecer. Se jogar esse troço aí dentro, vai melar todo o angu e eu não vou poder garantir nada!

Joca, então, recuou o braço e lambeu a pata. Flora olhou para Antuã e falou:

– Vamos, queridinho. Não temos o dia todo! E já perdemos bastante tempo aqui com você estatelado no chão!

O curupê olhava para o recipiente com nojo. Seu cabelo estava com o tom roxo muito escuro, e Victor, mais uma vez, não conseguia entender o que estava acontecendo com aquele cabelo flamejante que mudava de cor o tempo todo. Mas o jovem também sabia que não era momento para perguntas e apenas falou:

– Vai, cara! Bebe de uma vez!

– Anda, curupê, para de drama! – disse Flora ao tampar as narinas de Antuã, empurrar sua cabeça para trás e derramar o líquido em sua boca.

Antuã voltou a ficar com os olhos esbugalhados e estrábicos. Seu cabelo tornou-se vermelho com roxo-escuro. Flora retirou o recipiente de sua boca.

– Minha língua! – Antuã gritava com a voz abafada.

– O que tem sua língua? – perguntou Victor.

– Essa fada maluca queimou minha língua! – respondeu com a língua para fora.

– Maluca? – perguntou Flora, ofendida. – Olha só, esquentadinho, gastei tempo, energia, fosfato, tutano e conhecimento para ir nessa floresta ressecada atrás de alguma coisa para amenizar sua dor e é assim que você me retribui? Vomita isso tudo aí agora!

Flora subiu nas pernas de Antuã, pisando inclusive no seu ferimento, sem perceber, pegou na mão de Victor e tentou introduzir o dedo dele na garganta do curupê para forçar o vômito.

– Ei! Solta minha mão! – protestou Victor

– E deixar ele vomitar em mim? Nunquinha!

Victor balançou a cabeça em reprovação à atitude de Flora. Ao olhar para o curupê, tomou outro susto.

– O quê? O seu cabelo era vermelho com marrom, depois marrom, depois meio azul com amarelo, laranja, roxo de novo e, agora, está rosa!

– Afe, novato... – disse Flora, impaciente.

– Fada Flora, seu chá é milagroso! Aliviou muito a dor, inclusive a queimadura na língua! – disse Antuã abraçando a fada.

– O que é isso, curupê? – disse Flora empurrando Antuã para longe dela. – Sim, tudo em que coloco minhas maravilhosas mãos de fada fica assim, perfeito. Até mesmo para um... curupê.

Victor olhou para Antuã e falou, surpreso:

– Seu cabelo agora está amarelo! Totalmente amarelo!

– Ah, sim, humano Victor. Nunca viu um curupê antes? A cor do meu cabelo varia de acordo com as minhas emoções.

– Amarelo significa o quê?

– Emoções basais. Daqui a pouco você pega o jeito! É fácil identificar as emoções. Até mais fácil do que eu gostaria. De que reino você disse que é mesmo, humano Victor? Vitória?

– Longa história. É um lugar bem distante.

– Não conheço. É perto de qual reino?

– Não é perto de nenhum lugar que você conheça. Acredite em mim. Eu não sei nem como vim parar aqui. Aliás, ninguém parece saber como foi exilado. Por acaso, você sabe? – perguntou Victor.

– Acho que fiz um trabalho que não deveria ter feito.

– Que trabalho?

– Apanhei uma encomenda para o cliente errado. Ou melhor, a cliente.

– Ah! Finalmente alguém aqui está tendo o que merece! Viu, panga? Salvamos um delinquente! Agora que já sabemos disso podemos deixá-lo por aqui e seguir viagem! Vamos embora! – disse Flora puxando Joca pela pata.

– Que trabalho era esse? – perguntou Alaxmaner.

– Sou um caçador de encomendas de aluguel – disse Antuã com um sorriso malandro.

Flora, que ainda não tinha conseguido levantar Joca, olhou séria para o curupê e falou:

– Ladrão, amor. A palavra certa é ladrão.

– Pode me chamar de ladrão, fada Flora, não me importo – disse levantando a mão e mostrando que segurava a palheta laranja.

– Mas isso...

Victor revistou seus bolsos e percebeu que a sua palheta havia desaparecido.

– Eu não acredito!

Victor pegou de volta a palheta da mão de Antuã, cujo polegar direito apresentava um discreto e quase imperceptível tremor.

– Não falei que era um delinquente e que nós deveríamos deixá-lo aí? – disse Flora. – Já está catando as coisas dos outros.

– Mas eu devolvi, não devolvi?

– Parceiro, ele pegou de volta que eu vi – disse Joca.

– Mas porque eu mostrei! – reclamou Antuã.

– Nós te ajudamos, caro Antuã de Mimus. Por que nos furtar?

– Eu estava só demonstrando meu trabalho – o curupê suspirou e seu cabelo adquiriu um tom azulado.

– Tudo bem – disse Victor. – E o que era essa encomenda?

– Não sei. Geralmente os clientes...

– Clientes não, esquentadinho: criminosos – interrompeu Flora.

– Os clientes fazem uma descrição do que querem e de onde pode estar a encomenda. Nem sempre falam: quero um quilo de feno tratado. Muitas vezes falam: "quero uma encomenda que está embrulhada em pano tal, de cor tal, de formato tal em tal lugar". Ou só falam: "quero tal coisa", e nós temos que nos virar!

– Tem certeza de que *ocê* não é um Mercenário? – perguntou Joca.

– Não, urso Joca. Até gostaria de ser. Mas não tive a chance.

– Pra mim já chega! Eu acho que nós deveríamos enfiar a flecha de novo na perna dele, arrancar a outra e deixá-lo aí. Ele é um delinquente sem perna e sem escrúpulos. Ele está verbalizando que está doido para ser um Mercenário. Mas Mercenário perneta ninguém quer, não é? – disse Flora.

– Sou um dos melhores do ramo, fada Flora. A ausência da minha perna esquerda não significa nada. Eu me viro bem sem ela, mas para facilitar os trabalhos eu tenho uma prótese, que esse Mercenário arrancou durante a briga.

– Uma perna de pau? – perguntou Joca.

– Como se fosse uma perna de pau, urso Joca, mas é mais fina, delicada, acolchoada e, o melhor, não faz barulho. – respondeu o curupê piscando para o urso.

– Poderia nos informar o motivo pelo qual não lhe foi dada a chance de se tornar um Mercenário, caro Antuã de Mimus? – perguntou Alaxmaner.

– Se eu soubesse, te falaria, cavalo alado Alaxmaner – respondeu Antuã.

– Você não pediu apelação à corte para ser Mercenário durante o julgamento, caro Antuã de Mimus?

– Não cheguei a ser julgado, cavalo alado Alaxmaner. Me apagaram depois de eu entregar o embrulho e eu acordei aqui. Por isso, acho que a cliente era errada. Talvez uma verdadeira criminosa, não é, fadinha?

Victor olhou para Alaxmaner:

– Acho que minha teoria tá fazendo mais sentido do que eu mesmo esperava.

– Pode ser, estimado Victor. Contudo, minha intuição me acende outro alerta. Antuã de Mimus, se importaria se eu o importunasse com mais algumas perguntas? – perguntou Alaxmaner.

– Bom, cavalo alado Alaxmaner, nós não temos muita coisa para fazer por aqui. Então, por que não? – respondeu o curupê com as mãos apoiadas na nuca com os cabelos amarelo-alaranjados.

– Quem lhe solicitou o embrulho? – perguntou Alaxmaner.

– O pedido foi anônimo.

– E por qual razão você aceitou a labuta de uma pessoa que não se identificou? – continuou o cavalo.

– Encomendas anônimas no meu ramo são muito comuns. Imagina querer algo roubado de uma família importante do Reino de Magnum, por exemplo da família Renesis, você iria preferir se encontrar comigo ou fazer um pedido anônimo? Lembrando que eu tenho a chance de ser pego e de te dedurar para livrar minha cara.

— Compreendo. Como conhece a família Renesis? – perguntou Alaxmaner.

— Isso é um sigilo profissional, cavalo alado Alaxmaner. O que eu posso dizer é que o anônimo pagou muito bem. Em daimófepos – respondeu Antuã.

— MUITO bem! – disse Flora mostrando a Floresta dos Esquecidos.

Victor percebeu que Alaxmaner parecia um pouco ressabiado com o curupê, principalmente após ele ter se negado a comentar sobre a família Renesis. O cavalo alado, após um período absorto em pensamentos, falou:

— Bom, ficamos gratos por tê-lo conhecido, caro Antuã de Mimus. Agora que se sente melhor, devemos nos movimentar. Foi um deleite conhecê-lo – disse Alaxmaner.

— Você conseguiu ver o rosto de quem buscou a encomenda? – perguntou Victor ao apanhar o violão.

— Não, humano Victor, o que também não chega a ser uma novidade. Por serem anônimos, preferem ser sem rostos também. Confesso que teve um detalhe que me intrigou.

— O quê? – perguntou Victor.

— A fêmea que pegou a encomenda era uma humana. Ela estava disfarçada, mas um verdadeiro caçador de encomendas enxerga os detalhes, mesmo sob disfarces. Quando eu fui entregar o embrulho, consegui ver uma parte da Mancha Real de Crux tatuada na palma da sua mão esquerda. Estava entre a manga da veste e a luva que, por um descuido de meio segundo, se descobriu quando ela esticou o braço. Foi muito rápido, mas eu consegui ver! – se vangloriou o curupê.

Alaxmaner se levantou num sobressalto bem no momento em que Joca estava montando e foi parar no chão.

— Ai! – gritou o urso, segurando o pote com toda a sua força. – Pelo menos salvei *ocê*, meu meladinho.

— Desculpe, estimado Joca, não foi proposital. Vocês conseguem perceber?

— Que *ocê* me derrubou?

— Desculpe, novamente, estimado Joca. Entretanto, não era sobre sua queda a que me referia.

— Então, era sobre o quê?

82

– Todos nós viemos sem julgamentos, após situações nada criminosas. – disse Alaxmaner.

– Menos esse curupê ladrão – disse Flora.

– O estranho, estimada Flora, é que ele roubou para um membro da coroa.

– Pra mim não é nada estranho, panga! Se roubou para alguém da coroa, aí sim que é mais fácil ser mandado para cá sem julgamento nenhum – respondeu a fada.

– Compreendo seu pensamento, estimada Flora. Entretanto, em tese, a coroa não precisa roubar nada. Ela tem livre acesso a tudo que deseja.

– Acho que você tá vendo pena em rabo de cavalo alado, panga. Às vezes era só um funcionário real querendo uma coisa particular, não pode?

– Até poderia, estimada Flora. No entanto, somente possuem a Mancha Real de Crux os mais devotos à coroa, os quais abdicam de suas próprias vidas, os chamados Servos Reais de Crux.

– Não me convenceu, panga – disse Flora.

– Eu acho que o que o Alaxmaner falou faz sentido – disse Victor.

– Eu também acho – disse o curupê.

– E você, Joca, o que acha? – perguntou Victor para o urso.

– Eu acho que isso *tá* muito gostoso! – respondeu Joca com a pata melada na boca.

Flora pensou um pouco e disse:

– Tudo bem, talvez faça um pouquinho de sentido.

Alaxmaner falou:

– Não acredito que nossa condenação ao exílio sem julgamento possa ser mera coincidência. Caro Antuã de Mimus, deseja prosseguir conosco? – perguntou Alaxmaner.

– Ah, era só o que me faltava! Um ladrão perneta com a gente! – Flora estava indignada. – Eu sou contra.

Flora olhou para Victor, Alaxmaner e Joca em busca de apoio, mas nenhum deles se manifestou.

– Voto vencido, bela fada – disse Antuã piscando para Flora.

– Só não quero ouvir depois que ninguém avisou que ter um ladrão esquentadinho no time era uma péssima ideia!

Victor foi ajudar o curupê a se levantar, mas para a sua surpresa, Antuã se levantou sozinho com muita habilidade e equilíbrio com apenas uma perna. Flora já estava montada em Alaxmaner quando ele se abaixou o máximo que pôde para facilitar a subida de Antuã. Victor pegou seu violão e montou, após Flora e Joca.

– Ah! Jamais que eu vou ser esmagada por vocês de novo!

Flora pulou em cima do urso para sentar-se em suas costas enquanto Alaxmaner começava a trotar.

– Ah, não! Assim você está tapando a minha vista, Flora! – reclamou Victor.

– Eu também não *tô* vendo nada! *Tá* cheio de fogo na minha frente – disse Joca.

Enquanto Alaxmaner cavalgava, Antuã falou:

– Ah, pessoal! Perdoem os modos desse modesto caçador de encomendas de aluguel. Acabei me esquecendo de agradecer por terem salvado a minha vida.

– Esquece muita coisa, né? De agradecer, de dizer que é ladrão, de falar que nasceu sem a perna... – disse Flora, ainda furiosa com toda a história.

– Não, bela fada Flora, não me refiro apenas por terem cuidado de mim depois da flechada, mas por terem dado fim ao Mercenário que tentou me matar.

Alaxmaner parou:

– Você está dizendo que nós demos fim o Mercenário que tentou tirar a sua vida, caro Antuã de Mimus?

– Isso mesmo, cavalo alado Alaxmaner.

Alaxmaner hesitou. O coração de Victor apertava na mesma intensidade que a musculatura do cavalo alado se contraía. O jovem falou:

– Não, Antuã. Não fomos nós os responsáveis pelo sumiço do Mercenário. As únicas coisas que temos em mãos são um pote de melado e um violão.

– Se não foi nenhum de vocês, quem foi? – perguntou o curupê.

– Eu – respondeu uma voz desconhecida.

6

Uma jovem se postou bem na frente deles. Ela usava um gorro preto, tinha cabelos volumosos e vermelhos. Vestia uma camisa rota azul sob um sobretudo em retalhos remendados. Sua calça era gasta e desbotada. Mas o que mais chamou a atenção de Victor foram seus olhos apáticos e amarelados. Ela segurava um arco em sua mão e carregava uma aljava em suas costas para guardar as flechas e as pequenas lanças. Victor pensou ter visto de relance o contorno de um revólver enfiado em sua calça.

– Urso do poder! – disse Joca começando a tremer.

– Uma Mercenária! Segurem-se! – bradou Alaxmaner.

O cavalo alado deu meia-volta e cavalgou em uma velocidade que Victor ainda não tinha visto. Apavorado, ele olhou para trás e viu que a jovem havia desaparecido. Victor posicionou seu violão como escudo nas costas e inclinou a cabeça para baixo. Ele estava começando a se questionar sobre a veracidade da sua paixão pela velocidade, pois toda vez que o cavalo alado corria muito, significava um problema mortal, e disso ele já não gostava tanto assim.

– Alaxmaner, ela não está mais lá atrás! – alertou Victor.

O cavalo alado, então, deu uma rápida guinada para um local as com mais árvores na Floresta dos Esquecidos. Flora quase caiu com o movimento brusco e foi resgatada por Joca.

– Dá a seta com a asa antes, barbeiro! – reclamou a fada.

Os galhos batiam nas peles dos cinco fugitivos a toda velocidade, deixando algumas marcas e feridas. Após cavalgar por um bom tempo, Alaxmaner parou. Enquanto o cavalo alado examinava minuciosamente a região em busca de vestígios de outra criatura, Victor, Joca, Flora e Antuã desceram para também olhar os arredores.

– Estão todos bem? – perguntou Alaxmaner.

— Alguém tem algum saquinho para me emprestar? — perguntou Flora um pouco antes de virar para o lado e vomitar.

— Eca! — disse Antuã, cujo cabelo estava roxo, mas retornando para o amarelo-alaranjado.

— Agora que despistamos a Mercenária, vamos procurar o Rio Gelado para nos localiz...

A fala de Alaxmaner foi interrompida por um barulho ensurdecedor. Várias flechas passaram por cima deles. Alaxmaner abaixou-se, protegendo os demais sob suas asas. Victor colocou o violão sobre Alaxmaner como se aquilo fosse protegê-lo de alguma forma. A quantidade de lanças e flechas era tão grande que era impossível ser obra de apenas um único Mercenário. Da mesma forma abrupta que o ataque se iniciou, ele cessou. Alaxmaner levantou-se devagar, assim como os demais. Victor, com o coração acelerado, se certificou se algum deles havia sido atingido. Após constatar que não, ele procurou por qualquer sinal de vida ao redor de onde estavam. Antes que ele pudesse dizer qualquer coisa, escutou Flora gritar:

— Errou! Errou!

Nesse momento, troncos de árvores caíram no chão em volta deles em formato de um círculo quase completo, a não ser por uma única passagem. Victor logo percebeu que haviam caído na armadilha da Mercenária, já que uma fuga sobre o muro de troncos parecia impossível. Alaxmaner cavalgou em direção à única passagem que restava entre os troncos que, no entanto, foi bloqueada pela jovem de cabelos ruivos.

— Não é necessário fugir. Quero apenas conversar — disse a jovem com voz baixa e calma. Ela olhava para um ponto fixo no meio das árvores.

— Que ótima forma de mostrar que só quer bater um papinho! Você, querida, só perseguiu, atirou e fez um monte de árvores caírem nas nossas cabeças! Está óbvio que você só queria mesmo conversar! — respondeu Flora, trêmula.

— Eu não precisava e nem queria ter feito nada disso.

— Claro que não! Era só nos matar logo! Aliás, fofinha, se quiser ajuda, estou aqui, sem fazer nada! Posso te ajudar, se você não me matar! Nós podemos começar por aquele ali! Falta uma perna, deve ser a criatura mais fácil de pegar!

– O que é isso, fada Flora? – perguntou Antuã, espantado.

– Eu não entro para time que perde, esquentadinho.

– Calem-se, os dois! Eu não cheguei até aqui com esse intuito – respondeu a jovem.

– Então, não deseja nos exterminar, cara Mercenária? – perguntou Alaxmaner.

– Cara Mercenária? Cara? – reclamou Victor.

– Se eu quisesse matá-los já o teria feito. Tive várias oportunidades. Essa de agora foi apenas mais uma. Se não o fiz foi porque não quis.

Apesar de doce e baixa, a voz da jovem era firme. Ela mantinha a olhar para o mesmo ponto fixo. Após responder a Alaxmaner, a jovem colocou a aljava e o arco no chão. Depois retirou o revólver de dentro de sua calça, as munições de dentro da botina e também os colocou no chão.

– Espero que entendam com esse gesto que eu não quero e não vou matá-los.

– Cara Mercenária, você sabe o que isso representa?

– Sei exatamente o que isso representa. Quem desiste de caçar torna-se a presa. Agora, assim como vocês, sou uma Exilada.

– Humana Mercenária, você acabou de jogar fora sua única chance de sair daqui com vida! Você está sabendo, não é? Não dá mais para voltar atrás – disse Antuã.

Alaxmaner olhava a jovem com atenção. Victor percebeu que o cavalo alado examinava algo que ele não conseguia identificar, mas percebia a tensão muscular do cavalo alado. Após algum tempo em silêncio, Alaxmaner perguntou à ruiva:

– Você seria capaz de nos provar que é digna de nossa confiança, cara Mercenária, digo, cara jovem? – perguntou Alaxmaner.

– Não posso. Não há como provar. A única coisa que eu poderia ter feito, eu fiz. Minhas armas estão no chão. Vocês têm duas alternativas: confiarem ou não na minha palavra.

Após alguns instantes de silêncio Victor observou a musculatura de Alaxmaner relaxar. O cavalo alado falou:

– Como posso chamá-la?

A ex-Mercenária fechou os olhos e fletiu o pescoço.

– Lis de Quini.

— Alaxmaner de Magnum — disse, fletindo o joelho e a asa direita, estendendo a asa esquerda e abaixando a cabeça com a mão esquerda acima da cabeça e a direita abaixo.

— Joca, de Alba — disse, fazendo a mistura de continência com aceno.

— Flora de Rubrum — disse, dobrando o joelho e o pescoço.

— Antuã de Mimus — disse, colocando a mão direita sobre o umbigo e a esquerda nas costas e alternando por três vezes a posição das mãos.

— Victor de Vitória — disse, acenando um tchau.

Após as reverências, Alaxmaner prosseguiu:

— Eu acredito em você, cara Lis de Quini.

— Eu não, cavalo alado Alaxmaner — reclamou Antuã.

— Panga, queridinho, sua lotação está esgotada! Isso não é um barco que você pode encher com todas as criaturas de Crux! Vai parar para toda conversa mole que aparecer? — ponderou Flora.

Alaxmaner, então, respondeu a ambos:

— Ela diz que se quisesse nos matar, já o teria feito. Não tem como duvidar disso após essa obra de arte que ela fez para não nos deixar escapar. Ela utilizou de suas armas para derrubar as árvores que estavam à nossa volta sem, no entanto, nos provocar um arranhão sequer. Peço a gentileza de darem um voto de confiança à ex-Mercenária.

— Eu confio no Alaxmaner — respondeu Victor com convicção.

— Eu também, parceiro — complementou Joca.

— Eu estou meio em cima do muro, mas já que a maioria decidiu por confiar na humana Lis, quem sou eu para não acatar? — disse Antuã.

Flora cruzou os braços e falou:

— Eu ainda não decidi. Mas já falo logo que esse time está completo e não aceita novos membros!

Victor estava com várias dúvidas martelando sua cabeça e decidiu colocar uma delas para fora:

— Por que você optou por matar o Mercenário que estava atrás do Antuã, mas não nos matar? Você é uma Mercenária que caça Mercenários?

— Eu não o matei. Apenas o golpeei para desacordá-lo e tirá-lo de lá. Seria questão de tempo vocês escutarem os berros do curupê. Ou melhor, não somente vocês.

— Eu acredito *n'ocê*, dona.

O urso estava sentado desde o momento em que Lis apareceu, se lambuzando de melado. Flora olhou por debaixo do pote e perguntou:

– Vem cá, fofinho, essa nojeira não acaba nunca?

– Pote com produção automática, docinho! Coisa fina! Não imagina quantas roxuras essa belezinha me custou – respondeu Joca, contente e orgulhoso.

Flora fez de novo reflexo de vômito e Victor tirou o violão da mira da fada. A jovem ruiva, desde o momento de sua chegada, olhava para o mesmo ponto fixo. Alaxmaner se aproximou um pouco mais da moça e perguntou:

– Por que está se arriscando dessa forma para conversar conosco, cara jovem?

– Porque concordo com sua ideia de que tem algo muito estranho acontecendo no Reino de Crux.

Todos os demais permaneceram em silêncio aguardando Lis continuar, o que não aconteceu.

– E o que você acha estranho, cara jovem? – perguntou Alaxmaner.

A jovem, de um instante para outro, mudou sua postura. Sua musculatura se contraiu e seus olhos amarelados tornaram-se inquietos. Em frações de segundos, ela pegou uma flecha do chão e a lançou em direção a uma árvore que estava atrás dela. Depois ouviram um grito seguido por um baque surdo de algo caindo no chão.

– Desculpe, tínhamos companhia.

Victor estava surpreso, pois não havia escutado um ruído sequer.

– Você matou esse cara que estava escondido?

– Não, apenas acertei a perna desse Mercenário. Mas com a altura da queda, duvido que se levante tão cedo.

Alaxmaner estava mais interessado no assunto anterior e perguntou:

– O que você acredita estar acontecendo de estranho no Grande Reino Unido de Crux, cara jovem?

– Algumas perseguições silenciosas, Alaxmaner. Vocês não foram os primeiros e não serão os últimos.

– Como você tem esse conhecimento, cara Lis de Quini? – perguntou Alaxmaner.

– Acredite, eu sei que isso está acontecendo – respondeu sem olhar para o cavalo alado.

– Acredito em você, mas gostaria que nos contasse, se possível, como chegou a essa conclusão.

Lis permaneceu calada. Alaxmaner continuou:

– Alguém fez algo contra você, cara jovem?

Lis manteve-se quieta, com o olhar fixo em algum lugar que Victor não conseguia saber qual era. O cavalo alado continuou:

– Alguém fez algo para alguém que conhece ou alguém que lhe é quisto?

A jovem permaneceu calada e parada. Flora interrompeu o interrogatório de Alaxmaner:

– Está na cara que essa garota está mentindo, fofo! Está com preguiça de pensar em alguma desculpa e fica toda esquisita achando que nós vamos ficar com pena. Nós não vamos, fofinha!

Lis continuou imóvel e muda. Joca levantou-se, melou a pata no pote e ofereceu para a jovem:

– Vai, dona?

Ainda sem olhar para o urso, ela respondeu:

– Não, obrigada.

Alaxmaner falou:

– Percebo, cara jovem, que você, apesar de não querer nos relatar, vivenciou algo que te fez concluir que há perseguições silenciosas no Grande Reino Unido de Crux. Não consigo, no entanto, entender o motivo pelo qual nos encurralou alegando a necessidade de uma conversa, uma vez que não nos diz nada. Deseja, de fato, conversar ou apenas nos inquerir?

Lis desviou o olhar do ponto fixo e respondeu:

– Compartilho as informações que julgo necessárias. Você acha que eu desejo inquirir vocês, o que é contraditório, pois até agora não lhes fiz uma única pergunta. A única interrogada até esse instante fui eu. Estou os acompanhando desde a chegada de Victor. Ele apareceu diante dos meus olhos, como mágica.

– Lá vem a outra humana querer falar de magia... Afe! – reclamou Flora, pegando um pouco do melado do Joca.

– Você me viu chegar aqui? – perguntou Victor.

– Sim.

– Como você conseguiu me ver naquela neve? Eu não vi ninguém!

– Eu estava nas margens da Floresta dos Esquecidos, perto de onde você surgiu.

– Então, você viu quando me atacaram?

– Desculpe, não queria te assustar mais do que você já estava. Mas eu precisava saber se você era real ou não.

– Foi você que atirou em mim? – Victor estava horrorizado.

– Apenas a primeira flecha. Somente de raspão na sua orelha, para saber se você era de verdade.

– De raspão? Você podia ter me matado! Você estava a quilômetros de distância!

– Poderia, se quisesse. Não quis.

Victor perguntou, estarrecido:

– Como não quis? E aquela chuva de flechas depois? Eu escutei uns tiros também! Algumas flechas estavam com fogo! E você me diz que não queria me matar?

– Não eram as minhas.

Pela primeira vez a jovem olhou de relance para Victor.

– Eu não fui a única que te vi. Há muito não há magia no Reino de Crux e seu aparecimento repentino atraiu a atenção de muitos Mercenários que estavam naquela porção da Floresta dos Esquecidos. Eu tentei protegê-lo. Queria saber como você apareceu no meio da neve, com um violão na mão e essas vestimentas estranhas. Se você era capaz de manipular mágica. É o que todo Mercenário quer saber. Se você for, de fato, capaz de manipular a magia, você é único. Todos terão interesse por você.

Victor engoliu em seco e olhou para suas roupas. Elas estavam sujas, mas não eram estranhas. Flora interrompeu:

– Imagina se isso aí seria capaz de manipular a arte das artes que é a magia. Viaja nas ideias, mas não tanto assim, fofa!

Victor respondeu à jovem:

– Obrigado por ter me ajudado. Mas, infelizmente, eu não vou poder fazer o mesmo. Não mexo com mágica e não faço a menor ideia de como vim parar aqui.

– Isso eu já sei. Estava próxima quando Alaxmaner te salvou. Estava presente quando vocês encontraram o Joca, assim como também estava quando conheceram a Flora. E já sabem que eu estava lá quando viram o Antuã. Tenho acompanhado vocês. E protegido também, porque vocês parecem fazer questão de chamar atenção a todo o tempo.

– Viram, baderneiros? Falei para vocês ficarem mais quietos! – repreendeu Flora.

– Agora faz muito sentido por que não fomos descobertos por nenhum Mercenário. Fomos descobertos pela melhor Mercenária – disse Victor.

– Valeu, dona. Eu já acreditava *n'ocê* antes de saber que *ocê* protegia *nós*. Agora então, nem se fala! – disse Joca.

– Você sabe que ela pode estar inventando isso, né, fofo? – respondeu Flora.

– Pensei na mesma coisa, fada Flora! Mas por que ela faria isso? Se fosse para nos capturar ou nos matar, já teria feito – disse Antuã.

– Pode ser... – a fada falou, desconfiada.

Victor refletiu sobre todas as vezes que se sentiu observado. Desde que chegara no Vale do Exilados percebia vultos e escutava barulhos de alguém próximo, sem, no entanto, descobrir sua identidade. Até agora. Victor decidiu perguntar pelo evento mais recente:

– Era sua a pegada na neve?

Lis assentiu com a cabeça. Victor tentou não demonstrar o quão orgulhoso estava da sua intuição e da sua percepção. A voz de Antuã entrou em seus pensamentos e o trouxe de volta à conversa.

– Por que você me salvou, humana Lis?

– Quando Victor percebeu que eu estava próxima a ele, eu corri para me afastar o máximo que podia. Não era o momento de ser descoberta. Durante o meu afastamento escutei seus gritos e vi que clamava pela vida com o Mercenário que te atacava. Falou que não sabia por que tinha sido exilado e achei que sua história poderia se assemelhar às de Alaxmaner, Joca, Flora e, até mesmo, de Victor.

– Aí, você golpeou o Mercenário para ele não me acertar mais nenhuma flecha?

– Não.

– Então, o que aconteceu?

– Eu te acertei com a flecha.

– Ardilosa! – exclamou Antuã com os olhos vermelhos arregalados e cabelo rosado, sem esconder a satisfação com a esperteza da jovem.

– Eu não podia deixá-lo escapar. Vocês todos precisavam se encontrar.

Alaxmaner, que passou a maior parte do tempo assistindo e analisando a conversa, perguntou:

– Você forjou cada encontro nosso, cara Lis de Quini?

– Não. Somente esse último. Foi você que decidiu salvar o garoto. Foram vocês que decidiram parar para conversar com o urso. Foram vocês que decidiram continuar conversando com a fada. Não posso interferir na decisão de vocês – respondeu a jovem e depois se calou, com o olhar para o chão.

– Obrigada por ter compartilhado essas informações esclarecedoras. Tem certeza de que não deseja nos contar mais sobre as perseguições silenciosas pelo Grande Reino Unido de Crux?

A jovem manteve-se em silêncio.

– Acredito que nos contará quando o momento se fizer oportuno. – completou Alaxmaner.

– Oportuno nada! Fofoca pela metade quase mata, panga! Ela ficou de butuca na vida de todo mundo. Na hora de falar a dela, faz a muda? Vamos, queridinha, eu tenho certeza de que esses lábios ressecados estão loucos para contarem um bom caso! Joga na roda!

Lis não respondeu. Apenas pegou uma lança e acertou outro Mercenário que nenhum dos cinco havia percebido.

– *Ocê* é boa nisso, dona! – disse Joca.

– Bom, acho que é isso. Alaxmaner, um é bom, dois é muito, três é quase impossível... e agora que somos seis exilados?

– Seis não, amor! Cinco – disse Flora.

– Como cinco? Não sabe contar? – perguntou Victor.

– Claro que sei. Somos cinco Exilados: eu, o pangaré alado, Joquinha, o esquentadinho manco e a descabelada assassina.

– E eu?

– Você é, no máximo, um perdido.

Victor olhou para ver se algum deles concordava com ele, mas ninguém se manifestou:

– Se é assim, como vamos fazer para escapar, sendo um perdido e cinco exilados? – perguntou Victor a Alaxmaner.

– Eu não sei como vamos escapar, estimado Victor. Mas, antes, preciso me localizar e beber um pouco de água.

Ela vai continuar com a gente? – perguntou Antuã.

Lis parecia não ter escutado a pergunta de Antuã quando respondeu Alaxmaner:

— Estamos ao noroeste da Floresta dos Esquecidos. Se caminharmos em direção nordeste, estaremos no Rio Gelado em, no máximo, trinta minutos.

— Acho que ela deveria continuar com a gente — respondeu Antuã, impressionado com a precisão da jovem.

— Eu já sabia onde a gente estava... — disse Flora, com indiferença.

Antuã passou por trás da fada e sussurrou no seu ouvido com a voz jocosa:

— Sei...

— Desinfeta, inseto torrado!

— Não temos tempo a perder — disse Alaxmaner, ao se abaixar para que pudessem montar.

Joca subiu no cavalo alado com a ajuda de Victor e Antuã e foi seguido por Flora, que foi direto para as costas do urso.

— Assim não entra nenhum cabeçudo ou cabeludo na minha frente — disse a fada dando uns tapinhas no ombro do urso.

Antuã montou em Alaxmaner e tratou de provocar um aumento nas labaredas rosadas que saíam da sua cabeça, obstruindo a visão de Flora. A fada assoprou o cabelo até sair da sua frente, mas sem apagar.

— Amador... — disse a fada, com desdém.

Victor apanhou o violão e ofereceu a mão para Lis para ajudá-la a montar no cavalo alado.

— Obrigada. Mas acho melhor ir você — respondeu a quínia, sem encarar o rapaz.

— Por quê? — perguntou Victor.

— Porque a caminhada é longa e não cabemos nós dois ali. Além disso, eu prefiro ser a dona do meu caminho.

Apesar de Lis ter falado de maneira séria, Flora, Antuã e Joca não resistiram e gargalharam da cara de Victor. Restou ao jovem montar no cavalo alado, mas, para o seu azar, tropeçou na asa de Alaxmaner e caiu de joelhos. As risadas, que estavam começando a diminuir, voltaram a aumentar. Até Alaxmaner soltou um discreto sorriso. Lis se aproximou de Victor e o ajudou a se levantar. Ele pode ver de perto seus olhos amarelos, que eram até bonitos, mas guardavam em si uma enorme tristeza. Ele montou em Alaxmaner, logo atrás de Joca. O cavalo alado trotou vagaroso até que Lis apanhasse suas armas e o acompanhasse.

– Pode trotar no seu ritmo habitual, Alaxmaner.

Victor não viu, mas teve a certeza de que Alaxmaner havia dado um sorriso de satisfação à fala de Lis. Percebeu que o cavalo alado realmente acreditava na quínia. Já ele, por outro lado, não.

7

As passadas de Lis eram rápidas, largas e silenciosas. Seus movimentos muito se assemelhavam aos dos ninjas dos filmes que o pai de Victor gostava de assistir. Por algumas vezes, ela sacava uma flecha ou uma lança para atingir algum intruso, mas nunca o revólver. Victor chegou a cogitar se quínios teriam audição especial, como de cachorro, e se seriam capazes de escutar o que as criaturas dos outros reinos não conseguiam. Isso, porque eles só escutavam os gritos e os baques no chão segundos após a arma ter sido desferida. Lis conseguia passar, com facilidade, por lugares pequenos e estreitos, o que requeria uma habilidade que Alaxmaner não possuía e acabava ficando para trás. Quando percebia que o cavalo alado apresentava muita dificuldade em algum trecho, a jovem retornava para auxiliá-lo, mesmo que fosse para alterar o caminho. Em menos tempo que previa, Victor se viu à beira do Rio Gelado.

— Muito obrigado, estimada Lis! Não teríamos chegado tão ligeiro se não fosse por sua gentileza em nos guiar – agradeceu Alaxmaner.

A jovem assentiu com a cabeça e abaixou-se com um cantil improvisado para enchê-lo com a água do rio. Alaxmaner ia beber a água do rio, quando foi interrompido por um grito de Flora:

— Você me queimou, agonia!

Ao abaixar sua cabeça, Alaxmaner também abaixou parte do seu tronco e Flora, que estava nas costas de Joca, se desequilibrou e passou seu braço de raspão nos cabelos flamejantes de Antuã.

— Quem mandou você ser sonsa? – reclamou Antuã com os cabelos rosados.

— Sonsa? O pangaré se esquece de descarregar e eu que sou a sonsa?

— Escusem-me. Estava sedento e não os esperei descer. Foi uma falha. Peço, novamente, o sincero perdão.

— Sem problemas, parceiro! – respondeu Joca.

– Porque não foi no seu braço, urso puxa saco! – resmungou a fada.

Victor desceu, colocou o violão no chão e olhou para os lados procurando as pequenas frutas, mas não as encontrou.

– Onde estão aquelas frutinhas?

– Aqui não tem calcijas – respondeu Lis.

– Aqui não tem nada! Queria era sair daqui! Nós tínhamos que dar um jeito de ir embora! – reclamou Victor, faminto.

– Ótima ideia, gênio! Não tinha pensando nisso! Mas agora que você falou, vou apenas abrir essa porta mágica e todos nós estaremos de volta a nossas casas!

Ao mesmo tempo que falava, Flora fingia abrir uma porta imaginária. Após passar pela porta, olhou para os lados e balançou a cabeça com pesar e disse:

– Que pena! Deve estar com defeito!

– Todos nós queremos sair daqui, estimada Flora. Você não precisa agir dessa forma.

– Se fosse fácil, se tivesse algum jeito, você acha mesmo que nós não teríamos tentado? Olha ao seu redor! É só arvore e montanha de neve! Não tem como sair! Nós vamos morrer! – A fada dizia ajoelhada no chão e com os braços para cima.

– Existe uma saída – disse Lis.

– Não, fofa, não existe! – respondeu Flora, enfática.

– Sim, existe – Lis respondeu com seu tom de voz baixo e firme.

– Como existe, se você ainda está aqui, bonitinha? – questionou a fada.

– Nunca tentei escapar. Mas é sabido que uma Exilada do Reino de Quini conseguiu fugir.

Alaxmaner parecia desconfiado:

– Eu nunca tive conhecimento de nenhum Exilado ou nenhuma Exilada que tivesse conseguido escapar.

– Não? – Lis não parecia surpresa.

– Como disse, não conheço. Entretanto, você parece saber a razão do meu desconhecimento – respondeu o cavalo alado.

– A Exilada que conseguiu escapar foi repatriada. Porém, antes que a notícia se espalhasse, ela foi convocada para Guarda Real de Crux. Não apenas isso, foi condecorada com as maiores honras militares e direcionada para a contenção dos Exilados. Como ela havia escapado, seria a criatura ideal para tentar corrigir essa saída. Dizem que, após um tempo no ofício, ela se tornou uma Serva Real de Crux. Acho que eles conseguem conter as fugas na maioria dos dias, mas tem um dia específico do ano que eu acho que não conseguiriam – respondeu Lis.

– Como você sabe disso? – Alaxmaner permanecia ressabiado.

A quínia não respondeu. Victor, enfim, perguntou:

– Então, como saímos daqui?

– Vamos, me conta! Eu prometo que faço uma hidratação nesse cabelo. Não dá para fazer milagre, mas vou tentar minimizar um pouco essa tragédia em cima da sua cabeça, se você me contar! – disse Flora ao retirar o gorro da quínia.

Lis ignorou os apelos de Flora e levantou-se com a aljava nas mãos:

– Se quiserem saber do que eu estou falando, eu mostro a vocês.

Flora, Joca e Antuã pareciam animados com a notícia, enquanto Alaxmaner e Victor permaneciam desconfiados. O jovem também queria acreditar na quínia, mas ao mesmo tempo não sabia se deveria. Lis era muito vaga, reticente, e não conseguia sequer olhar em seus olhos. Mas, quando falava, era muito firme, enfática e crível.

– O que vocês dois estão esperando? Vamos! – disse a fada.

A neve fina havia dado uma trégua quando chegaram às margens da Floresta dos Esquecidos. Algumas horas haviam se passado e logo o dia anunciaria o seu fim. Lis parou, olhou para trás e disse:

– Aqui é o limite seguro para nós. Se sairmos para a neve desnuda, seremos vistos e perseguidos por um, dois ou vários Mercenários.

Alaxmaner abaixou-se para que Antuã, Joca, Flora e Victor pudessem descer. Lis voltou a falar em tom baixo sem olhar para nenhum deles:

– Como vocês sabem, o Vale dos Exilados tem esse nome por ser um vale entre as Cordilheiras dos Exilados, correto?

Todos confirmaram com a cabeça.

– Conseguem ver que a cadeia de montanhas é muito elevada?

– Sim, humana Lis, por isso é chamada Cordilheira – Antuã demonstrava impaciência com os cabelos avermelhados.

– Pois bem, existe uma montanha no meio dessas que é um pouco mais baixa e tem o acesso mais fácil.

— Mais fácil *pr'ocê*, brotinho. *Pra* mim não parece nem menos difícil – disse Joca, que devorava o melado.

— Foi por essa montanha que a Exilada quínia escapou, estimada Lis? – perguntou Alaxmaner.

— Sim.

— É dessa forma que pensa que podemos escapar? – perguntou Alaxmaner.

— Sim e não. Hoje não tem como escalar essa montanha e descer, como foi feito no passado. Depois que a Exilada do Reino de Quini escapou, a vigília dessa elevação, a qual eu chamo de Montanha Diminuta, aumentou. Pelo lado de dentro, no Vale dos Exilados, os Mercenários fazem a guarda, pois sabem que sempre poderá ter um Exilado tentando fugir por ela. Pelo lado de fora da Cordilheira dos Exilados, tem a Guarda Real de Crux a postos, para evitar que o Exilado chegue com vida ao Rio Cor e se torne um ex-Exilado.

— Então, estimada Lis, perdoe-me a intromissão, mas não há saída.

— Calma, Alaxmaner, eu ainda não terminei a explicação. Nesses três anos tenho observado...

— Você está aqui há três anos? – Victor perguntou assustado.

— E nunca conseguiu sair? Nós *tá* ferrado! – disse Joca.

— Nesses três anos eu observei que essas montanhas que formam a Cordilheira dos Exilados têm um formato ou uma inclinação que permite que os topos sejam capazes de refletir os raios solares de forma a convergi-los em direção ao cume da Montanha Diminuta, o que provoca o derretimento veloz dessa camada espessa de neve.

— Não *tô* conseguindo acompanhar – disse Joca, com melado escorrendo no canto da boca.

— Joca, esse descongelamento é muito rápido e provoca um escoamento da água como se fosse uma cachoeira para o lado de fora da Cordilheira dos Exilados e uma avalanche do lado de dentro da Cordilheira. Entendeu?

O urso assentiu com a cabeça. Victor ainda estava desconfiado quando decidiu perguntar:

—Tudo bem. Vamos supor que sua teoria esteja correta.

— Não é teoria, é ciência – interrompeu Lis.

— Que seja! Como nós, contando um cavalo alado, um urso, um curupê com uma perna só, uma fada falastrona e dois humanos conseguiríamos fazer isso? Nadando? – perguntou Victor.

– Não, claro que não.

– Então, como?

– Se conseguirmos construir alguma espécie de barco pequeno, podemos aproveitar esse derretimento, passar pela Guarda Real de Crux a toda velocidade, impedindo a nossa captura, e cair direto no Rio Cor.

– Barco, galera! – disse Flora surpresa. – Pela Rainha da Magia, nós paramos para ouvir uma pirada! Vamos embora!

– Construir um barco? Isso vai demorar muito! – Victor sentiu, novamente, o desespero.

– E quanto tempo falta para esse efeito de desgelo se realizar, de acordo com seus cálculos, estimada Lis?

– Acredito que em torno de sete dias.

– Uma semana? – gritou Victor.

O chão parecia ter se aberto sob seus pés. Desde que chegara a Crux, Victor desejou retornar o mais rápido possível para casa, mas não havia parado para raciocinar que poderia levar dias, meses e até mesmo anos. A fome se transformou em náusea. Seu rosto empalideceu e uma vertigem o fez cair sentado no chão. As lágrimas escorriam. Victor não fazia ideia de como poderia ter parado naquele lugar. Em alguma região escondida de sua cabeça ele achava que da mesma forma bizarra que havia chegado, ele sairia de lá e reencontraria sua família. Mas agora a realidade de não saber se conseguiria voltar algum dia para casa machucava sua alma.

– Que mal lhe acometeu, estimado Victor? – perguntou Alaxmaner preocupado, enquanto Lis o fazia beber um pouco de água do seu cantil.

– Mal do desespero, Alaxmaner. Ou da realidade – lastimou Victor. – Pela primeira vez percebi que na verdade eu nunca mais vou voltar para casa.

As lágrimas escorriam ininterruptas e o olhar de Victor se perdeu em meio à branquidão da neve a da mortandade vegetal que somente o inverno e a mazela são capazes de produzir.

Nesse momento, Victor sentiu um peso em sua testa que o derrubou no chão e, antes que pudesse pensar em qualquer coisa, sentiu uma pressão no queixo abrir a sua boca. Ele olhou para cima e viu a figura rosa mais graciosa que já houvera visto na vida ser obstruída por um pote. Victor sabia o que estava por vir e tentou se debater para fugir, mas era tarde demais. O melado já estava na sua garganta.

— Isso melhora qualquer angústia, parceiro! — disse Joca, muito satisfeito.

Lis empurrou o pote no chão.

— Ei! Isso é caro, brotinho! — protestou Joca.

O mal-estar combinado com o melado resultou em uma crise de vômito intensa em Victor. Joca batia em suas costas com mais força do que calculava, e o rapaz foi parar, de novo, no chão. Por um triz não caiu em cima do seu vômito:

— Isso, parceiro! Bota tudo de ruim pra fora!

— Pare com isso, Joca! — disse Lis muito firme e séria.

— Eu só *tô* tentando ajudar ele, brotinho!

— Obrigado? — disse Victor com os olhos ainda vermelhos — Talvez me matando você consiga me devolver para casa.

— Pela Rainha da Magia! Quanto drama! Fofo, estamos todos no mesmo barco, seja o que a desgrenhada quer que a gente construa, seja o do desespero. Todos nós queremos voltar sãos e salvos para casa e o mais rápido possível — disse Flora tentando disfarçar a preocupação.

Victor permaneceu calado ao perceber que sua dor era imensa. Talvez, nem maior nem menor do que a dos outros que dividiam com ele o exílio no Vale dos Exilados.

— Estimado Victor, vamos um passo de cada vez. Após sairmos do Vale dos Exilados podemos nos direcionar para o Oráculo de Eurtha a fim de tentarmos descobrir uma pista qualquer sobre a possibilidade do seu retorno.

— Oráculo de Eurtha? — Victor percebeu a chama da esperança se acender em seu peito.

— É, fofinho, oráculo, sabe? Aquele que fica paradinho num canto, protegido e quietinho, mas que todo mundo tem preguiça de ir consultar, porque fala tão difícil que acaba sendo pior do que não saber de nada!

— Não é bem assim, estimada Flora.

— Como não, panga? Nem vocês, cavalos alados, que são metidos a intelectuais, entendem. Qual foi a última vez que o Oráculo de Eurtha foi consultado?

— Você sabe que não é fácil chegar lá, estimada Flora. Tem que ter barco, e cavalos alados têm dificuldade com matérias manuseáveis. Entenda que o Oráculo de Eurtha pode ser o único recurso para o retorno do estimado Victor para sua casa, bem como ser nosso único auxílio para compreendermos o motivo pelo qual fomos condenados ao exílio sem julgamento prévio.

Lis pigarreou e falou em voz baixa:

– Podemos consultar alguns livros mais antigos na Biblioteca de Quini no intuito de descobrir alguma passagem no espaço tempo para que...

– Biblioteca de Quini? Corta essa, queridinha! Já temos tortura demais nessa Floresta dos Esquecidos e não precisamos de uma dose extra para completar o serviço – respondeu Flora.

– Que tal nós conseguíssemos sair daqui primeiro e depois discutirmos para onde vamos? – Antuã disse com uma voz um pouco rouca.

– Exato. Eu gostaria de saber vamos ou não tentar escapar pela Montanha Diminuta – disse Lis.

– Querer, todo mundo quer, fofa, basta saber se vamos conseguir! Porque, eu não sei se você percebeu, mas o que você tá sugerindo é que, se nós não morrermos por um ataque dos Mercenários enquanto construímos o tal barquinho, nós podemos morrer tentando subir com o barquinho a tal Montanha Diminuta. E se nós não morrermos subindo a Montanha Diminuta, nós podemos morrer ao descer a Montanha Diminuta. E se nós não morrermos descendo a Montanha Diminuta, nós podemos morrer por um ataque da Guarda Real. E se nós não morrermos por um ataque da Guarda Real, nós podemos morrer quando cairmos no Rio Cor, porque, eu não sei se você está se lembrando, mas nós estamos com um urso e um cavalo alado, que vão estar dentro do barco, que nós que nunca construímos um antes, vamos ter que construir. Parece uma boa ideia pra você? – ironizou Flora.

– É a dúvida da liberdade ou a certeza da morte – respondeu Lis de maneira firme.

Houve um instante de silêncio que foi quebrado por um estalo da pata melada de Joca sendo retirada de sua boca:

– Eu topo, brotinho.

– Eu também – disse Antuã com o cabelo azul–esverdeado.

– Eu também! – Victor respondeu percebendo que a possibilidade de sair havia lhe dado novo ânimo.

– Se é a oportunidade que temos, eu também participarei – disse Alaxmaner.

– Eu vou fazer o quê? Vou ter que topar, vocês não vivem sem mim! – disse a fada.

Lis abaixou-se, pegou uma lança e acertou mais um inconveniente oculto. Alaxmaner tomou a palavra:

– Está ficando tarde e não conseguiremos fazer muito por agora. Vamos descansar e amanhã iniciaremos a construção do barco. Neste momento estamos famintos. Quem se habilita a colher alimentos comigo?

– Eu! – respondeu Antuã.

– Vai pulando? – perguntou Flora.

– Vou – respondeu o curupê.

– Era melhor nós *fazer* uma perna de pau para o parceiro andar melhor, não acham?

– Uma nova prótese seria uma ótima ideia! – disse Antuã.

– Vai você também, Joca! Aproveita essa oportunidade para caminhar um pouco! Vai, urso! Se mexa! Pela Rainha da Magia! – disse Flora tentando tirar o pote de melado do urso.

Depois de algum esforço a fada conseguiu retirar o traseiro do urso do chão. Victor concluiu que quanto mais ocupado estivesse, menos tempo teria para pensar sobre a possibilidade ou impossibilidade de retornar para casa e falou:

– Eu vou também!

– Vocês vão me deixar aqui sozinha com essa selvagem? – perguntou Flora. – Negativo! Eu também vou.

– Estimado e estimadas Victor, Flora e Lis, podemos ir eu e os estimados Antuã e Joca. Não se faz necessário irmos todos para encontrar o material – disse o cavalo alado.

– Se você prefere assim, Alaxmaner, tudo bem – respondeu Victor.

Flora olhou primeiro para Victor e depois para Lis e falou:

– Eu que não fico perto desses dois sem sal. Vou morrer de tédio antes de construir qualquer barco para tentar fugir. Eu vou com vocês, queira você ou não, panga!

Victor e Lis permaneceram em completo silêncio. Lis se mantinha concentrada na vigilância. Porém o tempo passou e Victor começou a se incomodar com a quietude. Ele se aproximou da quínia e falou, após um discreto pigarro:

– Que bom que tem seres humanos por aqui também, eu digo, em Crux.

Ela assentiu, sem olhar para Victor, que continuou falando:

– É que de onde eu venho, nós não temos o costume conversar com animais. Aliás, nós até conversamos, mas eles não respondem na nossa língua. Lá, também, não tem fadas ou curupês. Os cavalos não são azuis e os ursos não são rosa. Mas eu estou gostando dessa experiência.

Lis mantinha-se concentrada e parecia não escutar nenhuma palavra de Victor, que não se importou e continuou:

– O que te fez se tornar uma Mercenária?

A jovem se surpreendeu com a pergunta inesperada e respondeu:

– Victor, teremos bastante tempo para conversar, no momento eu preciso me manter atenta para não sermos atacados.

Mais próximo da quínia, Victor notou algo de estranho em seu olhar, mas não identificou o que era.

– Ah, sim. Foi mal, Lis, não estava querendo te atrapalhar, só queria jogar conversa fora. Acho que vou procurar alguma coisa para a gente comer, aqui por perto mesmo.

O jovem permaneceu próximo à jovem ruiva, fingindo que procurava frutas para comer. Ele estava com fome, mas também estava confuso e desconfiado com o olhar da quínia. Seus pensamentos foram dissipados pela voz do curupê.

– Tcharam! O que acham?

Antuã apareceu bem na sua frente com um toco de madeira no lugar do seu pé esquerdo.

– Ficou muito bom, Antuã! – disse Victor.

Flora saiu de trás do curupê, puxou a barra da sua calça esquerda para cima e falou:

– Vejam minha obra de arte!

O toco de madeira havia sido acolchoado com algumas camadas de folha e amarradas com uma espécie de cipó bem fino na perna esquerda do curupê.

– Coisa rebuscada! Ela até fez uma poçãozinha para aliviar a dor do parceiro pra quando ele pisar na madeira – falou Joca, comemorando o sucesso da empreitada e oferecendo o dedo cheio de melado para todos.

– Já disse que vocês não sobrevivem nem um minuto aqui...

Uma flecha arremessada por Lis passou rente ao rosto da fada.

– Sem mim – disse Flora com os olhos arregalados. – Fofa, da próxima vez dá uma distanciazinha um pouco maior do meu rostinho, para não lesar a cútis, entendido?

– Trouxemos também alguns alimentos – disse Alaxmaner.

Victor ainda não tinha reparado que o cavalo alado usava dois grandes embornais feitos de gravetos, um de cada lado do cavalo, unidas por uma corda grossa sobre seu dorso.

– Vocês tiveram tempo de fazer isso tudo?

Flora estufou o peito de orgulho:

– O pangaré ainda teve a audácia de querer me deixar para trás!

– Você é demais mesmo, Flora! – disse Victor sorrindo.

Antuã se indignou:

– Por que a fada Flora é demais? Quem fez esses bolsões fui eu!

– Sou demais porque coloquei esse pedaço de pau na sua perna sem você sentir dor e ainda te ajudei a fazer esses bolsões. Mal-agradecido! – respondeu a fada.

– Obrigado pela prótese, fada Flora, e também pela ajuda com os bolsões que EU fiz sozinho! – respondeu Antuã com os cabelos vermelhos de irritação.

Victor colocou as mãos dentro dos bolsões de Alaxmaner e perguntou:

– As frutas estão aqui?

– Sim, parceiro, mas deixa com *nós*! O rango é por minha conta.

Victor se espantou com o que ouviu, mas o urso continuou:

– Vem cá, parceiro! Vou precisar dessa sua cabeça! Quero dizer, do fogo dela!

Victor perguntou baixo para Alaxmaner:

– O que aconteceu? O que eu perdi nesse passeio? Joca querendo fazer alguma coisa além de comer aquele melado?

– Temos uma fada que cobra diligências nesse grupo, ou melhor, time – disse o cavalo alado em tom de brincadeira. – O estimado Joca nos prepara algo para comer. O tema "alimento" se manteve o mesmo para ele.

Victor abaixou ainda mais o tom de voz e continuou falando com o cavalo alado:

– Alaxmaner, acho o olhar da Lis tão estranho. Parece que ela tenta esconder alguma coisa. Mas acho melhor falarmos sobre isso quando não tiver tanta gente ao redor.

Alaxmaner entendeu e acenou com a cabeça, com muita discrição, e mudou de assunto, ao falar em voz alta:

– Aguardamos, ansiosamente, pelo prato, estimado Joca.

– É pra já, chefia! – disse o urso espalhando as folhas e as frutas ao seu redor.

– Nada de colocar essa porcaria aí, hein? – disse Flora, apontando para o melado.

O aroma era surpreendentemente delicioso. Joca terminou os pratos improvisados e eles sentaram-se em círculos para comer. Antuã acendeu uma fogueira. A presença de Lis afastava os Mercenários que se aproximavam devido à claridade do fogo. O curupê contava algumas histórias hilárias sobre seus roubos enquanto Flora falava apenas sobre ela. Alaxmaner escutava e Victor tentava gargalhar sem fazer barulho. Por vezes, colocava as mãos sobre a boca para abafar o som. Por alguns breves minutos, Victor se esqueceu de que estava em outro mundo e cheio de angústias. Lis permanecia sempre afastada, observando tudo ao entorno.

– *Tá* no esquema, galera! – disse o urso.

Joca fez questão de servir a todos. Colocou uma grande folha na frente de cada um e depois serviu o prato principal, e único, em cima de tocos de madeira. Tinha um pedaço de alguma coisa branca, com molho de outra coisa vermelha por cima com alguns grãos ao lado. Parecia mesmo um prato de jantar, inclusive muito melhor do que os que seu pai fazia. O cheiro estava delicioso.

– Silscena com molho de úrmega acompanhando holabenês – disse o urso orgulhoso.

– Rainha da Magia, fofinho! Por que não nos mostrou esse seu talento antes? – perguntou a fada Flora.

– O aroma está agradabilíssimo, estimado Joca, meus parabéns – disse Alaxmaner.

– Bom, só nos resta traçar! Vem comer com a gente, humana Lis – disse Antuã para a quínia.

– Depois – respondeu a jovem.

Victor provou o prato e, assim como o cheiro, o gosto estava muito saboroso. Após devorar seu prato, ele comeu o resto do prato de Flora, que não conseguiu terminar, e comeria outros tantos mais, se pudesse.

– Urso Joca, você acertou em cheio! – disse Antuã satisfeito.

– Valeu, parceiro! – respondeu Joca – Brotinho, *ocê* não vai nem experimentar? Vai esfriar.

Lis aproximou-se dos demais, apanhou o toco de madeira e comeu, muito rápido sem olhar para os lados. Quando estava voltando para seu posto, falou, sem olhar para o urso:

– Estava uma delícia. Obrigada, Joca.

– Estava mesmo. Bom, a conversa está ótima, mas precisamos repousar, a partir de amanhã temos um enorme trabalho pela frente. Precisamos estar descansados – disse Alaxmaner.

Todos concordaram. Victor, Alaxmaner, Joca, Flora e Antuã se ajeitaram como podiam no chão coberto de folhas secas, enquanto Lis permanecia incansável vigiando possíveis invasores Mercenários. Victor, que não achava posição devido ao frio, olhou para Alaxmaner, que retribuiu o olhar assentindo com a cabeça. O rapaz se aproximou do cavalo alado, deitou em sua barriga e sentiu sua asa cobrindo-o. Logo notou a presença de Flora e Joca perto dele, os quais também deveriam estar com frio. Antuã tentou se aproximar, mas seus cabelos quase queimaram o cavalo alado. A solução para ele também conseguir aproveitar o calor que os corpos emanavam foi se deitar com seus pés próximos à cabeça de Flora e sua a cabeça repousando sobre seus dois braços, perto da pata de Alaxmaner, a fim de evitar um incêndio acidental. Estavam quase todos dormindo quando o cavalo disse:

– É tarde, estimada Lis. Venha descansar conosco.

A quínia acenou que permaneceria ali. Victor estava cansado e sonolento e não percebeu que suas mãos acariciavam a crina azul do cavalo alado, que, dessa vez, não parecia estar mais tão surpreso.

8

Era dia quando Victor foi despertado pelos movimentos de Alaxmaner. Ao abrir os olhos, a primeira coisa que viu foi Lis sentada em um galho em cima de uma árvore. Ela estava com o olhar atento e polia uma pedra para uma flecha. A quínia parecia inesgotável. Victor se desvencilhou de Joca e Flora e conseguiu sentar-se para se espreguiçar. Nesse momento, sentiu o ronco do seu estômago gritando de fome. Ele ajudou Alaxmaner a se levantar, sem acordar os demais, exceto Antuã, que continuava deitado, mesmo após acordar.

O jovem e o cavalo alado decidiram sair em busca de alimentos e materiais para a construção do barco. Antuã, ao perceber a movimentação, pediu para ir com eles. No entanto, Alaxmaner achava melhor que ele se juntasse a Flora e Joca para arquitetarem o esqueleto do barco. Com os cabelos rosados, Antuã perguntou, com seu sorriso maroto:

— Posso trocar a fada Flora pela humana Lis, cavalo alado Alaxmaner?

— Pode tentar, caso deseje. Porém não creio que consiga tirá-la de lá – respondeu o cavalo alado apontando a asa em direção à árvore em que estava a Lis.

— Quem não arrisca, não petisca!

Victor e Alaxmaner comeram algumas frutas no caminho e colocaram nos bolsões do cavalo alado tudo que julgavam necessário, como madeiras, gravetos ou cordas. Eles acharam três grandes troncos próximos uns aos outros e decidiram, com muito esforço, uni-los e depois amarrá-los em Alaxmaner para que o cavalo alado pudesse carregá-los. Além disso, serviria como suporte para levarem mais materiais. O sol já estava a pino quando retornaram para onde estavam os demais. Enquanto se aproximavam, conseguiram escutar as vozes de Flora, Joca e Antuã.

— Pela Rainha da Magia! Eu já falei um milhão de vezes! Um barco tem que ter proa angulada para abrir a água quando passa!

– Claro que não, fada Flora! Isso é para quando se tem algum tipo de vela, e nós não temos! Inclusive, teremos que improvisar remos pra conseguirmos remar. O formato da proa não vai fazer tanta diferença. – respondeu Antuã.

– Eu nem sei o que é proa – disse Joca, deitado e com o melado na boca.

Alaxmaner e Victor apareceram e a fada resmungou:

– Muito bonito vocês dois passarem o dia inteiro fora e deixarem o trabalho pesado para nós!

Victor apontou para os troncos cheios de coisas que Alaxmaner carregava e falou:

– Fomos atrás das coisas para montar o barco! Antuã não falou para vocês? – perguntou Victor.

– Falar, ele até falou. Só omitiu que vocês demorariam uma eternidade. Pensei até que chegariam com o barco pronto! Aliás, deveriam.

– Gostaríamos, estimada Flora. Contudo acredito não termos conseguido nem material suficiente, quanto mais executar sua completa construção. Chegaram ao consenso sobre a arquitetura do barco?

– Nada, parceiro. Esses dois não pararam de discutir. Um queria roda, o outro não. Um queria camada dupla, o outro não, um queria isso, o outro não, um queria aquilo, o outro não. E assim foi o dia todo – disse Joca, entediado com o melado nas patas.

– Sou uma. Artigo indefinido feminino, amorzinho! – respondeu a fada.

– Não conseguiram pensar em nada? – Alaxmaner estava impressionado.

– Nadinha, parceiro. A última discussão foi sobre uma tal de proa.

– Proa é a frente do barco, Joca – respondeu Victor.

– Então, era só ter começado pelo chão – respondeu Joca, com sua voz áspera.

– Acredito que o estimado urso esteja correto. Sobre o assoalho do barco, não acredito haver tanta divergência. – respondeu o cavalo alado, e continuou: – O tempo que temos para construí-lo é precioso, contudo, escasso. Precisamos de união e cooperação. Se nos deixarmos levar pelo orgulho ou pela vaidade, nos manteremos presos aqui. Não por não haver saída, mas por não nos permitirmos sair.

– Ouviu isso? Escuta mais e fala menos. – Flora disse para Antuã.

– Quem disse que isso foi para mim? Foi para você, que se acha a dona da razão sempre.

– Capitã, fofo. No momento, almirante.

Alaxmaner interrompeu a discussão entre a fada e o curupê.

– O recado foi para ambos. Discutam menos e trabalhem mais.

– A audácia desse pangaré... – a fada falou por entre os dentes. – Trabalhar, fofinho, estamos trabalhando desde a hora em que vocês saíram para trazer esses troncos cheios de raízes e galhos. Como que meu traseiro lindo e delicado vai sentar nisso? A não ser que...

A fada pregou os olhos nos cabelos amarelo-alaranjados de Antuã, que respondeu:

– Nem vem! Se nós queimarmos tudo o que o cavalo alado Alaxmaner e o humano Victor trouxeram, eu não sei se conseguiremos tanto material de novo – respondeu Antuã.

– Frouxo!

Após a bronca de Alaxmaner, todos mudaram de postura, exceto Lis. Flora e Antuã não se bicavam tanto. Joca tornou-se mais proativo. Alaxmaner e Victor ficaram mais calados e tentaram opinar menos. Aos poucos, os troncos começaram a tomar a forma do assoalho do barco. Assim como a fada havia sugerido, usaram as labaredas de Antuã para queimar as pontas das raízes e dos galhos e facilitar sua remoção. Joca descobriu que algumas pedras poderiam ser usadas como lixas para deixar a parte dos assentos mais lisos. Os troncos foram posicionados lado a lado para, posteriormente, serem unidos por firmes cordas. Era noite quando Flora sentou-se, desanimada, e falou:

– Um dia inteiro e só conseguimos aparar as arestas desses troncos!

– Já tá tudinho lixado também, docinho. Nós já *ia* amarrar as *corda*, mas o parceiro cismou de fazer uma corda de segurança.

– Fazer o quê? – perguntou a fada.

– Não, Joca, eu disse que seria interessante se nós colocássemos algumas cordas amarradas no tronco para dentro do barco, para ninguém ficar solto e correr o risco de cair durante a descida.

– Quero só ver um pangaré alado se segurar numa cordinha – respondeu a fada sorrindo.

– Podemos amarrar ele, fada esperta – respondeu Antuã. – Eu acho uma boa, humano Victor.

— Acredito ser o melhor a se fazer. Creio ser importante, outrossim, avaliar o tamanho das cordas para cada corpo, para não ficar justa ou frouxa em demasia. Mas está tarde. Descansemos e deixemos para amanhã a labuta – emendou o cavalo alado.

O dia amanheceu com Flora acordando a todos para serem medidos dentro do barco, a fim de que a corda não ficasse nem frouxa, nem apertada demais. O primeiro foi Alaxmaner, que por ser o maior, gastaria maior quantidade de corda, seguido por Joca, Antuã, Victor e Lis. A quínia foi convencida com muito custo a deixar a guarda por alguns minutos para fazer o teste de segurança. A última foi a fada, que precisou da ajuda de Victor para fazer sua medição.

— Acho prudente nos locarmos de forma decrescente de peso da popa para a proa. Sugiro que eu me posicione na quarta fileira, que os estimados Joca e Victor se posicionem na terceira, que os estimados Flora Antuã se posicionem na segunda e que a estimada Lis tenha a dianteira livre para nos manter seguros.

— Ah, não! Eu quero ficar na frente para aproveitar a vista! E, pela Rainha da Magia, o que vão pensar de mim? Viajando, no fundão, lado a lado com um meliante da pior espécie? Se eu sou a almirante, por que não posso decidir onde vou me sentar, seu déspota? – reclamou Flora.

— Que história é essa de almirante, Flora? E outra, você nem vai estar no fundão! Vai estar na segunda fileira! – respondeu Victor.

— Junto com o lalauzinho? Nem morta! Me deixa mais para trás, então. Eu e a minhoca anêmica temos praticamente o mesmo peso. Nós trocamos! Eu fico com o Joquinha e ele com o esquentadinho!

O urso agarrou Victor e Flora pela cintura, os levantou ao mesmo tempo e, depois, os largou no chão.

— *Ocê* é bem mais pesado, parceiro. Docinho, *ocê* é uma pluma perto dele.

— Complô! – reclamou Flora.

Lis, então, sugeriu:

— Flora, você pode ficar ao meu lado. Só não me responsabilizo pelo que pode acontecer com você por estar na linha de frente dos ataques.

— Nesse caso, eu preferiria então uma vaga ao lado do panga...

— Não há tal possibilidade, estimada Flora. Ou você vai ao lado da estimada Lis ou do estimado Antuã.

– É uma escolha muito difícil. Ficar ao lado de uma caçadora selvagem ou de um ladrão? – a fada pensava alto com o dedo indicador sobre os lábios e cenho franzido.

De repente, Lis deu um grito abafado:

– Cuidado!

Flechas e lanças flamejantes começaram a cair no meio deles.

– Fomos descobertos! Protejam-se! – gritou Alaxmaner.

– Vocês precisam aprender a ser mais silenciosos! – disse Lis, irritada, antes de desaparecer por entre a floresta seca.

Alaxmaner, Joca, Flora e Antuã tentavam se esconder no momento em que algumas flechas atingiram o monte de madeiras reunidas para a construção do barco. Victor procurou seu violão, que estava próximo ao monte, e o agarrou antes de encontrar um lugar para se esconder.

– As madeiras! – gritou Antuã.

– Madeira a gente arruma mais depois, cara! Cuidado com sua prótese! Se esconda, rápido! – respondeu Victor.

Como o ataque vinha de uma mesma direção, Victor se protegeu atrás de uma fina árvore, que mal cobria todo o seu corpo. Ele não conseguiu ver ou escutar onde os outros poderiam estar escondidos. Após alguns minutos de apreensão, o ataque cessou. Victor saiu de trás da árvore e foi para frente da pilha de madeira, que pegava fogo. Ninguém havia se ferido gravemente, apenas Joca teve sua barriga arranhada.

– Você está bem, Joquinha? – perguntou Flora, preocupada.

– Sim, docinho, foi uma flecha que passou perto de mim. Eu tentei murchar a barriga, mas não consegui muito. Acabou pegando de raspão. – respondeu o urso apontando para a barriga.

A madeira seca queimava rapidamente, consumindo todo o material que haviam conseguido. Antuã falou:

– Como vamos apagar isso?

Alaxmaner partiu, impetuosamente, em direção à fogueira pisando em todos os focos de incêndio.

– Alaxmaner! – gritou Victor, apavorado.

O rapaz correu em direção ao cavalo alado, mas foi contido por Antuã. Apesar de pesado, Alaxmaner era ágil e, com suas patas e asas, conseguiu conter as chamas que se formavam. Assim que apagou a última chama, o cavalo alado estava exausto e com queimaduras por todo o corpo. Victor correu ao seu encontro, enquanto saía da madeira abrasada.

– Alaxmaner! Você está todo ferido!

– Estou bem, obrigado, estimado Victor.

Não tinha como o cavalo alado estar bem. Victor observou ferimentos e queimaduras por todo o seu corpo.

– Alaxmaner, obrigado por ter salvado a madeira, mas o custo foi muito alto. Não deveria ter feito isso! Ainda mais sozinho – disse Victor abraçando-o. – Talvez a Flora consiga preparar algo que possa aliviar sua dor.

– Rainha da Magia! Tanto trabalho que a gente teve para pegar isso e virou pó, literalmente! – disse a fada olhando para parte da madeira destruída.

– Flora, veja se consegue alguma coisa para essas feridas, por favor! – Victor repetiu.

A fada saiu pela Floresta dos Esquecidos para procurar ingredientes para um novo medicamento e retornou mais rápido do que de costume.

– Obrigado, estimado Victor. Todavia não há com o que se preocupar – a voz de Alaxmaner soava cansada.

– É melhor ficar quieto para não... nem vem, Joca!

Victor impediu que o urso chegasse perto do cavalo alado e despejasse o melado em sua boca. Joca, triste, sentou-se e começou a se lambuzar.

– Por isso que não consegue murchar essa pança quando a flecha passa! – Flora recriminou o urso.

Antuã estava com o cabelo azul-escuro, segurando, apreensivo, um pedaço de madeira queimada. Victor notou seu polegar direito fazendo uns movimentos rápidos como um espasmo, enquanto o curupê dizia:

– Além do cavalo alado se machucar todo, perdemos boa parte do que tínhamos.

– Ainda bem que as toras grandes não foram totalmente queimadas – comemorou Victor.

Alaxmaner mantinha seus olhos fechados devido à dor e Flora se apressava em tentar produzir o medicamento o mais rápido que podia.

– Olha, está muito difícil trazer alguma coisa que possa me ajudar nessa floresta, se é que isso pode ser chamada de floresta!

— Inverno, fada Flora. Tudo morre e depois renasce — disse Antuã.

— O que está morrendo aqui é minha paciência! Esquentadinho, vem aqui que eu preciso desse cabelo!

Victor continuava ao lado de Alaxmaner, fazendo carinho em sua barriga, e se deu conta de que a quínia ainda não havia retornado.

— Será que a Lis tá bem?

— Eu espero que sim, humano Victor. Porque se mesmo com ela fomos atacados, imagina sem? — respondeu Antuã, enquanto Flora esquentava alguns galhos nos seus cabelos.

De repente, a quínia apareceu, sozinha. Havia hematomas em seu rosto e sangue escorrendo pelos lábios.

— O que aconteceu, brotinho? — perguntou Joca, preocupado, tentando se levantar.

— Flora... — Victor começou, mas foi interrompido pela fada.

— Eu sei! Eu já sei! Mas vocês podiam combinar de se quebrarem todos ao mesmo tempo para eu não precisar sair toda hora para achar mais coisas, sendo que nunca consigo achar quase nada!

Flora saiu a procurar mais ingredientes para o medicamento e Victor foi até Lis e tentou ajudá-la a se sentar, próximo a Alaxmaner, mas ela se recusou.

— Vamos, Lis, você precisa descansar um pouco! Olha pra você! Está toda machucada.

Lis limpou o sangue que escorria pelos lábios.

— Descansar, Victor? Depois do que acabou de acontecer e eu não consegui impedir? — respondeu a quínia olhando para os lados.

— Você impediu um estrago muito maior, que poderia ter nos custado alguma vida, estimada Lis. Concordo com o estimado Victor. O repouso é mais do que importante, é fundamental para você.

A quínia ignorou a recomendação do cavalo alado e saiu em direção a uma árvore alta e a escalou. Victor pôde observar que os olhos dela mal piscavam de tanta atenção. Flora voltou da sua busca e olhou para os lados.

— Ué? Cadê a bonitinha?

— Saiu descontente consigo por não ter evitado os ataques — respondeu Alaxmaner.

— Tem que estar mesmo! Olha só pra isso! — respondeu a fada.

– Não foi culpa dela! Se você não reclamasse tão alto, eu duvido que teriam encontrado a gente! – disse Victor.

– Realmente, minhoca, nos acharam porque eu falo alto e não porque estamos construindo um barco!

Victor sabia que a fada estava, em parte, correta. Eles precisavam terminar o barco o mais rápido possível e não tinha sido ela a única se exceder no barulho. Ele olhou para a madeira queimada e pensou que com Alaxmaner ferido ficaria mais difícil buscar mais materiais. O jovem se levantou e falou, determinado:

– Eu e Joca vamos trazer mais madeira.

– Hã? – o urso parecia não ter entendido.

– Vamos lá, Joca! Levanta!

Alaxmaner tentou se levantar, mas não conseguiu.

– Fique tranquilo, Alaxmaner. Deixe a Flora cuidar de você – disse Victor.

– O sol logo vai ser pôr, humano Victor! – falou Antuã.

– Mas ainda não se pôs. Vamos, Joca! Você tem força para carregar isso? – perguntou Victor ao mostrar os troncos unidos pelas cordas que não haviam sido queimadas.

– Parceiro, os *urso* não *tem* mais a força de antes, mas acho que dá para o gasto – respondeu Joca, antes de dar uma golada no melado, limpar a boca, colocar a corda ao redor do seu corpo e a empurrar com suas patas.

– Flora, não se esqueça de cuidar da Lis também, por favor – pediu Victor.

– Eu não trabalho com milagre, fofinho. Não tem como eu obrigar aquela selvagem desempoleirar da árvore para eu tratar, né? – respondeu a fada com um recipiente improvisado nas mãos.

Victor e Joca partiram em busca de novos materiais, mas o jovem ainda conseguiu escutar um grito abafado de dor de Alaxmaner:

– Ai! Estimada Flora! Isso arde!

– Não mais do que essa sua voz enjoada nos meus ouvidos.

Já estava escuro quando Victor e Joca retornaram com algumas poucas madeiras. Alaxmaner continuava deitado e sentindo mais ardência do que antes e Flora se justificou:

– Não foi culpa minha! Como eu já disse, milagre eu não faço! É muito difícil achar o que eu preciso nessa floresta! A outra nem bebeu o elixir dela ainda. Continua trepada naquela árvore e olhando para tudo quanto é canto.

Victor apanhou o elixir, que já havia esfriado, e foi até Lis para entregá-lo. A quínia agradeceu e perguntou, sem olhar para ele:

– Vocês acham que o barco fica pronto em quanto tempo?

– O ideal seria conseguirmos mais madeira antes de continuarmos a construção. Por quê? – perguntou Victor.

– Observei os raios solares incidindo na Cordilheira dos Exilados. Acredito que em dois dias, três, no máximo, aconteça o derretimento da Montanha Diminuta. – respondeu a quínia.

– Já? Então, vamos ter que usar tudo o que conseguimos, até mesmo a madeira queimada.

– Fique tranquilo. Não haverá mais ataques – disse Lis com o rosto sombrio.

Os dias se passaram enquanto trabalhavam exaustivamente na construção do barco. Durante as noites, dormiam todos juntos, exceto Lis, que se mantinha vigilante. Como a quínia havia prometido, não teve nenhum outro ataque. Alaxmaner e ela se recuperavam dia após dia. A quínia, de forma um pouco mais lenta do que o cavalo alado por não se disciplinar a fazer uso dos medicamentos preparados por Flora Após muito labor, o barco finalmente foi finalizado.

– Ficou... horroroso! – disse Flora.

O barco, de fato, não era belo. Torto, mal-acabado, com a proa estranha e mal angulada, madeiras queimadas e preenchidas com galhos que davam um aspecto tosco. Os remos, que não pareciam remos, foram feitos com alguns pedaços compridos de madeira queimada. Apesar de feio, o barco era funcional, pois o tamanho era ideal para as seis criaturas e as cordas de segurança estavam muito bem fixadas entre as madeiras.

– Não tem que ficar bonito, Flora. Só tem que dar certo! – disse Victor.

– Vamos comemorar, parceiro! – disse Joca.

O urso deitou-se no chão e posicionou seu pote para que o melado caísse em sua boca. No entanto, ele estava tão cansado que apagou antes de saborear a primeira gota em dias. O pote caiu e rolou para o lado. Victor o recolheu, o tampou e o colocou ao lado de Joca.

– Só espero que ele não me invente de hibernar agora – disse a fada.

– Estou pensando... – disse Antuã.

– Eu bem senti um fedor – implicou a fada.

– Que fadinha graciosa e sem graça! – Antuã olhou para a fada com desprezo. – Como vamos fazer para carregar o barco lá para cima?

– Acho que não temos alternativa, estimado Antuã. Teremos que puxá-lo – disse Alaxmaner.

Após a chegada da noite, quando se preparavam para dormir, Lis se aproximou mais uma vez. Victor notou que ela ainda apresentava alguns hematomas amarelados na face.

– Antes de vocês dormirem, gostaria de dizer que amanhã é o dia.

– Mas não existe um dia de descanso nesse lugar, viu? – reclamou Flora.

– Como os raios solares são mais intensos na metade do dia, é esse momento em que acontece o desgelo mais rápido. Dessa forma, acho que devemos estar lá em cima e dentro do barco antes desse horário.

– De acordo, estimada Lis – respondeu Alaxmaner.

– Amanhã, ao raiar do dia, iniciaremos a subida. Eu fico na defesa, mas estaremos mais visíveis e vulneráveis. Temo não conseguir nos defender sozinha. Alguém aqui sabe manusear essas armas?

– Posso tentar – disse Antuã. Seu cabelo estava rosado.

– Não. Se não souber, melhor não fazer. Eu prefiro estar sozinha, sabendo que estou sozinha, do que contar com alguém que não poderia contar.

– Eu não disse que não sei. Não sou perito como você. Mas como caçador de recompensa de aluguel, também precisei me defender algumas vezes.

Lis jogou a aljava e o arco aos pés de Antuã:

– Me mostre.

Antuã abaixou-se para pegar o arco e, de repente, levantou-se atirando três flechas quase sem intervalo de tempo, no mesmo alvo no tronco de uma árvore. Depois cravou uma lança em cima da última flecha, com a mesma rapidez. Lis mantinha sua expressão inalterada.

– Amanhã você vem comigo – disse e saiu, silenciosamente, após apanhar suas armas.

Todos os outros estavam boquiabertos. Antuã, da mesma forma que se levantou, tornou a sentar-se. Seu cabelo voltou à tonalidade amarelada.

Flora foi a primeira a falar:

— Quem quer trocar de lugar comigo? Além de ladrão é assassino! Eu que não quero terminar minha vida empalada!

— Por que você não nos falou dessa sua habilidade antes? — perguntou Victor.

— Vocês não perguntaram! — respondeu Antuã.

— Claro que não perguntamos, esquentadinho! Quem iria imaginar que você, detonado por um Mercenário e salvo por outra, era um atirador de elite?

— Ele me pegou muito desprevenido, fada Flora. Eu estava tentando entender o que tinha acontecido comigo e onde eu estava. Ele me acertou bem na prótese. Fiquei meio desestabilizado por um tempo. Foi muita sorte dele, que ganhou vantagem.

— Estimado Antuã, você poderia tentar revezar com a estimada Lis para ela tentar repousar um pouco.

— Duvido que ela aceite.

— Acredito que esteja correto. Ainda não me decidi se ela deseja nos guardar ou apenas ficar a sós — respondeu o cavalo alado, pensativo.

— Não é de todo ruim ela ficar montada sozinha lá em cima. Se ela estivesse aqui embaixo, talvez não conseguisse confeccionar as armas dela, com essa falação toda que vocês arrumam — disse a fada.

— Por que não subimos a Montanha Diminuta hoje à noite? Seria mais difícil de os Mercenários verem a gente — disse Victor.

— Com esse aí — disse Flora apontando para os cabelos de Antuã, cuja cor adquiriu um tom azulado.

— Ainda assim, acho que seria mais discreto do que durante o dia.

— Creio que não aguentaríamos o frio, estimado Victor. Vamos dormir. Ou tentar. Amanhã será o dia do tudo ou nada.

No dia seguinte, antes mesmo de o sol nascer, todos já estavam de pé. Victor tinha a impressão de que apenas Joca havia dormido de verdade. Ele pegou seu violão, colocou dentro do barco e o amarrou na corda, bem como o pote de melado do urso. Ele e Alaxmaner puxaram o barco por uma outra corda, enquanto Flora e Joca o empurraram. Lis e Antuã se posicionaram nas laterais e observavam se havia algum movimento suspeito. Antuã ficou com as lanças e o revólver e Lis com o arco e flecha. Victor, além da corda, segurava uma tocha para visualizarem o caminho. Quanto mais caminhavam para as margens da Floresta dos Esquecidos, mais fofa a neve ficava.

– Eu não tinha pensado nisso! – disse Antuã. – Não sei se vou conseguir andar na neve fofa com essa prótese. Eu posso perdê-la.

– Creio ser mais prudente o estimado Antuã adentrar no barco – disse o cavalo alado com certo esforço.

– Era só o que me faltava, carregar esse folgado! – reclamou Flora.

– Não é hora de confusão, Flora! Por favor, não desconcentre o Antuã. – pediu Lis.

O curupê entrou no barco, e assim que chegaram no limite da Floresta dos Esquecidos, Lis deu a ordem:

– Victor, jogue a tocha no chão. Teremos poucos minutos no escuro, mas podemos ganhar vantagem antes que os Mercenários nos descubram.

– E o que vamos fazer com a outra tocha? Jogar no chão também? – perguntou Flora se referindo a Antuã.

– Então não adianta soltar a tocha, Victor. Ilumine para nós o caminho. Agora, vamos ter que correr muito até chegarmos a uma distância menos vulnerável aos ataques Mercenários que se encontram escondidos na Floresta dos Esquecidos. Estão prontos?

– Para falar a verdade, eu não estou muito não – respondeu Flora.

– Vamos! – gritou Lis.

Todos, com a exceção de Antuã, começaram a correr o mais rápido que podiam, e instantes depois de saírem pela neve os ataques mercenários começaram de várias partes da floresta. Lis, em vez de contra-atacar, não deixava com que as armas atingissem qualquer um deles. Victor não conseguia entender como ela conseguia enxergar no escuro. Além das flechas, a quínia lançava alguma coisa que Victor não conseguia identificar, parecia um elástico ou uma corda, que enrolava as armas no ar e as puxava para baixo. Já Antuã atacava sem piedade. Eles correram em direção à Montanha Diminuta até o sol começar a aparecer. O espaço de onde estavam até a Floresta dos Esquecidos era razoável e decidiram parar, exaustos. Victor soltou a corda de suas mãos e se jogou no barco para retomar o fôlego e se aquecer perto de Antuã, cujos cabelos estavam rosa-amarronzados. Lis também subiu no barco e sentou-se próxima a eles. Joca sentou-se no chão e percebeu que algo estava em suas costas.

– *Ocê* tá aí, docinho?

– Ah, Joquinha, obrigada pela gentileza da carona! Meus pezinhos já estavam inchados!

A fada havia montado nas costas do urso antes mesmo de terem completado a metade do percurso. Alaxmaner também se sentou para respirar melhor.

– Não acho que ainda estamos seguros – disse Lis.

– Só se eles tiverem um canhão para acertarem a gente, humana Lis! – brincou Antuã.

– Isso eles não têm, mas têm pernas – respondeu Lis apontando para alguns Mercenários correndo na direção deles.

– Zero minuto de paz – reclamou a fada.

Liz lançou algumas flechas em direção aos Mercenários que ainda estavam distantes o suficiente para que não os alcançassem. Mas seria questão de muito pouco tempo até eles assumirem uma posição para um ataque certeiro. Após recuperar o fôlego, Victor comparou a distância que eles haviam percorrido e a que faltava. Era muito. Só haviam percorrido um terço do caminho.

– Aceita? – a voz de Joca se fez ouvir de dentro do barco, ao oferecer seu melado.

– É melhor beber só uma água rápida, urso Joca! – disse Antuã com os cabelos roxos amarronzados.

– Faça isso, estimado Joca, pois o caminho é longo, a subida é árdua, os Mercenários sedentos e não podemos nos demorar.

– Alaxmaner está certo – disse Lis bebendo um pouco de água do seu cantil.

Flora, quando viu o cantil, gritou:

– Divide esse tesouro!

– Pode pegar, docinho! – gritou Joca.

– Não estava me referindo a essa sua porcaria, fofo.

Lis compartilhou a água e falou:

– Vamos continuar. Eu ajudo a empurrar o barco. Já que Antuã não pode caminhar na neve, ele fica responsável pela defesa. Acho que agora ele dá conta – disse após olhar a quantidade de Mercenários caminhando em direção a eles.

– Uau! Condecorado pela general! – exclamou Antuã, com os cabelos muito rosados.

– Vamos tentar manter o ritmo constante. Se formos muito rápidos agora não aguentaremos continuar e, se pararmos muito, acabaremos por perder a força para seguir – disse Alaxmaner ao se levantar.

A caminhada até os pés da Montanha Diminuta foi extenuante, pois a neve estava muito fofa e, sem as árvores da floresta para protegê-los, o vento era forte, gelado e cortante. As bochechas de Victor estavam queimadas pelo frio e, por diversas vezes, ele achou que seus músculos iriam paralisar.

– Eu não vou conseguir, Alaxmaner. Eu preciso parar um pouco – disse o jovem.

– Acredito que você esteja muito cansado, estimado Victor. Entretanto não devemos parar agora. É perigoso, tanto para um ataque Mercenário, quanto para nossa desistência. Se pararmos agora teremos dificuldades em retomar a caminhada – disse Alaxmaner.

– Não é cansaço, Alaxmaner, eu não estou me sentindo muito bem.

– Eu já parei há muito tempo – disse Flora de dentro do barco.

– Eu não consegui segurar, parceiro! Ela é levinha, mas começou a pesar com o tempo – disse o urso, bufando.

– E se o Joca fosse aí para a frente ajudar a puxar e o Victor viesse aqui para trás para empurrar comigo? – perguntou Lis.

– Acho ser melhor todos irem para frente. Se alguém cair, eu e a fada Flora podemos tentar segurar – respondeu Antuã.

Victor olhou para cima. Lis dizia ser a menor, no entanto, Victor não via tanta diferença de tamanho entre ela e as demais montanhas. Ele respirou fundo e viu Joca sorrir para ele ao dar dois tapinhas em suas costas. Lis ficou do outro lado do cavalo alado. Victor e Lis pegaram os remos, para fincar na neve tentar estabilizar melhor a subida. O início não foi tão difícil. Conseguiam achar passagens largas e estáveis. Contudo, com o passar do tempo, a subida se tornava mais íngreme e o ar mais rarefeito e frio. A mistura de fatores gerou um grande mal-estar em Victor. Ele olhou para cima e viu a distância que ainda faltava e a dificuldade que seria para percorrê-la. Ao olhar para o lado, pôde observar Joca, Alaxmaner e Lis extremamente compenetrados. Eles não demonstravam o menor sinal de fraqueza, e isso o fez buscar mais forças para continuar. Victor queria estar nessa mesma sintonia, mas sua cabeça latejava muito.

– Um pé depois o outro – pensava.

O frio, que percorria todo o seu corpo, parecia estar concentrado apenas em suas orelhas. Ele começou a escutar um vento muito forte apitar. Suas mãos tremiam. Suas pernas bambeavam. A neve começou a se movimentar. Tudo ficou escuro. Victor conseguiu escutar de longe a voz de Antuã:

– Humano Victor, você está bem?

9

Victor percebeu que estava deitado antes mesmo de abrir os olhos. Queria pensar que havia acordado de um pesadelo e que estaria em casa, mas não teve nem tempo de fantasiar. Após o menor dos movimentos, ouviu um grito da fada:

— Ah! Agora que a gente chegou aqui em cima você acorda, minhoca?

A cabeça de Victor ainda doía.

— O que aconteceu?

— *Ocê* apagou, parceiro. *Num guentou* o tranco – respondeu Joca.

— Para complicar, você não caiu por cima do barco. Caiu para o lado do barco. Por sorte consegui te segurar e te puxar para dentro, humano Victor! – disse Antuã, com os cabelos rosados.

O jovem olhou ao seu redor e seu coração disparou de alegria. Estava no alto da Montanha Diminuta e a sua vista era incrível. Incrível no sentido real da palavra, porque ele jamais imaginaria ver biomas tão distintos convivendo lado a lado. Havia cordilheiras de neve ao lado de um colorido bosque com frondosas e verdes árvores. Um pouco adiante, pôde-se ver um lago enorme e vermelho. Em outro canto, avistava uma área toda branca. O céu estava muito azul. Após admirar a paisagem, Victor olhou para dentro do barco. Flora e Antuã ainda discutiam sobre quem havia sido o verdadeiro o herói que o havia resgatado da queda fatal. Joca estava deitado e se lambuzando de melado. Lis observava a paisagem enquanto passava os dedos sobre as cordas do seu violão, que ainda estava amarrado. Victor balançou a cabeça como se tivesse acabado de acordar.

— Então, conseguimos mesmo chegar no topo!

— Sim! Mas não graças a você – respondeu Flora fazendo careta para o jovem.

— Ela está ressentida porque, sem você, ela teve que ir lá para frente ajudar a puxar o barco – respondeu Antuã rindo, com os cabelos rosados.

Victor deu um sorriso amarelo e perguntou:

— E o Alaxmaner? Onde ele está? Eu não o vejo!

— Atrás de você — respondeu a fada.

Victor olhou para trás e viu o cavalo alado deitado na neve, atrás da popa do barco, respirando com muita dificuldade.

— Alaxmaner, o que aconteceu? Você está bem?

O cavalo alado não respondeu. Ele mal conseguia inspirar, quem diria falar.

— Ele está bem, só está recuperando o fôlego — respondeu Lis sem olhar para Victor.

— Alguém pode me explicar o que aconteceu? Por que todos estão tranquilos, menos o Alaxmaner?

A fada se levantou e começou a encenar.

— Bom, enquanto você dormia e eu fazia o trabalho duro lá na frente, aconteceu um tremor. Nós até pensamos que fosse acontecer uma avalanche, mas não aconteceu. Ainda bem! Só que, com esse tremor, nós nos desequilibramos e caímos. Por sorte, eu e a bonitinha conseguimos fincar os remos na neve e dar um impulso para pular para dentro do barco. Eu não faço a menor ideia de como o Joquinha conseguiu entrar. Mas, quando eu vi, ele já estava lá dentro, agarrado no seu pote e com os olhos arregalados de medo. Todo mundo estava. Até a inexpressiva da bonitinha gritou de desespero. Estávamos caindo. A montanha parecia que ia desmoronar. E você quase caiu. Só não virou paçoca exilada porque essa aí te segurou.

Flora apontou para a Lis, que imediatamente corou sem olhar para os lados. A fada continuou falando:

— Então estava tudo caindo! Nós estávamos caindo e gritando sem parar! Até que o nosso cavalo se lembrou de que é alado e começou a bater suas asas!

— Alaxmaner voou? — Victor estava tão admirado quanto chateado por ter perdido esse momento.

— Claro que não, garoto! Não delira! Ele subiu o morro na pontinha da pata e batendo asa igual uma galinha, já viu? A bem da verdade é que não foi uma cena bonita de se ver. Sorte a sua você ter dormido nessa hora.

Alaxmaner olhou irritado para Flora, ainda ofegante e sem conseguir responder.

– Mas valeu, panga! Reconheço seu esforço em salvar nossas vidas! – disse Flora com um sorriso forçado.

Victor olhou para Lis:

– Obrigado por ter me segurado.

A quínia assentiu com a cabeça sem retribuir o olhar. Victor abraçou, de leve, o pescoço do cavalo alado, para não o atrapalhar a respirar, e lhe agradeceu. Alaxmaner conseguiu, apenas, responder com um gesto. Victor olhou para os colegas e falou:

– E agora? O que vamos fazer?

Lis respondeu:

– Agora, temos que esperar. Daqui a pouco os raios solares serão convergidos para cá, a neve derreterá e, se tudo der certo, sairemos vivos daqui e seremos livres.

Victor sorriu. No momento, sair daquele lugar era o que ele mais queria. Como não tinha muito o que fazer, decidiu aproveitar o tempo que tinha para apreciar aquela paisagem. A vista era deslumbrante. Foi uma grande surpresa descobrir que a Floresta dos Esquecidos era relativamente pequena.

– Aquilo é mais neve? – Victor apontou para a região branca além do Vale dos Exilados.

– Não, parceiro, aquilo é o Deserto Branco. Ele é todo feito de sal. Se *ocê* acha difícil sair do Vale dos Exilados, quem me diz de lá.

Joca respondeu, ainda deitado no barco, nem sem mesmo levantar a cabeça para ver sobre o que Victor estava falando. Como ninguém o corrigiu, Victor julgou a informação como verdadeira:

– Eles escolheram muito bem para onde levar os transgressores!

Victor olhou para o norte e pôde ver um enorme vulcão com um lago avermelhado.

– Está vendo isso, aí, fofo? É Vulcão Permanente e o seu Lago Vermelho – disse Flora.

– Por que a água do lago é vermelha?

– O lago é feito da lava rubra, que se mantém aquecida pelo seu solo. Ela fica circulando no vulcão que, o tempo todo, cospe ela para fora. Sempre quentinha e destruidora. Um charme.

Victor sorriu. Achou interessante a história do Vulcão Permanente, mas não teve a menor curiosidade de conhecê-lo de perto.

– Ali é o Reino de Mimus, humano Victor – Antuã apontou para o Oeste – Está vendo os Cinco Vulcões Irmãos? Acho que não dá para ver, está muito longe, mas aquele pontinho ali é a Gruta do Grito. Quem entra lá desprevenido pode até enlouquecer de tanto barulho!

– Um deserto de sal, um vulcão de lava eterna e uma gruta que enlouquece. Os reinos de vocês não são nada convidativos! – brincou Victor. – Onde ficam Magnum e Quini?

– Não conseguimos ver de onde estamos – disse Antuã.

– Espero que não sejam tão assustadores! – disse Victor.

– De uma terra em que só tem cavalo com asa você espera alguma coisa de assustador, garoto? Tenha dó! O reino dos quínios é muito chato. Assusta pela chatice! Biblioteca de não sei o quê, Parque do não sei o quê lá. "Vamos fazer um livro de paletas de cores de uma borboleta rosa!" Chego a me coçar de nervoso! – disse Flora.

Victor sorriu. Para ele era muito difícil de compreender como esses cinco reinos, tão diferentes entre si, poderiam fazer parte de um reino unificado.

O frio havia diminuído e Victor pensou que ele, na verdade, estaria começando a se acostumar com o clima. No entanto, em pouco tempo o frio deu lugar ao calor, cuja intensidade aumentava rapidamente. Algumas gotas de suor brotaram no seu rosto.

– O que está acontecendo?

– O desgelo começou! Os raios solares estão se direcionando para cá! Vamos posicionar o barco para ele descer para o lado de fora da Cordilheira dos Exilados – disse Lis.

Joca e Flora se juntaram a Victor e Lis para empurrar e posicionar o barco no local que a quínia havia sugerido. O calor intenso incomodava. Victor viu o corpo do cavalo alado se tornar mais flácido.

– Alaxmaner! – Victor pulou em cima do cavalo alado – Reaja!

Alaxmaner havia desmaiado. O calor estava tão absurdo que o jovem teve que tirar seu casaco e jogá-lo no barco, onde já estavam Flora e Antuã.

– Me ajudem, por favor! – pediu Victor.

Lis e Joca foram socorrê-lo. Joca puxou o pescoço do cavalo alado para dentro do barco enquanto Victor e Lis tentavam levantar o corpo, em vão. A neve já estava derretendo em uma velocidade tão alta quanto o calor que eles sentiam. O rosto da quínia estava quase da cor do seu cabelo. Joca desceu do barco para tentar auxiliar os dois e falou:

– Os dois no barco já *apagou*.

O corpo de Victor bambeava. Joca empurrou Alaxmaner com uma força que Victor nunca tinha visto. O cavalo alado caiu desacordado no barco. O calor estava insuportável. Era possível ver pequenas cachoeiras escoando pela neve em derretimento. Joca subiu no barco com o auxílio de Victor, que logo escutou um baque surdo e deduziu que o urso também havia desmaiado.

– Nós nos esquecemos de pensar que a conversão dos raios solares pra cá poderia nos matar de calor – Victor disse a Lis.

A quínia não respondeu. Sequer havia escutado. Ela estava caída no chão, já bastante derretido e molhado. Victor a pegou no colo, mesmo com o corpo tremendo, e a colocou dentro do barco. Ele conseguiu amarrar cada um dos colegas nas cordas com muito esforço. Por sorte, Antuã desmaiou com a cabeça para fora do barco, o que evitou um incêndio acidental. O suor escorria pela face e pelo corpo do rapaz assim como a neve fazia pela montanha. Nem todos estavam nos lugares previamente demarcados, mas ele conseguiu amarrá-los do jeito que deu. A maior sorte foi Alaxmaner ter sentado para respirar na parte de trás do barco, pois ficou próximo ao seu assento, cuja corda era a única compatível com seu tamanho. Victor amarrou-se na mesma corda que prendia seu violão. O calor estava intolerável. O jovem posicionou seu casaco por cima da cabeça e puxou o pote de melado para si. Ele conseguia escutar um barulho de água correndo. Sua visão escureceu, outra vez.

Victor acordou com um baque na cabeça. Antes tivesse continuado desmaiado. O barco descia a Montanha Diminuta com uma rapidez inimaginável. Ele olhou para os demais, que permaneciam desacordados, mas não teve coragem de olhar para trás a fim de saber a distância que haviam percorrido.

O rapaz apertou os olhos e viu que, no pé da montanha, havia algumas criaturas vestindo armaduras, umas barracas coloridas enormes e um grande estandarte. Aquilo só poderia ser a Guarda Real de Crux. Ele viu que alguns soldados olhavam em sua direção como se tentassem entender o que era aquilo que descia a toda velocidade pela Cordilheira dos Exilados.

Victor percebeu que a quínia havia acordado após escutar sua voz.

– Nós conseguimos!

Lis mal terminou as palavras quando a Guarda Real de Crux iniciou uma série de ataques contra eles.

– Se abaixa, Lis! Ainda não conseguimos! – respondeu Victor preocupado, tentando se abaixar.

Nesse instante, a lateral do barco bateu em alguma saliência da Montanha Diminuta e começou a girar muito rápido. Victor agarrou-se ao violão e ao pote de Joca. Ele e Lis tentavam dar as mãos, mas não conseguiram. O jovem fechou os olhos tentando aliviar a vertigem e nem percebeu quando o barco rodopiante atropelou parte da Guarda Real de Crux. O barco, então, fez uma pequena descida em queda livre e foi amortecido pelas águas. Victor abriu os olhos. Tudo rodava, mas mesmo assim ele percebeu que estavam navegando no Rio Cor.

– A gente conseguiu! – ele gritou.

Victor pulou em direção a Lis para abraçá-la, e ela, em um movimento atípico, fez o mesmo, mas ambos, muito tontos, se desequilibraram e caíram, Victor em cima de Flora, e Lis, de Alaxmaner.

– Que isso, garoto? – reclamou a fada com as mãos na cabeça e olhos fechados. Ela também estava tonta.

– A gente conseguiu, Flora! – gritou Victor.

– E por isso tem que me esmagar?

Alaxmaner, também tonto, perguntou:

– Não estamos mais no Vale dos Exilados?

– Não! – respondeu Victor.

Alaxmaner balançou a cabeça e olhou para os lados:

– Estamos no Rio Cor! Estamos livres!

Lis acordou Antuã e Flora sacudiu Joca:

– Deu certo, Joquinha!

– Bora comemorar, docinho! Cadê meu pote?

Assim que Victor entregou o pote para Joca, o urso ofereceu aos demais, que, ainda com o estômago embrulhado, recusaram. Joca, mesmo tonto, virou o melado na boca.

– Livres! Até que enfim! Alguém viu o que aconteceu? Eu acho que desmaiei de calor – disse Antuã.

– É inacreditável que uma criatura que tem fogo na cabeça desmaie por causa de calor. Aliás, é inadmissível. Um completo e abominável absurdo! – reclamou a fada.

Victor silenciosamente concordava com ela. No entanto ele já havia passado por tanta situação inacreditável que desistiu de tentar achar razão nas coisas que aconteciam ou deixavam de acontecer. O importante é que ele tinha conseguido um suspiro de ânimo para o seu retorno para casa.

– O que aconteceu, Antuã, foi que todo mundo desmaiou por causa do calor. Você, Flora e Alaxmaner foram os primeiros.

– Como conseguiram me levantar, estimado Victor? – perguntou Alaxmaner.

– Com o Joca! Ele te jogou para dentro do barco com uma levantada de braço!

– Você me colocou no barco, Victor? Não me lembro de ter entrado. – perguntou a quínia, sem encarar o jovem.

– Sim, Lis, te coloquei. Só foi o tempo de te colocar no barco e amarrar todo mundo nas cordas. Depois apaguei também.

– Uma lástima não haver ninguém desperto para se certificar de que a Guarda Real de Crux realmente estava a postos. – perguntou Alaxmaner.

– A Guarda estava lá, no pé do morro. Eu acordei logo no início da descida. Mas não sei se eu posso dizer que estava a postos. Porque nosso barco estava descendo muito rápido, bateu em algum lugar, saiu rodando e os atropelou. Por isso estamos tontos. Acho que eles não imaginavam que isso poderia acontecer e não estavam muito preparados – disse Victor.

– Agora vão estar – respondeu Lis de forma seca.

– Então ainda corremos risco?

– Me refiro a outra fuga pela Montanha Diminuta, Victor. Uma segunda fuga nessa montanha soa como incompetência. Estou certa de que não haverá uma terceira. Quanto a nós, passamos por todos os protocolos. Estamos livres. Contudo, temos um outro problema. – disse Lis.

– Que outro problema? – perguntou Victor, desanimado.

– Como eu te falei, eu não fui a única que te vi aparecer do nada. Não existe magia no Grande Reino Unido de Crux há mais ou menos quinhentos anos, Victor. Você acha que os Servos Reais de Crux não estão atrás de você?

– Mas eu não tenho magia! Vocês sabem disso! Eu sei como vim parar aqui tanto quanto vocês!

– Nós sabemos, Victor. Todo o resto do reino, não.

Victor murchou.

– O que vamos fazer, então?

– A correnteza do Rio Cor está nos levando para o Reino de Magnum. Acredito que o Oráculo de Eurtha possa nos ajudar – respondeu Alaxmaner.

– Eu discordo – disse Flora.

– Você tem alguma ideia melhor, fada Flora? – perguntou Antuã.

– Claro que tenho! Te jogar pra fora desse barco pra ver se a gente apaga tanto o cabelo rosa quanto esse sorrisinho ridículo do seu rosto! – respondeu a fada.

– Eu tenho – disse Lis. – Na biblioteca de Quini...

– Pode parar por aí, mocinha! – disse a fada – Nem morta que eu vou me enfiar em Quini depois de ver a fada pela greta. Já é difícil entender o que um oráculo fala, imagina ter que me enfiar em uma biblioteca gigantesca. E o pior, em Quini! E mais! Tentar identificar o tópico de alguma coisa que a gente não tem para pesquisar vai ser *uó*. Se só forem essas as duas únicas opções, eu prefiro ir ao oráculo, apesar de ninguém entender o que ele diz, ele pelo menos fala na hora.

O barco descia o Rio Cor, conhecido por margear quatro dos cinco reinos de Crux: Magnum, Mimus, Rubrum e Alba. Victor aproveitou o momento sem discussões para admirar o lugar. À sua esquerda, estavam as Cordilheiras dos Exilados. À sua direita, havia um lindo e colorido bosque que em nada se assemelhava àquela natureza morta do Vale dos Exilados. Os pássaros de várias cores e vários tamanhos voavam livres no céu. Um animal ou outro bebericava água do rio, alguns já conhecidos por ele, outros não. Pela primeira vez, desde que houvera chegado no reino de Crux, Victor experimentou um momento sem tensão. O barulho do barco cortando as águas, o belo gorjeio das aves, o farfalhar das folhas lhe transmitiam uma paz que ele não sabia que ainda existia. Sua tranquilidade foi interrompida pela voz rouca e áspera do urso:

– Urso do poder! O que é aquilo?

Victor olhou para onde a pata melada do urso apontava. Parecia uma enorme construção no cume de um monte que se abria na parte inferior para que o Rio Cor continuasse a passar.

– O que estão fazendo com o Topo Quadrirreal? – perguntou Antuã.

Victor olhou ao redor e percebeu que todos olhavam admirados para a construção:

– O que é o Topo Quadrirreal?

– Estimado Victor, o Topo Quadrirreal é essa elevação que você pode observar à sua frente. É chamada dessa forma porque faz fronteira com quatro reinos: Reino de Magnum, Reino de Mimus, Reino de Rubrum e Reino de Alba – disse o cavalo.

– E por que vocês estão tão impressionados? – indagou Victor, sem entender.

– Sabe o que é, parceiro? É que antes só tinha um castelinho lá cima. Agora, parece que o morro todo virou um castelão! – respondeu Joca.

– E qual o problema se o rei quis construir um castelo maior para ele? – perguntou Victor.

– Nossa pergunta é outra, estimado Victor. Por qual razão estão fortificando o Castelo de Crux?

– Não entendo. Qual é o problema disso?

– Se não há risco de guerra, não deveria haver temor suficiente para que o soberano do Grande Reino Unido de Crux decidisse aumentar sua segurança em torno do castelo.

– Exato, estimada Lis. – respondeu o cavalo alado.

– Eu continuo sem entender. Qual é o problema de fortalecer a estrutura do Castelo? – perguntou Victor.

– Não há problema algum em fortalecer a estrutura, estimado Victor. O curioso é observar a mudança da estrutura do Castelo de Crux a fim de torná-lo mais belicoso sem, no entanto, haver conhecimento prévio pelos os cinco reinos – respondeu Alaxmaner.

Era evidente a dificuldade de Victor para seguir o raciocínio. Lis interveio:

– Por isso deveríamos ter ido para a Biblioteca de Quini. Ele não conhece a história do Grande Reino Unido de Crux. Ele não vai conseguir entender.

— Não temos tempo hábil para isso, estimada Lis. Fique à vontade para contar-lhe como houve o nascimento do Grande Reino Unido de Crux.

— Ah, não! Me recuso a escutar tudo isso de novo! Passei com louvor em História de Crux e não preciso de outra aula!

A fada puxou o urso para perto de si, afofou sua barriga e nela repousou sua cabeça. Victor aguardava a quínia começar quando seus olhos se fixaram no brasão do castelo. Havia dois cavalos alados dourados, um de cada lado do escudo e uma grande flor que emitia ramos com outras flores formando uma coroa bem acima deles. O escudo era dividido em quatro. A parte inferior à direita tinha o fundo azul e cavalo alado branco. À direita, o fundo era listrado de amarelo e laranja e havia uma pata de urso. A parte superior à esquerda tinha o fundo listrado de azul e lilás com um símbolo de uma borboleta e à direita tinha o fundo vermelho, com o símbolo de uma flor. No meio do escudo, na junção de todas as cores, havia uma imponente coruja laranja. Lis começou a contar:

— Bom, há muitos anos, o que conhecemos hoje como Grande Reino Unido de Crux era dividido em quatro grandes Reinos: Magnum, Mimus, Rubrum e Alba. Esses quatro reinos não conseguiam viver em paz, pois cada um deles era formado por criaturas com poderes distintos que, muitas vezes, aterrorizavam as criaturas dos reinos vizinhos. Por exemplo, os cavalos alados, além da capacidade de voar, possuíam também a habilidade de penetrar na mente do outro. Os curupês eram capazes de se transfigurar em qualquer coisa ou criatura que desejassem. As fadas voavam e dominavam a magia. Os ursos eram dotados de uma força descomunal e, só a título de curiosidade, com um mínimo esforço eles moldaram a terra para formar as cordilheiras que cercam seu reino. São altas justamente para que ficassem protegidos das criaturas aladas. Além disso, a energia da palavra falada não estava organizada. Portanto, os seres não conseguiam se compreender, o que gerava anseio, medo, pavor e insegurança entre eles e, consequentemente, guerras. Afinal, a guerra é sempre resultado de incompreensão de uma ou de ambas as partes.

Há, aproximadamente, quinhentos anos, Victor, o mar, que isolava o Reino de Quini, secou de um dia para o outro, sem nenhuma explicação. E a busca pela razão do desaparecimento do mar levou três humanos a saírem da antiga ilha pela primeira vez. Eram eles: Cosmus, o pacificador; Caus, o rei, e sua esposa Gaia, a guerreira. A primeira grande diferença trazida pela chegada deles foi a organização da energia da palavra falada e ninguém sabe até hoje o porquê. Como o Reino de Quini fica mais próximo do Reino de Magnum, esse foi o primeiro reino a ser conhecido pelos três desbravadores. Para resumir, eles, liderados por Caus, o rei, conheceram todos os quatro reinos e perceberam que o grande problema era o medo que um tinha do poder do outro. Os três quínios notaram, durante as visitas, que, apesar da aparente abismal diferença entre eles, na verdade se completavam e, juntos, poderiam se tornar uma potência. Cada Reino forneceria para o outro o que lhe era necessário e, ao invés de se destruírem, se somariam.

Após vários encontros e reuniões, os Reis e Rainhas dos quatro Reinos puderam conhecer um pouco mais sobre cada um dos reinos e também dos três quínios. Caus, o rei, era calado, como um bom estrategista. Muitas vezes era até rasteiro para atingir seus objetivos. Como aconteceu na Guerra do Bosque Merigo, quando ele instigou cavalos alados e fadas a iniciarem uma guerra pela disputa desse território. Além de estimulá-los, ele auxiliava estratégias de guerra tanto para os cavalos alados quanto para as fadas. Seu único objetivo era o de manter a guerra de forma vigorosa e intensa por anos e enfraquecer os dois reinos mais poderosos dentre os quatro.

— Até parece que as fadas foram enganadas por um humano, bonitinha. As fadas não queriam o Bosque Merigo, elas queriam que os enxeridos dos pangarés alados parassem de querer roubar nossos estudos milenares de medicina. Acredita que eles, que nem mãos têm, queriam deter todo o conhecimento para eles? Onde você ouviu tanta mentira, garota?

— No livro de História Antiga de Crux.

— Peço escusas por interrompê-las. Entretanto, também creio ser difícil acreditar que os cavalos alados foram enganados. O Bosque Merigo era nosso. As fadas que nos invadiram em razão da presença de componentes importantes para os seus materiais medicinais.

— Cada um perpetua a história de acordo com seu ponto de vista, Alaxmaner. A razão a qual as fadas e os cavalos alados deram para o início da guerra pode até ser questionado, mas o fato de Caus a ter manipulado é provado com documentos, cartas e Transfex. Tem tudo isso na biblioteca de Quini, se vocês quiserem, eu posso provar.

— Não precisa de tanto empenho, fofa! – disse a fada.

– Enquanto Caus, o rei, bolava planos para unificar os reinos, por mais incoerente que possa parecer, seu irmão Cosmus, o pacificador, tentava conquistar o mesmo objetivo por meio do diálogo. Cosmus era simpático, articulador e persuasivo. Além disso, ele tinha uma característica única, que até então as outras criaturas nunca tinham presenciado. Cosmus era resistente ao poder dos cavalos alados. Não que um cavalo alado não pudesse penetrar em sua mente. Eles podiam e o faziam. Porém não era tão fácil e simples quanto com as outras criaturas. E ficou isso muito claro durante uma reunião com os cinco Reis e Rainhas do que seria Crux. O rei de Magnum, Olminadus, tentou penetrar na mente de Cosmus a fim de obter vantagens em algum acordo, de que agora eu não me lembro e, de alguma forma, foi bloqueado. Com o passar do tempo, Cosmus conseguiu aprimorar sua defesa. Essa resistência aos poderes de penetração mental o levou a ser considerado a criatura com maior credibilidade entre todos os Reis e Rainhas. Após muitas conversas e reuniões, Caus, Cosmus e Gaia conseguiram demonstrar para os Reis e as Rainhas que a força dos cinco reinos era maior e melhor quando juntos do que separados. Houve uma última reunião, que ficou conhecida como o Pacto da União, em que cada Rei e Rainha decidiu doar o poder pertencente às criaturas de seus reinos pela harmonia, paz e união entre eles. O que ninguém sabia, no entanto, é que os poderes não eram materiais, e sim etéreos. Portanto, parte da alma de todos os que o possuíam seria também doada. Essa reunião foi feita à noite e teve muito esforço e cooperação entre os Reinos nunca antes vista. Os cavalos alados selecionaram os que tinham maior destreza no domínio mental para penetrar na mente de todos os habitantes dos cinco reinos a fim de causar um torpor coletivo. Os que conseguissem escapar desse torpor eram distraídos pelo grupo formado pelos curupês com melhor desempenho na transfiguração. Eles se transformavam em qualquer outra coisa para entreter as criaturas acordadas. Os ursos selecionaram os mais fortes para cuidar da segurança local. Como a reunião foi feita ali, no Topo Quadrirreal, os ursos se posicionaram em torno do morro para que não houvesse nenhum atentado, caso alguma criatura conseguisse escapar do torpor e da distração e se revoltasse. Já as fadas enviaram as mais poderosas e experientes para removerem os poderes de cada criatura dos cinco Reinos. Foi algo tão absurdamente extenuante que, ao final do processo, algumas fadas não resistiram.

– O quê? – perguntou Victor com os olhos arregalados.

— Sim, fofo. Foram verdadeiras heroínas. O que é uma redundância para uma fada.

— Não foram só as fadas que perderam a vida nesse processo, humano Victor, muitas criaturas de todos os reinos também acabaram sendo sacrificadas — disse Antuã.

Toda aquela história impressionava o jovem. Capacidade de voar, magia, força para moldar pedaços de terra e transfiguração eram coisas que Victor só conseguiria imaginar, quando muito, em livros e filmes de ficção científica. Mas, por mais bizarro que pudesse parecer, tudo o que a jovem ruiva lhe falava parecia plausível.

— E os quínios?

— Os quínios, em todo o processo, foram apenas Caus, o rei, Gaia, a guerreira e Cosmus, o pacificador. A antiga ilha povoada pelos humanos não era muito interessante para as demais criaturas. Até hoje o Reino de Quini é o mais isolado. Continuando, essa noite ficou conhecida como a Noite das Cores, porque cada poder irradiava uma cor ao ser extraído de cada criatura. O da penetração da mente era azul, o da transfiguração era lilás, o da magia era vermelho e o da força era amarelo. E foi desse jeito, Victor, que os cavalos cederam a capacidade de entrar na mente dos outros seres para um objeto triangular, magicamente protegido, chamado *Anma Mentis*. Os curupês cederam a capacidade de transfiguração, formando a *Anma Mutatio*. As fadas cederam a magia, formando a *Anma Exponentia* e os ursos cederam a força imensurável, formando a *Anma Impetus*. Após o fim do processo, cada *Anma* começou a brilhar a energia da cor do poder. Até hoje não se encontrou nenhum registro de como se faria para se retirar essa proteção mágica e devolver os poderes para as criaturas. Talvez tenha sido permanente, até porque não sabemos se as criaturas conseguiriam suportar a enorme descarga energética para ter esses poderes de volta.

Victor estava estupefato com toda a história quando pensou que ainda faltava uma informação:

— E o que o reino de Quini forneceu?

— A intermediação entre os reinos e a organização da energia da palavra falada — respondeu a quínia.

— Não formou nenhuma *Anma*?

— Não.

Victor não conseguia entender:

– Eles não tinham nenhum poder?

– O da conciliação e da integridade, Victor. Tanto que eles ficaram com a posse da *Anmus Totius*.

– *Anmus Totius*?

– Sim, a *Anma* formada pela junção de todas as quatro *Anmus*.

– Muito estranho – disse Victor ressabiado. – Eles, de repente, acreditaram em três pessoas que apareceram do nada e confiaram suas vidas, seus poderes e suas almas a eles?

– Assim como nós, quando estávamos no Vale dos Exilados. Confiamos uns nos outros. Todos desconhecidos. A nossa confiança em incógnitos poderia nos ter custado também as nossas vidas, mas resultou em nossa liberdade. Muitas vezes não sabemos o motivo das nossas escolhas, estimado Victor, que tantas vezes nos parecem incoerentes e que acabam nos salvando de um caminho de desdita – respondeu Alaxmaner. – Creio que a história esteja no fim, estou correto, estimada Lis?

A quínia assentiu com a cabeça.

– A questão, Victor, é que os Reis e as Rainhas estavam de acordo com a doação dos poderes para promoverem a paz. Entretanto, nem todas as criaturas habitantes de cada um dos Reinos estavam. Eu acho que você consegue imaginar a indignação de algumas delas quando acordaram sem seus poderes no dia seguinte. Só que não foi apenas isso, Victor. Como eu te falei, o que ninguém sabia era que o poder também carregava um pouco da alma das criaturas. Então algumas delas adoeceram, perderam a memória, enfraqueceram ou até mesmo morreram. Enfim, tanta coisa que em diversas partes dos quatro Reinos eclodiram revoltas violentas. Gaia, a guerreira, que até então parecia ser somente a rainha de Quini, se mostrou a melhor dentre todos os guerreiros. Era rápida, perspicaz, e tinha ótimas estratégias de guerra. Pouco a pouco, as principais revoltas foram abafadas, e isso foi um recado para as demais criaturas revoltosas. Quem quisesse se rebelar deveria ter algum combatente à altura de Gaia, a guerreira.

– Além de boa de guerreira, dizem que ela era linda, humano Victor – disse Antuã.

– Eu tenho certeza de que ela ficou com o feioso do Caus porque ele era o rei, porque dizem que o Cosmus era muito mais bonito – disse a fada.

— Ela ficou com Caus, o rei, porque foi prometida a ele a fim de fortalecer as alianças do Reino de Quini. Não foi por beleza, amor ou romance – respondeu a quínia. – Bom, enquanto as revoltas explodiam, os reis e rainhas dos cinco reinos precisavam proteger a *Anmus Totius*. Cosmus, o pacificador, ficou responsável por sua proteção por ser a criatura com maior credibilidade entre todas do, agora, Grande Reino Unido de Crux. Quando as revoltas se acalmaram, houve a necessidade da proclamação do Rei ou da Rainha do Reino Unido de Crux. A grande maioria desejava que esse fosse Cosmus, o pacificador. Mas Cosmus não tinha característica de governador e nem vontade e se julgou inadequado para o cargo. Ele ofereceu trabalhar como Conselheiro Real, caso seu irmão, Caus, o rei, se tornasse o rei dos reinos unidos. Parece que esse era um desejo secreto dele. Assim, Caus tornou-se o primeiro rei do Grande Reino Unido de Crux. Um quínio, Victor. Isso gerou uma onda ainda maior de revolta e insatisfação porque, desde que os quínios haviam chegado, tudo havia mudado. E justamente um quínio foi proclamado rei. Isso deixou as criaturas ainda mais irritadas e promoveram mais revoltas em todos os reinos.

— Eu não aguento mais essa tortura! Ela não sabe resumir! – Flora se levantou. – Em uma das guerras, Gaia, a guerreira, foi morta. E pior, rola uma boca miúda de que ela estava grávida do primeiro filho ou da primeira filha, não sabemos. Não deu nem tempo de fazer o chá revelação. Caus, o rei barango, deu a louca depois disso. Não confiava mais em nada nem em ninguém. Começou a achar que tudo tinha sido um grande erro. Que eles nunca deveriam ter vindo para cá, nem feito nada do que eles fizeram. Cosmus, o maravilhoso, tentou confortar o irmão feio. Só que o outro já não estava batendo bem a cacholeta e resolveu utilizar a *Anmus Totius* para ter o poder supremo para fazer o que quisesse com quem quisesse para vingar a morte da Gaia, a guerreira. Só que eu acho que somente o Cosmus sabia como ativar a *Anmus Totius* e o feio tentou bater um papo com o irmão para tentar descobrir. Mas Cosmus, o pacificador lindo, não abriu a boca para o irmão. E sabe o que o barango fez?

— O quê?

— Meteu a espada no coração do irmão.

— Matou o irmão? – Victor arregalou os olhos.

— Sim. Eu acho que deve ter sido na hora da raiva, porque Cosmus, o lindo, não quis abrir a boca pra ele porque, obviamente, a ideia era de jerico. Além de matar o maravilhoso ainda jogou o corpo do pobre no Rio Cor. Nem deu pra enterrar. A *Anmus Totius* também sumiu. Caus, o rei feioso, acabou preso. Parece que depois de um tempo ele se arrependeu de ter matado o irmão, mas já era tarde. Aí, ele mofou na prisão e algum tempo em seguida ele morreu. Mas antes disso, para resolver a questão do trono, foi feita uma nova reunião. Sem os três quínios enxeridos, o trono ficou entre as fadas e os pangarés alados. Mas claro que os cavalos alados trapaceiros conseguiram comprar os votos do rei de Alba e da Rainha de Mimus. O novo Rei de Quini ficou a nosso favor, mas eram três votos contra dois.

– E onde foram parar as *Anmus*? – perguntou Victor.

– Não faça pergunta difícil, minhoca anêmica.

Alaxmaner continuou:

– Não se sabe até hoje sobre o paradeiro das quatro *Anmus* que formam a *Anmus Totius*. Sem os poderes, estimado Victor, e com capacidade de se compreenderem com a energia da palavra falada organizada, os Reis e Rainhas de cada reino passaram a ter autonomia. O rei do Grande Reino Unido de Crux tem função fundamental para manutenção da união dos Reinos de Crux e para a relação com os reinos exteriores. É uma função mais administrativa e não precisa ter um forte de guerra como sede oficial.

– Muito obrigado a todos pelas explicações. Acho que consegui entender um pouco mais sobre esse reino. Mas estou encucado com uma coisa. Por que os cavalos alados e as fadas não voam mais?

– Ótima pergunta, fofo! – disse Flora. – Os cavalos alados "superpoderosos" morriam de medo das fadas. Então, imploraram para incorporar a energia volita nas *Anmus*.

– Para nós, os cavalos alados, a informação é distinta. Havia a real necessidade de doação da energia volita de ambas as partes a fim de equilibrar a energia com o restante dos reinos que não a possuíame – respondeu Alaxmaner.

– Conta outra, panga! Duvido que você acredite mesmo nessa história para cavalo alado dormir. Vê lá se pangaré alado está preocupado com equilíbrio entre os reinos! – respondeu a fada.

O barco seguia no curso do Rio Cor. Um pouco antes da entrada do túnel do Topo Quadrirreal, Victor pôde ver uma enorme flor em forma de estátua do lado direito próxima à margem do Rio Cor. Do lado esquerdo, havia a estátua de uma pata de um urso.

— O que são essas estátuas? — perguntou o jovem.

— São as demarcações dos reinos. À esquerda, a estátua da pata de urso representa o Reino de Alba. À direita, a estátua da dália representa o Reino de Rubrum, estimado Victor.

Victor agradeceu e antes de fazer uma nova pergunta, Antuã gritou, com os cabelos amarronzados:

— É uma armadilha! Rápido, pulem!

O curupê saltou para fora do barco direto para a terra firme. Alaxmaner e Flora também conseguiram pular para onde estava o curupê. Joca estava com dificuldade para se levantar e se desequilibrou ainda mais após o impulso que o cavalo alado deu. Victor desamarrou seu violão e o jogou para Antuã. Ele estava prestes a pular para a margem quando viu Lis tentando levantar Joca, sem sucesso, e voltou para ajudá-los. No momento em que o barco entrou no túnel, Victor e Lis agarraram os braços do urso e a quínia falou:

— Vamos pular e nadar o mais fundo que pudermos.

Lis e Victor saltaram no Rio segurando Joca e fizeram o que a quínia havia pedido. Victor conseguiu ouvir um barulho de explosão e sentiu uma pressão nas suas costas. Ele olhou apavorado para Lis, que sinalizou para continuarem nadando na mesma direção da correnteza. Foi tudo o que ele conseguiu enxergar até a luz da explosão se transformar em escuridão sob as águas do rio. Ao puxar o braço de Joca enquanto nadava, Victor percebeu que o corpo dele estava totalmente flácido, mas preferia não pensar no que poderia ter acontecido.

Victor sentiu que estavam sendo atacados com tiros e lanças. Ele sequer parou para raciocinar, apenas tentou nadar mais rápido e logo se aproximou da quínia. O jovem estava perdendo o seu fôlego e tentou nadar ainda mais rápido para conseguir chegar logo no final do túnel, que parecia não ter fim. Seus músculos estavam fadigados e seu corpo pedia para ele desacelerar, mas ele não queria apagar mais uma vez. De repente, Victor sentiu-se puxado pela gola da blusa e seus lábios encostaram em algo macio. Inesperadamente, um fluxo de ar foi ejetado direto para os seus pulmões. O jovem, revigorado, continuou nadando até perceber a claridade e ver que Lis subia à superfície trazendo Joca pelo braço. Ele fez o mesmo. A quínia perguntou com a voz fraca e ofegante:

— Você está bem?

— Sim, e você? — Victor quase não conseguia falar de cansaço.

– Tudo bem. E você, Joca?

O urso, desacordado, não respondeu. Lis se agarrou em uma raiz de árvore, que crescera para além da margem do Rio Cor, e puxou Joca e Victor.

– Vai, sobe! – ordenou Lis.

Victor subiu na margem sem soltar o urso, ainda fraco e com dificuldade para respirar.

– Agora, puxe o Joca!

Enquanto ela tentava empurrar o urso com o braço livre, Victor conseguiu, com muito esforço, puxá-lo para a terra. Depois, ofereceu sua mão à quínia, que ignorou e subiu sozinha. Ainda ofegante, ela estapeou o rosto do urso:

– Vamos, Joca! Acorde!

A quínia aproximou seus lábios da boca do Joca, quando Victor falou:

– Antes, temos que tirar a água dos seus pulmões.

Eles viraram o urso de barriga para baixo, com a cabeça discretamente inclinada para baixo, e golpearam suas costas. Joca expeliu muita água pela boca e pelas narinas até começar a tossir.

– Ainda bem! Aliás, Lis, muito obrigado por ter me salvado embaixo d'água. De novo.

A quínia assentiu sem retribuir o olhar. Victor escutou a voz do curupê.

– Ah! Vocês estão aí! Nós vimos a explosão e ficamos muito preocupados! Estão todos bem?

Antuã e Flora estavam montados em Alaxmaner e se aproximaram dos outros três.

– Agora, está tudo bem! – respondeu Victor.

Joca, ainda deitado, tossia e tentava respirar. Lis colocou sua perna sob o pescoço dele para ajudá-lo.

– Vocês não vão acreditar! Esses ignorantes atacaram a gente! – disse a fada.

– Vamos sim, Flora! Também fomos atacados! – disse Victor.

– Sim, fofo, vimos a explosão. Eu estou falando que atiraram na gente do lado de fora também! – respondeu Flora de forma áspera.

– Sério? Eles atiraram na gente mesmo embaixo d'água.

– Como vocês fizeram para escapar? – questionou Alaxmaner.

– Um pouco de sorte e muito de Lis. O Joca desmaiou e está acordando agora.

– Para quê um forte desse tamanho se não tem um funcionário capaz de acertar, pelo menos, um de nós? – disse a fada olhando para o castelo.

Victor percebeu que Antuã estava com as mãos vazias e deduziu que seu violão havia sido atingido no ataque:

– Sobrou alguma coisa do meu violão, Antuã?

– Como assim, humano Victor? Ele está intacto dentro do bolsão do Alaxmaner.

– Obrigado!

O urso se levantou, lentamente, olhou para os lados e soltou um grito de dor horrível.

– O que aconteceu, Joca? O que você está sentindo? – perguntou Victor, preocupado.

– Cadê o meu melado?

Victor se deu conta de que não lembrava se tinha jogado o pote pra Antuã.

– Meu meladinho! Cadê meu meladinho? – perguntou o urso com os olhos mareados.

– Joca, acho que caiu no rio enquanto a gente te carregava. Eu estava tão preocupado em te puxar que me esqueci do seu pote de melado. Desculpe – disse Victor, consternado.

O urso, que parecia não ter escutado nenhuma palavra dita pelo jovem, começou a chorar e foi para a margem do rio.

– E agora? – perguntou Victor.

– Temo que não há o que fazermos, estimado Victor. Eu sei que vai ser muito difícil para ele, mas estou certo de que ele superará – disse Alaxmaner.

Já Victor não estava tão certo quanto o cavalo alado. Joca estava aos prantos.

– Meu melado! Meu melado!

– Joquinha, já que estamos indo ao oráculo, podemos perguntar onde comprar um pote desses novinho em folha. – disse Flora, tentando animá-lo.

– Ou roubar, porque estamos duros – disse Antuã com um sorriso jocoso.

Nada consolava Joca, que gritava:

– Meu melado! Alguém me ajuda!

– Joquinha, querido, não temos nada a fazer! O seu pote sumiu. Sumiu!

O urso apontava sem parar para o outro lado do Rio Cor. Lá estava seu pote preso em um emaranhado de restos e lixos da construção retidos em uma entrada na margem do rio.

– Sério, Joquinha, que você vai fazer a gente se arriscar para pegar esse pote? – perguntou Flora.

– Sim – respondeu o urso enxugando as lágrimas do rosto de maneira muito graciosa.

Flora desceu do cavalo alado, puxou Lis pelo braço e suspirou:

– Afe! Venha, selvagem! Tenho certeza de que você dará um jeito de pegar aquele bendito pote.

Flora e Lis se colocaram às margens do rio. A quínia havia fixado o olhar no pote. Quando a ruiva fez menção de pular no rio, novamente, Antuã a impediu.

– Espera! Não seria melhor amarrarmos uma corda em você, humana Lis?

– Sim. Bem pensado, Antuã – agradeceu a quínia.

O curupê buscou o cipó no bosque e, ao retornar, o amarrou uma ponta no tronco da árvore mais próxima e a outra na cintura de Lis. A quínia pulou no rio, enquanto Victor e Antuã seguravam a corda por segurança, caso se soltasse da árvore. Enquanto a jovem nadava em direção ao pote, Victor viu que, do outro lado da margem, havia uma enorme estátua em forma de borboleta. A quínia buscou o melado e retornou carregando-o nos braços. Victor e Antuã auxiliaram-na a subir em terra:

– Aqui está – disse Lis, ao entregar o objeto para o urso.

– Obrigado, brotinho! Valeu, todo mundo! Eu sou eternamente agradecido! Meu meladinho – disse o urso já abrindo o pote, metendo a pata para lamber.

– Que nojo! Já estou arrependida de ter participado do resgate desse pote – disse a fada, nauseada.

Após Lis recuperar o fôlego, Alaxmaner falou:

– Agora que estamos todos bem, não posso me calar frente a tamanha novidade.

– Por acaso você costuma se calar em qual ocasião, que eu ainda não percebi? – perguntou a fada de língua afiada.

Alaxmaner ignorou o comentário e continuou com mesmo tom de voz:

— O que está sendo construído no Topo Quadrirreal não é um castelo, mas um verdadeiro forte de guerra.

— Põe na lista de pergunta para o oráculo, panga — disse a fada.

— Trate o assunto com a seriedade que merece, estimada Flora. Qual o motivo para tamanha segurança na morada do Rei do Grande Reino Unido de Crux. E mais, por que ninguém sabe de sua construção?

— Talvez porque estávamos presos no Vale dos Exilados, cavalo alado Alaxmaner — respondeu Antuã com o cabelo amarelo amarronzado.

— Há quanto tempo, estimado Antuã? Excluindo-se a estimada Lis, estivemos pouco tempo no Vale dos Exilados. Tenho certeza de que teríamos tempo suficiente para sabermos sobre a construção desse forte antes do exílio, caso fosse algo explícito.

— Faz sentido. Talvez a gente descubra alguma coisa quando chegarmos em Urbgna — respondeu o curupê.

— Sobre o prosseguimento da viagem, algo me aflige. A estimada Lis já nos disse sobre forma com que o estimado Victor apareceu no Vale dos Exilados e que o conhecimento de tal fato já deve ter se espalhado. Acredito também que saibam que houve uma fuga de lá. Não sei se conseguiram supor quantos de nós e quais de nós fugiram. A questão é, com essas vestimentas, o estimado Victor será facilmente identificado em qualquer Reino como um forasteiro.

— Seria ótimo se eu tivesse alguma outra roupa. Porque eu estou ensopado! Aliás, eu e a Lis! — disse Victor.

— Pior é que *nós tá* no reino dos *cavalo alado* e não tem roupa pr'ocês.

— Pela Rainha da Magia! Temos um marginal nessa fauna. É só ele assaltar o primeiro curupê que passar no caminho — disse Flora.

— Não é bem assim que eu trabalho, fadinha — respondeu Antuã.

— Acredito que o roubo não seja a melhor opção, estimada Flora, para não termos razões para retornarmos para o Vale dos Exilados. No entanto, há um consenso de que as fadas são exímias costureiras.

— Lá vem...

— Seria possível que a estimada Flora pudesse fazer vestimenta para os estimados Victor e Lis com a folha tecidual?

— Folha tecidual? — perguntou Victor.

— O que seria de vocês sem mim nessa fauna, me fala, panga? Minhoca, folha tecidual é uma folha que tem qualidades de tecido. É claro que o tecido mais ralé que temos por aqui, mas eu acho que super orna com vocês dois.

A fada olhou os dois jovens de cima a baixo e adentrou pelo bosque.

Após um tempo, Flora retornou com roupas penduradas nos braços. As vestes eram verdes e de costura grosseira, que mais pareciam finas cordas. Lis começou a retirar a roupa onde estava e Victor, corado, virou-se de costas e foi em direção ao bosque para trocar-se, de maneira mais reservada. A folha realmente parecia um tecido. Um tecido que esquentava, mas era melhor do que continuar com as roupas fedidas e molhadas. Ele tirou toda a sua roupa e a dobrou com carinho. Depois, vestiu a que Flora havia feito. A calça e a camisa couberam perfeitamente. Quando estava saindo, lembrou-se da palheta que o avô lhe tinha dado e que não poderia perdê-la. Ele a pegou e colocou no bolso da nova calça. A fada poderia até ser faladeira, mas sabia fazer um ótimo trabalho. Ao retornar, deparou-se com a quínia usando a roupa exatamente igual à dele. Flora logo se adiantou.

– Produção em série, fofo. Se quiser exclusividade, eu faço. Mas antes temos que negociar um bom valor.

– Obrigado, Flora! Ficou perfeito!

– Me diga algo que eu não sei, minhoca.

– Posso guardar minhas roupas no seu bolsão, Alaxmaner?

– Claro, estimado Victor. Entretanto, acredito que seja melhor esperar secarem antes de guardá-las. A estimada Lis estendeu suas vestimentas naqueles arbustos.

– Onde, que eu não vi? – perguntou Victor.

– Ali – respondeu Lis apontando para uma região mais discreta.

Victor estendeu suas roupas próximo às de Lis e, ao retornar, escutou Alaxmaner dizer:

– Bom, o crepúsculo já se anuncia. Creio ser prudente dormirmos no Bosque Merigo.

– O oráculo fica muito longe? – Victor perguntou.

– O Oráculo de Eurtha fica a uns dias daqui – respondeu o cavalo alado.

Victor ficou desapontado ao saber que demoraria mais alguns dias para obter alguma pista de sua volta para casa. Como não adiantaria reclamar, perguntou, sem conseguir esconder a voz melancólica:

– Onde fica esse Bosque Merigo?

– Estamos nele, estimado Victor. Acho prudente apenas que nos afastemos do Topo Quadrirreal para ficarmos mais confortáveis. Ao amanhecer continuaremos nossa caminhada rumo ao Oráculo de Eurtha.

Todos concordaram e já se preparavam para sair quando Victor reparou uma enorme estátua de um imponente cavalo com suas asas abertas atrás deles. Mas, algo parecia se mexer por trás dela e o jovem se assustou com o que viu. Um grande e elegante cavalo alado branco saía por de trás da sua réplica gigante. Ele olhou para Victor, Joca, Flora, Antuã e Lis. Ao pousar seus olhos em Alaxmaner, falou:

– Estimado Alaxmaner, que honra reencontrá-lo.

10

O cavalo alado branco abaixou os joelhos com certa dificuldade, fletiu o pescoço, colocou a asa direita abaixo do queixo e estendeu a esquerda rente ao corpo. Victor olhou para Alaxmaner, que fazia a mesma reverência e parecia o espelho azulado do outro.

– Estimado Rufélius, há tempos não nos encontramos.

O cavalo alado branco iniciou uma lenta caminhada em direção a eles. Enquanto ainda guardava uma certa distância, Joca perguntou:

– Quem é o parceiro, parceiro?

– Foi meu colega de palestras. Assim como eu, o estimado Rufélius trabalha com a fiscalização da plantação de daimófepos no Reino de Magnum.

Lis falou tão baixo que Victor quase não conseguiu escutar:

– Não vejo nenhuma plantação de daimófepos por aqui.

– Ele também é responsável pelo transporte de daimófepos para o Castelo do Grande Reino Unido de Crux e do Denus para o Reino de Magnum – respondeu Alaxmaner.

– Não vejo bolsões ou carroça – devolveu a quínia.

– Ele parece estar machucado – disse Antuã com os cabelos marrom-alaranjados.

Após o alerta do curupê, Victor percebeu que o cavalo alado de fato coxeava ao caminhar. A quínia falou em tom quase inaudível:

– Mesmo sendo seu conhecido, Alaxmaner, acho prudente não confiarmos em ninguém, por enquanto.

O cavalo alado branco ainda se aproximava quando Alaxmaner respondeu:

– Respeito e acolho sua opinião, estimada Lis. Se possível, gostaria de solicitar-lhes a permissão para conduzir essa conversa.

Rufélius parou em frente a eles e falou:

– Estimado Alaxmaner, é um prazer agigantado encontrá-lo. Procurei-o há uns dias para tratar da plantação média um, entretanto não o encontrei. Acredito estar mais fortuno hoje.

Flora atrapalhou a conversa dos dois:

– Ah, não! Outro igual ao Alaxmaner? Me devolvam para o Va...

Alaxmaner respondeu antes que a fada continuasse a falar:

– Me ausentei por motivos maiores, estimado Rufélius.

– Conte-me, estimado Alaxmaner, é um prazer inenarrável escutá-lo.

– Ele não pode estar falando sério! – disse Flora.

Victor percebeu a musculatura de Alaxmaner contrair. Ele não sabia por quê, mas o cavalo alado azul não se sentia confortável.

– Fui convidado a fazer parte de uma equipe de expedição a fim de percorrer e analisar determinados territórios por todo Grande Reino Unido de Crux.

– Essa equipe foi designada por Dom Gaius, rei do Grande Reino Unido de Crux, estimado Alaxmaner? Não vejo as identificações.

– Certas informações como essa têm caráter sigiloso, estimado Rufélius.

– Compreendo, estimado Alaxmaner. Poderia saber, caso não seja nova pergunta indiscreta, se essa é a sua equipe?

– Sim, estimado Rufélius. Esta é a equipe da qual faço parte. É formada por, pelo menos, uma criatura de cada um dos cinco reinos do Grande Reino Unido de Crux. Tal escolha existe para facilitar os trâmites burocráticos e evitar avaliações tendenciosas. Essa é Flora de Rubrum. Esse é Antuã de Mimus. Esse é Joca de Alba. Esses são Victor e Lis de Quini.

Cada criatura apresentada por Alaxmaner reverenciava Rufélius com seu movimento de saudação. Victor se atrapalhou um pouco, mas conseguiu reproduzir a reverência da quínia. Rufélius pigarreou e falou:

– É um prazer conhecê-los. Muito perspicaz a composição de sua equipe, estimado Alaxmaner. Um cavalo alado, uma fada, um urso, dois quínios e um curupê. Caso não estejam em labor, poderia acompanhá-los? Ou seria um estorvo?

– De forma alguma, estimado Rufélius, é inclusive um deleite para nós a sua companhia.

– Fale por você, panga – resmungou a fada.

– Vamos procurar algum local para repousarmos?

Alaxmaner e Rufélius seguiram conversando e os demais caminhavam alguns passos atrás. Victor se aproximou de Lis e perguntou em voz baixa:

– E nossas roupas?

– Podemos buscá-las amanhã cedo, pois já estarão secas.

– Tudo bem – respondeu e depois falou em voz alta: – Eu estou morrendo de fome.

– Eu também, estimado Victor. Assim que nos avizinharmos de um local apropriado, nos deteremos e faremos uma refeição. Eu ficaria muito satisfeito caso o estimado Joca pudesse prepará-la.

– Deixa comigo, parceiro – respondeu o urso.

Após fazerem uma boa caminhada, as sete criaturas se depararam com uma frondosa árvore que seria um ótimo abrigo para o sereno da noite. Joca e Flora saíram em busca de alimentos, enquanto Antuã, Lis e Victor foram atrás de água e recipientes improvisados para se alimentarem.

Em pouco tempo, o urso preparava o jantar sobre a cabeça de Antuã. Victor estava faminto e o delicioso aroma do prato que Joca fazia torturava suas vísceras. Mas a voz de Rufélius desviou o pensamento de sua fome.

– Conte-me mais, estimado Alaxmaner, como é trabalhar com uma equipe de criaturas tão diversas?

– Há momentos em que trabalhar com a diversidade é excelente, uma vez que nos acrescenta os bons atributos. Entretanto, há momentos em que determinados atributos não tão bons nos desaceleram a ponto de quase nos paralisar. Com paciência, mesmo que em ritmo lento, seguimos adiante.

Alaxmaner pigarreou e perguntou, com delicadeza:

– Escusa-me parecer intrometido, estimado Rufélius. No entanto, gostaria de saber se tem conhecimento da razão para reforma tão extensa no Castelo do Grande Reino Unido de Crux, uma vez que tem permissão para adentrá-lo.

– Sim, estimado Alaxmaner, eu tenho permissão para adentrá-lo. Contudo, a mim não é permitida a ousadia de conversas paralelas para satisfazer a reles curiosidade.

– Você está repleto de razão, estimado Rufélius.

Victor percebeu que o cavalo alado branco permanecia com as patas firmes no chão, diferente de Alaxmaner, que mantinha as suas estendidas. O jovem notou que, além da penugem branca, o cavalo estava com uma atadura branca desde a pata esquerda até o joelho. Victor perguntou:

— O que houve com a sua perna, Rufélius?

— Difícil de explicar, caro Victor de Quini. Talvez tenham certa dificuldade de compreender — respondeu.

— Então, nem comece, por toda magia que há nesse mundo! Já é sofrimento suficiente ter que escutar a conversa de vocês — clamou a fada.

Rufélius se espantou com a reação d e Flora e disse:

— Estimado Alaxmaner, essa fada não tem cordialidade e tampouco educação para tratar conosco ou qualquer outra criatura.

— Olha como você fala, que estou te ouvindo daqui! — rosnou a fada.

— Estimado Rufélius, a estimada Flora é geniosa, porém deveras detalhista e fundamental para nossa expedição.

— Escutou? Fun-da-men-tal — disse Flora com ar triunfal para o cavalo alado branco.

Alaxmaner logo emendou a fim de evitar uma possível discussão:

— Estimado Rufélius, eu não havia reparado em sua enfermidade. Está em tratamento ou foi apenas um acidente?

— Trato-a como posso, estimado Alaxmaner. Dentro desse curativo há ervas medicinais. Percebe essas pequenas elevações? No entanto, para falar a verdade, não me tiram muito a dor. Às vezes fecho meus olhos e ponho-me a meditar, quando muito dolorido, e aos poucos, a dor se esvai.

Victor sentiu-se cansado e sonolento com uma discreta tontura e uma dor de cabeça e pensou que seria melhor comer logo alguma coisa.

— Ei, minhoca! O que é isso? — gritou Flora dando tapas nas costas do rapaz.

Victor havia se debruçado, sem perceber, sobre a fada.

— Desculpe, Flora! Eu estou morrendo de fome. Minha glicose deve ter abaixado e acabei caindo por cima de você.

— O que você tem, estimado Victor?

— Acho que fome — respondeu Victor.

— Toma aqui um aperitivo, parceiro, já *tô* terminando o rango! Muito cuidado com essa belezinha! — disse Joca, chutando pote o melado na direção do jovem.

– Obrigado, Joca.

Victor tomou coragem e passou o dedo no melado e o lambeu. Era muito doce, mas estava bom. Ou talvez fosse a fome. Ele não conseguia entender como Joca não passava mal comendo aquilo o dia inteiro. Após consumir três dedos de melado, Victor se sentiu melhor e conseguiu esperar até o jantar.

A noite foi longa para o jovem. Foi estranho dormir sozinho, principalmente longe de Alaxmaner. Porém era o melhor a se fazer para que o outro cavalo alado não levantasse suspeitas. Havia, também, toda a adrenalina de viver essa experiência maluca, de perigo iminente de morte e fugas constantes. Victor imaginou que a soma de tudo isso tivesse deixado seu corpo agitado, pois mesmo com sono ele não conseguia dormir. A insônia e o cansaço resultaram em uma dor de cabeça chata e constante. Um pouco antes de o dia clarear ele escutou um sussurrar:

– Vamos buscar nossas vestimentas.

A voz era da silenciosa Lis e Victor achou ótimo ter uma desculpa para se levantar. Ele e a quínia passaram por todos os adormecidos, quando foram surpreendidos por Rufélius, que levantou sua cabeça e perguntou em som quase inaudível:

– Já despertos, caros quínios?

Victor, assustado, tentava formular alguma resposta quando percebeu que seus dedos entrelaçaram os da quínia, cujo rosto enrubesceu e ficou da cor dos seus cabelos. Victor gaguejou, propositalmente:

– Nós... nós... estávamos apenas...

Victor, ao mesmo tempo que fingia esconder as mãos, fazia questão de expô-las. O jovem se surpreendeu com a ideia tão rápida, que ficou ainda melhor com o real e espontâneo acanhamento da quínia.

– Ah! Perdoem-me a intromissão. Meu desejo não era atrapalhar o momento furtivo de vocês. Eu não possuía conhecimento desse fato.

– Os outros também não. Espero que possa continuar assim. Podemos contar com a sua discrição, Rufélius? – continuou Victor.

– Vocês têm minha palavra.

Lis parecia sem ar. Após se distanciarem, a quínia soltou a mão do jovem e perguntou:

– O que foi isso?

– Uma ideia para ele não saber por que estávamos saindo.

– Não faça mais isso.

Victor nunca tinha escutado Lis falar daquela maneira, mesmo nas situações de vida ou morte que haviam passado. Embora não tivesse entendido a razão do seu descontentamento, ele preferiu pedir desculpas.

– Perdão, Lis. Qualquer outra desculpa para sairmos, só nós dois, poderia levantar alguma suspeita. Essa, inclusive, pode levantar, mas pensei que, se aqui fosse parecido com o meu mundo, as criaturas daqui poderiam relevar essa fugida e evitar mais perguntas.

A quínia seguia na sua frente e ele sequer sabia se ela o escutava ou não.

– Tudo bem, Victor. Já aconteceu e deu certo. Agora vamos nos calar para não nos denunciarmos. Ainda estamos relativamente próximos do Castelo de Dom Gaius e vamos nos aproximar ainda mais dele.

Victor e Lis caminharam, em silêncio, até o local em que haviam deixado as roupas. Victor as apanhou, as dobrou e as empilhou, peça por peça, assim como Lis. A quietude incomodava o jovem, que perguntou:

– Vamos voltar, então?

– Não podemos voltar com as vestimentas nas mãos. Rufélius iria questionar e não conseguiríamos explicar como um... casal... que sai como nós saímos, volta com vestimentas extras nas mãos, ainda mais tão exóticas quanto as suas.

O semblante da quínia foi tomado pela preocupação. Ela segurou Victor pelo ombro e o forçou a se abaixar por de trás de alguns arbustos junto com ela. Eles viram Alaxmaner e Rufélius caminharem até próximo à estátua do cavalo alado gigante.

– Foi um grande prazer estar contigo, estimado Rufélius. Uma lástima ter que retornar apenas por ter se esquecido de registrar o motivo de sua saída do Castelo do Grande Reino Unido de Crux. Contudo, entendo que causaria grandes entraves para o seu retorno.

– Exatamente, estimado Alaxmaner. Um verdadeiro pesar não poder continuar com vocês. Entretanto, anseio encontrá-los em breve. Qual será a próxima expedição, se é que me possa ser revelada?

– Nossa expedição exige confidencialidade. Contudo, posso informá-lo que é próximo à Pedra Asca.

– Precisarão de um bom barco. Já o possuem?

– Ainda não.

– Então, está acertado. Encontro com vocês em Urbgna com o barco.

– Por favor, estimado Rufélius, não queremos lhe gerar transtorno. Outrossim, você apresenta essa pata enferma, seria imprudente de nossa parte aceitar a sua gentileza.

– Faço questão, meu estimado amigo. Aguarde o meu contato.

Os cavalos alados se despediram com a elegância a que Victor já estava habituado. Rufélius contornou a estátua do imponente cavalo alado e desapareceu atrás do Morro do Topo Quadrirreal. Lis e Victor esperaram um pouco, para terem a certeza de que Rufélius não retornaria, e correram para alcançar Alaxmaner. Victor perguntou, bufando:

– Alaxmaner, podemos colocar nossas roupas nos seus bolsões?

– Estimado Victor e estimada Lis, fiquei preocupado por não os ter encontrado hoje quando despertei. Ninguém os viu saindo?

– Rufélius viu. Mas demos uma desculpa e pedimos pra que ele não falasse nada para ninguém – Victor respondeu, evitando os detalhes desaprovados por Lis.

– O estimado Rufélius sequer me contou. Considero-o digno de nossa confiança – disse Alaxmaner.

– Seu conceito de confiança pode ser diferente do nosso, Alaxmaner. Não o considero confiável por ter omitido um fato isolado. Acho, também, que você não deveria ter contado a ele para onde nós vamos.

A quínia parecia irritada e o cavalo alado, surpreso.

– Escutaram nossa conversa?

– O final dela. Estávamos escondidos com as vestimentas e não podíamos aparecer enquanto Rufélius ainda estivesse por lá.

– Compreendo. No que tange à idoneidade de Rufélius, acredito na sua honestidade. Se sou o único, reservarei para mim a confiança. Peço escusas pelos excessos, estimada Lis.

– Escusas podem ser tarde demais ao dano, Alaxmaner.

Lis passou por entre o cavalo alado e Victor e caminhou sem olhar para trás. Victor acariciou a crina de Alaxmaner e disse:

– Acho que muito do que ela falou foi porque ela está com raiva de mim.

– O que você fez, estimado Victor?

– Tentei arrumar uma desculpa para que Rufélius não desconfiasse de que iríamos buscar as roupas. Mas acho que ela não gostou. Talvez ela não goste de quando tomamos as decisões antes de ser consultada.

– Ela está no seu direito, uma vez que não estamos sozinhos, mas em grupo. E por falar em grupo, estimado Victor, vamos ao encontro do nosso?

Ao chegarem à árvore frondosa, Victor encontrou Antuã, Flora e Joca tomando o café da manhã.

– Cadê a Lis? – perguntou Victor.

– Passou reto e não deu nem bom dia, a bonitinha mal-educada – disse Flora.

– Não fale dessa forma, estimada Flora. Pelo que pude entender, o estimado Victor precisou lançar mão de uma inverdade para buscarem suas vestimentas que não foi bem interpretada pela estimada Lis – respondeu Alaxmaner.

– Vocês são dois belos mentirosos, isso sim. Não me surpreende vindo de um ser humano e de um pangaré alado. Aliás, o que os pangarés alados mais fizeram em toda a existência foi mentir. Que raça ruim. Eu confesso que por alguns instantes você conseguiu me enganar, pangaré. Pensei que você fosse diferente dos outros. Mas esse outro aí rodou logo no primeiro ato com a invenção de ser Victor de Vitória – disse a fada.

– Mas, eu sou!

Alaxmaner tentou se explicar:

– Estimado Joca e estimada Flora, perdoem-me se os ofendi ou decepcionei de alguma forma, mas não poderia revelar a realidade para o estimado Rufélius. Não apenas por mim ou por você, mas, outrossim, pelo estimado Victor, que pode estar sendo procurado. Ademais foi apenas uma pequena mentira, até porque somos uma equipe sondando informações pelo Grande Reino Unido de Crux. A única inverdade é que não fomos designados pelos nossos soberanos. Já você, estimada Flora, fala com a autoridade de quem nunca mentiu.

– Óbvio que não! Eu sou uma fada, queridinho, para que eu iria mentir?

– Gostaria de acreditar em você, estimada Flora. Contudo, quer você queira ou não, a mentira faz parte de nossas vidas. Pode ser uma fábula ou uma história. Pode ser pequena para escapar de uma simples discussão, ou grande para encobrir verdades dolorosas a outrem. A mentira pode ser feita de forma lúdica ou ludibriosa. Pode servir como distração, proteção, agrado e tantas coisas mais. Boas e ruins. Todos nós que pensamos, inevitavelmente, mentimos. Não fôssemos capazes de elaborar o pensamento, não mentiríamos. Minto eu, mente você, mentimos todos em face de uma determinada necessidade da vida.

– Você precisa aprender a falar normal, panga. Sem condições de te escutar! Viajei durante toda a palestrinha infinita – respondeu a fada.

Alaxmaner revirou os olhos e Victor aproveitou o gancho para falar:

– Acho que é melhor mantermos essa história de expedição de Dom Gaius em vez de falarmos a verdade. Pelo menos, por enquanto, até conseguirmos entender melhor a situação. É tudo muito novo para mim e nenhum de vocês está entendendo muita coisa. Falar a verdade agora pode ser perigoso até pra você, Flora. É uma mentira pequena, pode ser assim?

– Eu discordo.

– Por que você tem sempre que encrencar com as pequenas coisas, fada Flora? – reclamou Antuã.

Victor nem tinha visto Lis chegar no meio da discussão, quando escutou sua voz:

– Concordando ou não, temos que seguir em frente e de boca fechada. Não importa como.

Alaxmaner ponderou:

– Prometo tentar me omitir mais e deixar a mentira como última opção. Está bom dessa forma para você, estimada Flora?

– Assim está melhor. Mas estou com os meus dois olhos muito bem abertos para o senhor.

O percurso pelo Bosque Merigo foi tranquilo e sem emboscadas, exceto as que partiam da língua afiada de Flora. Alaxmaner servia de veículo para Victor, Joca, Flora e Antuã. Lis caminhava ao lado do cavalo alado. Após alguns dias, o verde bosque foi deixado para trás para ser tomado por um vasto gramado e algumas árvores esparsas. Eles andaram até ver o Rio Cor desaguar em um grande lago. Alaxmaner exclamou:

– O Lago da Ciência, já não era sem tempo!

Não era isso que Victor esperava conhecer. O maior e mais rico reino de Crux se resumia a um lago imenso e um grande pasto a céu aberto. Antuã pediu para descer e sentir o chão e foi seguido pelos demais. O cavalo alado falou:

– Agora, precisaremos do barco. O estimado Rufélius disse que nos manteria informados. Todavia, temo não poder esperá-lo. Acredito que devemos nos deslocar para Urbgna a fim de conseguirmos um.

– Como, parceiro? *Ocê* tem algum deninho aí? – perguntou Joca, com o pote de melado nas patas.

Flora deu dois tapinhas nas costas de Antuã e falou:

– É contigo, meu filho. Aperta a perna de pau e apressa esse serviço.

O cabelo do curupê ficou azul:

– Como?

– Arruma um barco para nós! Não escutou o panga? – perguntou a fada. – Ele mente e você rouba! Já temos uma quadrilha criminosa pra chamar de nossa!

– Já te disse que não é assim que eu trabalho, fadinha! – reclamou Antuã.

– Você não é um caçador de encomendas de aluguel? Pois bem, estamos te contratando.

– Fada Flora, o que eu faço é um serviço. Um trabalho, sabe o que é isso? Eu realizo algumas atividades em troca de grana.

– Sim, fofo. Você é um ladrão remunerado.

– Pelo menos tenho um trabalho, não fico colhendo o orvalho da manhã, misturando com a flor de barro e com uns galhos secos para fazer um belo nada!

– Como nada? Tira AGORA essa perna de pau! Vou tirar as ervas todas daí e eu quero ver o que é nada.

A fada tentou pular na perna de pau de Antuã, mas foi brecada pela barriga fofa de Joca.

– *Ocê* não precisa arrancar a perna dele nos *dente*, docinho – disse o urso.

– Não preciso, mas quero. Me dá licença, Joquinha!

Flora escutou o riso por trás da pelugem rosa e macia de Joca e ficou mais irritada ainda. A fada tentou tirar a enorme barriga da sua frente com a mão quando a cabeça rosada do curupê apareceu por cima do ombro do urso.

– Vem me pegar, fadinha! Vem!

A fada tremeu de raiva e reuniu toda a força da sua ira para conseguir empurrar Joca. Mas, quando iria alcançar o Antuã, um negro gato de olhos verdes apareceu na sua frente e a fez pular para trás. Victor abaixou-se para tentar acariciar o felino, mas ao lembrar-se de que alguns animais eram capazes de falar em Crux, olhou para o gato e disse:

– Bom dia, gato! Sou Victor de Vitória, e você?

O gato sentou-se e começou a lamber suas patas. Victor escutou estrondosas gargalhadas por de trás dele. Joca havia se jogado no chão e Flora chorava de rir. Antuã, com seus cabelos rosa-choque, ria sem parar e até mesmo Lis tentava disfarçar o riso com o punho cerrado sobre os lábios. Alaxmaner, também sorrindo, perguntou ao jovem:

– O que pretende fazer, estimado Victor?

– Eu não sei. De onde eu venho, nem ursos nem cavalos falam. Eu lá sei quem fala ou não por aqui!

– Pensei que houvesse compreendido que a energia da palavra falada é para as criaturas dos cinco reinos do Grande Reino Unido de Crux – respondeu Alaxmaner.

– Sim, mas esse gato também não é daqui? Então pensei que ele pudesse falar também.

– Compreendo seu ponto de vista, estimado Victor. Entretanto, apenas as criaturas com determinada inteligência conseguem elaborar o pensamento de maneira a emanar a energia da palavra falada. Tais são: os cavalos alados do Reino de Magnum; os ursos do Reino de Alba; os curupês do reino de Mimus; os humanos do Reino de Quini e as fadas do Reino Rubrum. Acredito que, a partir de agora, não haverá mais esse tipo de confusão.

Victor tentou acarinhar o gato quando percebeu que havia algo amarrado nele. O jovem puxou a corrente e viu que o animal carregava uma fina placa azulada de um material muito estranho, duro e com um cavalo alado gravado ao centro.

– O que é isso? – indagou Victor.

– É um Transfex, minhoca. Transfex gato. – disse a fada.

Victor franziu o cenho como quem não entendeu.

– Explica pra ele, Joquinha, por favor, já estou exausta de ficar dando tanta explicação para esse novato que nem é mais tão novato aqui. Mesmo assim insiste em ficar me perguntando tudo.

– Ele nem perguntou *pr'ocê*, docinho.

A fada respondeu com um olhar fuzilante para o urso que começou a explicar:

– Esse é o Transfex Gato, parceiro. É o tipo de entrega que não é muito devagar. Mas como os *gato* só *faz* o que *quer*, às *vez* pode demorar. O tipo de entrega mais rápida é o Transfex Harpia Real – Joca o tempo todo interrompia a fala para lamber a pata melada. – As *harpia real* de Crux *é gigante* e *pode* levar recado e encomenda grande. Elas *vai* voando, por isso é o tipo de entrega mais rápida.

Victor escutava o urso enquanto tentava passar a mão na cabeça do gato, que se esquivava. Antuã, com o cabelo rosado, falou:

– É, humano Victor, parece que esse Transfex Gato não quer o seu carinho.

Nesse momento, um cachorro caramelo, que ninguém percebeu ter se aproximado, pulou nas pernas de Victor, o derrubou e lambeu seu rosto:

– E esse é o Transfex Cão, a entrega mais devagar de Crux. Porque os *cachorrinho* se *distrai* por qualquer coisa. Esse aí já *tá* lambendo *ocê* com a entrega pendurada no pescoço.

– Essas entregas podem ser do estimado Rufélius, destinadas a nós – disse Alaxmaner.

Alaxmaner se aproximou do gato negro, enquanto Victor acariciava a barriga do cachorro caramelo. Ele estava muito curioso para saber como seria uma carta de um cavalo alado. O gato negro não apenas permitiu a aproximação de Alaxmaner, como posicionou a placa metálica no chão.

– Está vendo essa marca, estimado Victor? – perguntou Alaxmaner.

Victor viu o cavalo alado demarcado na placa, mas não quis dizer que já havia o visto:

– Sim, eu vejo.

– Isso significa que essa entrega é para um cavalo alado. Pode observar esse símbolo no canto esquerdo da entrega?

Victor observou um círculo azulado que brilhava como um pequeno ponto de luz acesa no canto esquerdo da placa:

– Sim, estou vendo.

– Essa luz acesa significa confidencialidade. Esse Transfex é para um cavalo alado específico. Somente ele, com combinação da sua energia da palavra falada e da sua energia corporal, consegue expor a mensagem. A energia corporal é emanada pelo corpo, geralmente por patas, mãos ou pés.

Alaxmaner colocou sua pata esquerda sobre a placa, que apesar de parecer frágil, não se quebrou. O gato negro se afastou, soltando-se da corrente, e saiu. O cavalo alado falou com seu tom de voz sempre sereno:

– Exponha-me o Transfex Gato, por gentileza.

Nesse momento, uma pata branca com curativo apareceu à frente de Alaxmaner, como se estivessem pisando de maneira simultânea na mesma placa azulada. Victor sobressaltou-se ao ver o Rufélius reverenciando Alaxmaner diante dos seus olhos. Ele perguntou:

– O que é isso? É de verdade? – perguntou, tentando encostar no cavalo alado branco.

– Essa é gravação de Rufélius para Alaxmaner – respondeu Lis.

– Parece que ele está na minha frente!

– Parece, mas é apenas uma gravação, Victor.

– Como vocês fazem isso?

– Com essa placa do Transfex. Sempre foi assim, desde sempre. Agora fique quieto para escutarmos a mensagem.

Após a saudação, Rufélius falou:

– Estimado Alaxmaner, desejo um ótimo dia para você e sua equipe de expedição. Como havia me comprometido, encontro vocês amanhã ao nascer do sol no Trapiche da Sabedoria com o barco. Até amanhã.

Da mesma forma que Rufélius apareceu, ele desapareceu. Alaxmaner, ainda com a pata esquerda sobre a placa, falou:

– Extinguir este Transfex Gato.

Quando Victor olhou, novamente, a placa estava lisa, como se nada nunca tivesse sido gravado nela. Ele olhou para o cachorro ao seu lado e viu que também havia uma placa metálica azulada e o símbolo era também de um cavalo alado com um círculo piscando no canto esquerdo. Ele mostrou para Alaxmaner.

– Acho que você tem outro Transfex.

Victor puxou a placa, que não se soltou do cachorro caramelo. Alaxmaner pisou nela com a pata esquerda e falou:

– Exponha-me esse Transfex Cão, por gentileza.

Victor olhou para frente com expectativa de mais um recado de Rufélius, mas nada aconteceu.

– Esse Transfex não é para nós. Vamos seguir adiante, pois amanhã teremos as respostas para as nossas perguntas – disse Alaxmaner.

– Ou não – retrucou a fada.

Lis apanhou o Transfex Gato apagado e o colocou em um buraco na terra, quase tão fino quanto a placa, de que Victor sequer havia notado a existência. Sem olhar para o jovem, a quínia explicou:

– O Transfex foi trazido aos demais reinos pelos quínios, Victor. Essa placa é extraída da Pedreira Metálica no Reino de Quini e, desde que perceberam a capacidade de gravação da rocha metálica, iniciaram sua extração em lâminas. Com o tempo, passaram a treinar harpias, cães e gatos para fazerem as entregas. Todos os Transfex de Crux são organizados pelos quínios. E você não precisa olhar para a imagem que estava gravada. Cada cor representa o reino do destinatário: azul para cavalos alados; lilás para curupês; vermelho para fadas; amarelo para os ursos e laranja para os quínios.

– Entendi, obrigado Lis. Mas acho que esse pobre cavalo alado nunca vai receber sua entrega – respondeu Victor apontando para o cachorro caramelo que os seguia.

Victor pediu o cantil de Lis emprestado e colocou um pouco de água em sua mão. O cachorro caramelo lambeu tudo e depois continuou caminhando ao lado de Victor.

Após uma breve caminhada, o jovem avistou um elevado muro de pedras na porção leste do Lago da Ciência.

– Que pedra é aquela? – perguntou Victor.

– Essa formação rochosa é a Pedra de Eurtha. É um muro alto de pedra com elevações pontiagudas. Essas elevações diminuem, como diminutos degraus em direção ao oeste. São mil novecentos e oitenta e seis degraus até chegar no platô horizontal. É nesse platô que se localiza a Pedra Asca, local que abriga o Oráculo de Eurtha. Cada um desses degraus significa uma perturbação ao oráculo – explicou Alaxmaner.

Houve um uníssono de compreensão.

– Ué, vocês também não conheciam essa pedra? – indagou Victor.

– Não, parceiro! Eu nunca tinha saído de Alba antes – respondeu Joca.

– Zero curiosidade para conhecer um lugar que só tem pangaré. Pela Rainha da Magia! Tem cocô de cavalo por todo o lado!

– Eu já tinha visto essa pedra, mas não sabia a explicação – disse Antuã.

– E aquela outra pedra ali?

Victor apontava para uma pedra à esquerda não muito alta, lisa e com uma discreta elevação em seu topo, como uma rampa. Alguns potros alados pareciam se divertir ao brincar de subir e descer sem parar.

– Esse é o Pequeno Voador, que está desativado no momento. Outrora, quando os cavalos alados ainda possuíam a energia volita, era ali que treinavam o voo. Antigamente, só era permitido acesso ao Pequeno Pasto aos cavalos alados lisos com capacidade de voar plenamente desenvolvida – respondeu Alaxmaner.

– Pequeno Pasto? – indagou Victor.

– Pequeno Pasto é o local de reunião entre os cavalos alados lisos. Os cavalos alados de linha têm permissão para adentrarem, mas em geral, não o fazem. É a cidade organizada dos cavalos alados lisos.

Após caminharem por mais algum tempo, acompanhados pelo cachorro caramelo, Victor viu uma grande área delimitada. Havia cercas de madeira desgastadas contornando todo o espaço. Muitas delas, inclusive, nem se uniam mais e possuíam algumas bandeirinhas roxas e laranjas penduradas. Em seu interior, Victor podia observar vários cavalos e potros alados colados uns nos outros para não escapulirem da área demarcada. Ele, mais uma vez, perguntou:

– O que é aquilo?

– Esse é o Pequeno Pasto de que falávamos há pouco, estimado Victor.

– Aquilo é um cercado?

– Já foi, estimado Victor. O tempo, o temporal, o descuido e a falta de reparos e manutenções resultaram em sua precarização.

– E por que eles se espremem lá dentro? Se a cerca está toda quebrada, eles podem sair e até mesmo aumentar esse pasto!

– Porque, estimado Victor, as amarras mentais nos aprisionam muito mais do que as físicas. Esses cavalos alados foram condicionados a crer que esse era o espaço a eles necessário e por eles merecido.

– Você também, Alaxmaner?

– Posso dizer que já estive mais aprisionado, estimado Victor.

Ao se aproximarem do Pequeno Pasto, Victor avistou uma aglomeração mais fervorosa do que as demais. Não conseguia enxergar muita coisa, uma vez que os vibrantes cavalos alados ao seu redor obstruíam sua visão. Alaxmaner perguntou:

– Desejam montar para apreciarem o espetáculo?

Victor estava muito curioso, só não sabia que não era o único. A primeira a montar em Alaxmaner foi Flora, seguida por Antuã, Joca e, por último, Victor. Lis sumiu por entre os cavalos alados. O jovem pôde ver um campo delimitado de forma retangular e dividido ao meio. Havia duas hastes formando um espaço estreito entre elas em cada extremidade do campo e alguns cavalos alados posicionados em uma espécie de jogo. Eram dois times distintos: um com os cavalos alados cuja metade inferior do corpo estava colorida de roxo e o outro de laranja. Ele observou alguns ursos com baldes de tinta roxa e laranja e enormes pincéis nas patas. Havia uma bola vermelha, mas nenhum cavalo alado encostava nela, a não ser o único sem tinta pelo corpo. Ele a suspendeu com a asa e jogou-a para o ar. O jogador pintado de roxo então elevou as patas dianteiras, apoiando-se somente nas traseiras, e bateu as asas com força. A bola voou em direção ao outro cavalo alado pintado da mesma cor que ele. Mas esse girou seu tronco a fim de fazer a bola voar para o cavalo alado que estava ao seu lado e mais para trás. Eles pareciam tentar levar a bola para o final do campo.

— Que jogo é esse? — perguntou Victor.

— Esse jogo, estimado Victor, chama-se arbol — respondeu Alaxmaner.

— Arbol?

— Sim, é um jogo deveras comum entre os cavalos alados lisos.

— Tem que bater a asa para fazer a bola voar em direção a um cavalo alado do mesmo time sem deixá-la cair no chão?

— Há tal jogo no Reino de Vitória, estimado Victor?

— Não! — respondeu Victor sorrindo. — Mas temos alguns jogos parecidos. Como é que se ganha isso?

— Bom, você, estimado Victor, compreendeu que são dois times adversários que não podem permitir que a bola toque o chão ou que o outro time a tome. O time que começa com a bola tem cinco bateres de asas até chegar às hastes, as quais são aqueles pedúnculos brancos em cada extremidade. Se com apenas um bater de asas o cavalo acertar as hastes, o time faz cinco pontos. Se o fizer com dois bateres de asas, vale quatro pontos. Se o fizer com três bateres de asas, vale três pontos. Se o fizer com quatro bateres de asas, vale dois pontos, e se o fizer com cinco bateres de asas, apenas vale um ponto. O time que somar o maior número de pontos é o vencedor da partida, que dura trinta minutos.

— Entendi. Se em cinco passes ninguém acertar as hastes?

— A bola fica em posse do time adversário.

— Saquei. E se o time adversário roubar a bola antes de outro time terminar os cinco passes, ou bateres de asas? Eles também têm direito a cinco passes?

— Não. Caso a bola seja roubada, o time adversário tem direito a oito bateres de asas e a contagem de pontos segue o mesmo raciocínio.

— Aquele ali no meio sem estar pintado é o árbitro, não é?

— Exatamente, estimado Victor.

— O árbitro está ali somente para marcar os pontos?

— Não, claro que não. Ele também avalia as penalidades. Não se pode tocar na bola com nenhuma parte do corpo. Outrossim, não se pode tocar em nenhum jogador.

— Entendi. E como você sabe tanto sobre esse jogo, se é um jogo de cavalo alado liso?

— Ah, estimado Victor, agora você me descobriu! Em minha juventude, eu fugia do Grande Pasto. O jogo mais famoso praticado pelos cavalos alados de linha era muito enfadonho para meu ânimo. Deve-se bater asa uma única vez para tentar colocar uma bola leve e miúda em uma haste arredondada. O nome desse jogo é bolarte, embora a arte fique somente em seu nome. Os cavalos alados lisos apreciavam a minha vinda, pois o meu bater de asas era um dos mais fortes do time! Uma vez eu arranquei uma ferradura de um cavalo liso com apenas um bater de asas!

— Olha, se um cavalo alado rebelde fica essa chatice toda, eu quero passar longe do que se esforça para ser o melhor da turma! – resmungou Flora.

— Eu não vi nenhuma ferradura em você, Alaxmaner – disse Lis, que havia retornado.

— Estimada Lis, infelizmente nossos irmãos lisos têm a necessidade de usá-las, devido ao serviço pesado que prestam. Os cavalos de linha, por sua vez, atuam em trabalhos menos penosos, não têm a obrigatoriedade de usá-las – respondeu Alaxmaner.

— O papo está muito bom e o jogo está pegando fogo. Nem parece que estamos com pressa para descobrir o que aconteceu pra terem nos jogado no Vale dos Exilados sem motivo! – disse Antuã chamando a atenção dos demais.

— Ah! Você tinha motivos mais do que suficientes, esquentadinho – disse Flora.

Victor pôde admirar o Pequeno Pasto, enquanto contornavam-no. Além do jogo de arbol, potros alados corriam e brincavam. Cavalos alados conversavam enquanto outros se alimentavam em um enorme cocho que os ursos abasteciam. Na porção mais distante do pasto, ele viu um diminuto palanque a céu aberto onde um cavalo alado palestrava para potros alados. Em outro ponto, ele viu outro palanque e um cavalo alado que palestrava para outros cavalos alados. Pareciam alegres e livres, dentro de um cercado que não os cercava. Victor sorriu ao ver alguns potros alados fazendo traquinagens. Em outra área, havia um imenso estábulo de madeira e sapê onde alguns cavalos alados repousavam.

O cachorro caramelo, finalmente, seguiu seu caminho rumo ao cavalo alado destinatário de sua Transfex. Ou não. Flora não aguentou as longas explicações de Alaxmaner sobre o Reino de Magnum e cochilou durante o percurso. À medida que se afastavam do Pequeno Pasto, uma enorme plantação se aproximava.

– O que é isso, Alaxmaner? – perguntou Victor.

– Plantação de Daimófepos. Essa é a Plantação Média Dois.

– Era aqui que você trabalhava?

– Não. Eu era, ou sou, fiscal da Plantação Média Um.

– Vocês têm quantas plantações?

– Temos cinco plantações como essa em todo o Reino de Magnum, estimado Victor. Essa é de tamanho médio. Temos mais uma de tamanho médio, uma de tamanho pequeno e mais uma de tamanho grande, que é realmente grande.

Uma voz esganiçada interrompeu a conversa.

– Grande Alax! Há quanto tempo!

Um cavalo alado amarelo, magro e bem menos imponente vinha da direção da plantação até eles. Ao se aproximar, o cavalo alado não fez a saudação, apenas encostou sua asa na asa de Alaxmaner.

– Estimado Nituro! – Alaxmaner retribuiu com sua reverência habitual. – Há anos não nos vemos!

O movimento acordou Flora e quase a derrubou.

– Avisa quando for descer o barranco, pangaré!

Alaxmaner ignorou e Nituro falou:

— A gente não se vê desde quando você parou de frequentar a ala dos "estimados" pobres! — O cavalo alado amarelado e simpático olhou para os demais. — E quem é essa galera toda, Alax?

Flora desceu do cavalo alado e parecia espantada:

— Alax? O que é isso, minha gente? Um nativo que fala normal?

— Estimado Nituro, essa é uma equipe para assuntos da coroa real de Crux.

— Bacana, Alax! Parece coisa importante, parabéns! Quando puder passa no Pequeno Pasto para a gente bater uma asinha. Queremos ver se ainda é "aquele" Alax.

— Certamente não, estimado Nituro. Muitos anos se passaram. Minhas penas e meus músculos não são mais os mesmos.

— Eu não tenho tanta certeza, camarada! Só acredito vendo.

Alaxmaner sorriu:

— Certo, estimado Nituro, vamos combinar.

— Mas tem que ser antes da Decapluvis Magna.

— Seria um deleite, estimado Nituro. Contudo, temos uma expedição agendada na Pedra Asca e creio não ser possível organizarmos uma partida a tempo.

— Caramba! Vocês vão até a Pedra Asca? Você pode não bater mais aquela asa, mas ainda gosta de uma boa aventura! Quando eu era um potro alado ia direto para lá! Tenho certeza que uns vinte degraus da Pedra de Eurtha foram por minha causa! — disse Nituro, saudoso. — Não me lembro de você ter um barco, Alax. Você comprou?

— Não, estimado Nituro. Não o possuo.

— Ah! Então vou falar com a Serephina! Eu tenho certeza de que ela vai adorar te emprestar! O barco não é novo, mas é muito espaçoso e tem lugar de sobra para a comida!

— Agradeço o apreço, estimado Nituro. No entanto tamanho esforço não se faz necessário. Temos um barco emprestado e...

— Duvido que é que nem o da Serephina!

— Eu tenho certeza de que não terá comparação com o da estimada Serephina. Mas, de verdade. Não se preocupe. Estamos bem!

— Para com isso, Alax! Sempre muito educado esse cavalo alado! Faço questão! Tenho certeza de que Serê vai adorar te ver! Vocês vão partir bem cedinho, não é? Tem que ser antes da turbulência das águas. Fique tranquilo, estaremos lá!

Nituro se afastou até uma distância suficiente antes de Alaxmaner falar:

– Nada precisa ser dito, estimada Lis. Eu sei que, mais uma vez, nos expus. Porém conheço o caráter ilibado de Nituro. Sei que ele não nos denunciará.

– E "Serê"? – questionou Flora, irônica.

– A estimada Serephina é uma égua alada excepcional, tanto como criatura, quanto como jogadora.

– Parece que todos são, Alaxmaner. Eu já conversei e te expliquei meu ponto de vista, que não precisa ser aceito, nem por você, nem por ninguém. Espero apenas que seu falatório não resulte em nada grave para nós. Inclusive e, talvez, principalmente, para o Victor.

– Não acontecerá novamente.

– É verdade, panga! Você tem que aprender a manter esse linguão dentro da sua boca! Daqui a pouco, todos os cavalos alados irão conosco nesse oráculo! Eu vou morrer de tédio! – disse Flora.

Joca que até então, só escutava a conversa, perguntou:

– Deca o quê, parceiro?

– Decapluvis Magnum, estimado Joca.

– O que é isso, parceiro?

– Decapluvis Magna é uma festa anual do nosso reino em que se celebra o fim das tempestades roxas.

– Tempestades roxas? – indagou Victor, que voltava a ter leves dores de cabeça.

– Todo ano, estimado Victor, formavam-se temporais aqui no Reino de Magnum por dez dias seguidos, os quais provocavam a destruição dos pastos, dos estábulos e dos produtos deste Reino. No ano que se seguiu à união dos cinco reinos o temporal não se formou. O sol, desnudo das roxas nuvens, alaranjou o azul do céu. Pela primeira vez na história do Reino de Magnum não houve a devastação. A fim de comemorar esse fortuno, foi realizada, no Grande Pasto, uma festa que se perdurou por dez dias. Desde então, a cada ano sem a aproximação das nuvens roxas, realizamos a festa, que herdou o nome do temporal. É a única celebração em que é permitido o acesso de cavalos alados lisos no Grande Pasto, bem como as demais criaturas dos demais reinos. A grande maioria dos participantes da Decapluvis Magna é de cavalos alados.

– Dá para imaginar a razão, não é, panga? Só cavalo alado mala, numa festa mala. Quem vai querer participar? Só cavalo alado mala, mesmo! – respondeu a fada.

– É uma festa deveras animada, estimada Flora. Só se pode adentrar a festa pintado ou fantasiado, salvo os cavalos alados de linha, que têm permissão livre para entrarem e saírem quando assim o desejarem.

– Bacana, parceiro. Desculpa cortar *ocê*, mas como já vai escurecer queria saber onde que *ocê* acha que nós *vai* dormir. *Tô* cansado.

– Eu acho que você nasceu cansado, Joquinha – disse Flora.

– Vamos repousar no meu estábulo, estimado Joca.

– Não era bom nós *ir* pra lá?

– Você está correto, estimado Joca. Entretanto, algo me preocupa.

– O quê?

– Os estábulos são feitos de madeira e feno de construção. Os cabelos flamejantes do estimado Antuã podem causar um incêndio local acidental.

Os cabelos amarelados de Antuã tornaram-se marrons e logo depois azulados.

– Que pena do esquentadinho! Vai ter que dormir no pasto. Se bem que até combina com você! – implicou Flora.

– Ele precisa de um chapéu de kolage.

– É uma excelente ideia, estimada Lis. O problema é consegui-lo a essa hora.

– Eu consigo! – disse Antuã.

– Vou com você – disse Victor.

– Melhor não, humano Victor, tem coisa que eu prefiro fazer sozinho.

Flora revirou os olhos:

– Ele está afirmando que vai sair para roubar e vocês não vão falar nada? Cadê a moral inquestionável dos pangarés alados? Ah, são mentirosos confessos, orgulhosos e imorais!

– É só pra ele não queimar a casa toda do parceiro, docinho. Depois nós *devolve* – disse Joca.

– Estimado Antuã, vá em busca do chapéu kolage e nos encontre no Trapiche da Sabedoria. Vai ser mais fácil encontrar o público trapiche que a uma propriedade privada tão semelhante às demais. Pode ser?

– Por mim, tanto faz. Pode ser no Trapiche da Sabedoria mesmo.

Antuã respondeu e partiu em retirada. Flora ainda não se conformava com determinadas posturas de Alaxmaner e falou para Victor:

– Está vendo, fofo, como os pangarés alados fazem? Se é ruim, mas é bom pra eles, pode ser feito.

– Estimada Flora, sim, eu me acanho em agir dessa forma. Entretanto, temos pressa e poucas opções.

– Mas temos, pangaré corrupto.

– O estimado Antuã já foi. A decisão foi tomada, errada ou acertada, estimada Flora. Vamos prosseguir para o Trapiche da Sabedoria?

– Além de tudo, ainda tenho que suportar esses nomes breguérrimos para os lugares. Que toda a magia se transforme em paciência! – resmungou a fada.

Alaxmaner e Lis caminhavam lado a lado em silêncio. O cavalo alado talvez estivesse constrangido por ter falado sobre a falsa expedição com os dois únicos cavalos alados que conversou. Logo atrás, estavam Victor e Joca, que carregava seu pote nas mãos e a fada nas costas, e seguia mais lento do que de costume. Victor observava Alaxmaner. Admirava sua postura, seu andar e a maneira que falava. Era a criatura em quem Victor mais confiava naquele novo lugar, apesar de todas as suas reticências questionáveis denunciadas por Flora. Depois, seus olhos repousaram sobre Lis, a quínia, de andar firme e silente, que olhava sempre para frente, mas nunca para os olhos dos outros. Parecia alheia a tudo, embora nada lhe escapasse. Seu corpo aparentava fragilidade, mas Victor conhecia sua força. Lis o intrigava, pois além de não demonstrar suas emoções, ela evitava ao máximo a exposição das suas ideias. Ele desejava confiar nela. Apesar de várias demonstrações de fidelidade, algo ainda o fazia temê-la.

– Hum... não tira os olhos da bonitinha, hein, fofinho? Estou te sacando! Nem pisca! – disse Flora com malícia.

Victor parecia ter despertado direto para um pesadelo:

– Hã?

– Quem? Eu? – perguntou Joca, cansado.

– Claro que não, Joquinha! Você nem consegue olhar para lugar nenhum bufando desse jeito! Estou falando da minhoca anêmica.

– De mim? – perguntou Victor.

Lis mantinha o olhar para frente, mas Victor sabia que ela escutava cada palavra.

– Só não sei como, né? Porque, coitada, tão desprovida de beleza. Mas gosto não se discute. – A fada continuava a falar e Victor apenas desejava que ela se calasse.

– Não! Não tem nada a ver! – respondeu Victor enrubescido.

– Então, *ocê* não acha a brotinho bonitinha, parceiro? – perguntou o urso às baforadas.

Victor reparou um discreto movimento da cabeça de Lis e ele teve certeza de que ela os escutava.

– Acho que ela é uma moça muito... ela é... claro que... é bonita..., mas eu não estava olhando para ela! Eu estava com o pensamento voando solto. Estava pensando e meus olhos devem ter ficado parados na mesma direção em que ela estava, por coincidência.

– Hum... sei, seu danadinho! – disse a fada com um sorriso maroto.

Victor respirou fundo. Péssima hora para ter se perdido nesses pensamentos. Seu desejo era de se esconder em algum lugar. Ele decidiu que não observaria mais a quínia. A melhor forma, para isso, seria evitar especular sobre ela para que não cometesse o mesmo deslize e ser interpelado, mais uma vez, por Flora. Com certeza, a fada estaria muito mais atenta aos seus olhares.

Victor chegou a um longo trapiche de madeira. Ele permanecera calado durante todo o percurso até a chegada de Antuã. O curupê estava com o cabelo coberto com um chapéu redondo e comprido, de cor vermelha.

– Esse é o chapéu kolage, cara?

– Sim. Gostou, humano Victor?

– Bacana! Mas ele não te queima?

– Não, tem isolamento térmico. É feito pra isso mesmo!

– Agora nós não *vai* conseguir mais ver o que *ocê tá* sentindo, parceiro – disse Joca, sentado no chão com seu pote de melado.

– Fale por você Joquinha, que esse aí eu leio fácil – disse Flora se vangloriando.

– Então, como estou me sentindo agora, fada Flora?

– Um chato de galocha, ou melhor, de perna de pau! – respondeu a fada, com desdém. – O que ainda estamos fazendo aqui? Eu estou faminta e exausta. Bora tocar logo para o barraco?

Antuã, Joca e Victor montaram em Alaxmaner e a fada em Joca. Lis preferiu correr ao lado do cavalo alado.

– Onde fica seu estábulo, Alaxmaner?

– Aqui mesmo, em Urbgna, estimado Victor.

– Ah, então é aqui que Rufélius disse que pegaria o barco, não é?

– Exatamente. É também o local das residências dos cavalos alados de linha.

– E os lisos?

– Eles dormem no Estábulo Maior, no Pequeno Pasto.

– Todos aqueles cavalos alados dormem naquele estábulo? Só tem aquele?

– Infelizmente, sim, estimado Victor.

Victor estava horrorizado. Os cavalos lisos se apertavam dentro de um cercado que nem existia direito, se espremiam para dormir e, ainda por cima, eram obrigados a fazer o trabalho pesado. Aos poucos, ele sentiu uma amostra da indignação que as outras criaturas sentiam pelos cavalos alados. Não a Alaxmaner, claro, mas aquilo era pior do que ele podia imaginar. Se os cavalos alados agiam dessa forma com os seres da própria espécie, Victor não queria nem pensar o que eles poderiam fazer com as outras criaturas.

A discrepância entre a realidade dos cavalos alados tornou-se mais evidente à medida que se aproximavam das residências deles. Havia vários estábulos enormes e distantes uns dos outros. As vias eram iluminadas por tochas altíssimas, como se fossem postes. Victor se questionava, internamente, quem acenderia aquelas tochas. Ele via e vivia muitas coisas, mas não sabia explicar como elas aconteciam.

Após algum tempo de caminhada, Alaxmaner parou na parte lateral de um dos estábulos e abaixou-se para que Antuã, Joca, Flora e Victor pudessem descer. A fada se alongou, ajeitou os cabelos e falou:

– Até que enfim! Já não era sem tempo! Estou morta com magia e farofa. Qual desses barracos é o seu, panga?

– Esse da esquerda, estimada Flora.

Alaxmaner respondeu enquanto margeava o estábulo e encaminhava-se para a sua frente. Victor estava impressionado e muito curioso para ver como seria dentro da casa de um cavalo alado.

– Bem-vindos ao meu estábulo.

O cavalo alado falou enquanto se posicionava em frente à porta. Victor olhou para toda a fachada do estábulo. O telhado era de lajotas e sua estrutura era toda de madeira. A porta era grande e não havia maçaneta, e sim uma espessa placa que impedia a sua abertura, semelhante a uma cancela. Alaxmaner pisou com a pata direita em uma outra placa metálica no chão, à direita. A placa, ao reconhecer sua pata, tornou-se azulada, bem como a cancela, que se elevou, permitindo a passagem para a porta de madeira. Com a pata esquerda, Alaxmaner acionou uma espécie de botão localizado na porção inferior da porta e ela se abriu parcialmente.

Victor, curioso, tentava olhar por cima de Alaxmaner enquanto ele entrava. Porém, o cavalo alado nem chegou a colocar todo o seu corpo para dentro da casa e retornou. A porta se fechou e a placa azulada tornou a ficar metálica.

— O que houve, Alaxmaner? — perguntou Victor assustado e frustrado.

— Percebi uma energia estranha, estimado Victor. Não apenas isso. Eu sei exatamente onde cada objeto de minha casa fica e percebi algo de diferente. Acredito que ser melhor não pernoitarmos aqui.

— O quê? Fez a gente vir para cá à toa, pangaré? — gritou Flora.

— Acredite em mim, estimada Flora, não creio que esse estábulo seja um lugar segu...

Antes de Alaxmaner terminar, seu estábulo explodiu. Victor e os outros foram arremessados para o outro lado da via. Alguns cavalos alados, assustados, saíram dos estábulos adjacentes para verem o que havia acontecido.

— Vamos! Inclusive você, estimada Lis. Alguém não nos quer bem.

Alaxmaner deu a ordem e abaixou-se. Antuã, Joca e Flora foram os primeiros a montar. Victor enfiou a mão dentro dos sacolões que o cavalo alado carregava.

— O que está fazendo? — perguntou Lis.

— Procurando meu violão e minhas roupas!

— Não é hora para isso! — reclamou a quínia.

— Vai subindo você, eu já vou!

Após sentir o violão e suas roupas, Victor, ainda escutando um enjoado zumbido, montou em Alaxmaner, que saiu em disparada. Flora, que já estava nas costas de Joca, gritou:

— E agora, panga? Para onde vamos?

Alaxmaner respondeu:

— Para longe.

11

Alaxmaner cavalgava, há um tempo, na escuridão. As tochas que iluminavam as vias haviam ficado para trás e eles só eram capazes de enxergar devido ao brilho da lua cheia. Flora havia desistido de reclamar e acabou adormecendo nos braços de Victor, que estava atrás de Joca.

– Já decidiu para onde vamos, Alaxmaner? – perguntou o jovem.

– Pra mim, nós já *tá* bem longe, igual *ocê* queria parceiro – emendou Joca.

– De acordo. Procuro apenas um local que nos abrigue – respondeu o cavalo alado.

Alaxmaner parou sob uma árvore. Ao descer, Victor perguntou, cansado:

– O que foi aquilo, Alaxmaner?

– Não sei, estimado Victor. Pode ter sido uma infeliz coincidência, como pode ter sido algo planejado, uma vez que mais de uma criatura sabe da nossa permanência no Reino de Magnum. Não há, por enquanto, como saber.

– Não tem nem como saber quem poderia estar por trás disso? – perguntou Victor.

Após ajudar Victor a colocar Flora deitada próxima à árvore, Lis falou em tom baixo, mas firme:

– Tem. Rufélius, duas equipes de arbol, o árbitro, alguns torcedores, Nituro, um gato negro, um cachorro caramelo e, com certeza, vários outros que não consigo enumerar.

– Compreendo sua consternação, estimada Lis. Entretanto, não há maneira de entendermos o que se passa no Grande Reino Unido de Crux sem o mínimo de exposição.

– Que mínimo de exposição, Alaxmaner? Entramos no meio de uma torcida de um dos jogos mais famosos do Pequeno Pasto. Se vocês não perceberam, eu percebi que você não era o único cavalo alado de linha a visitar aquele lugar. Lá estava cheio deles. Além disso, você convidou Rufélius a participar da ida ao Oráculo de Eurtha conosco, assim como permitiu Nituro e sua amiga Serephina a fazerem o mesmo. Se essa explosão não mudou sua cabeça sobre a maneira que está se comportando, nada mais vai conseguir mudar.

– Não discordo, estimada Lis. Contudo, nesse momento, estamos cansados, famintos e assustados. Acredito que a melhor opção seja evitar o confronto. Portanto, me retirarei a fim de esfriarmos os ânimos e colherei alguns alimentos para nós. Devemos estar descansados e alimentados para amanhã – respondeu Alaxmaner.

– Eu vou com você, cavalo alado Alaxmaner – disse Antuã.

– Agradeço a sua disposição, estimado Antuã. Mas, neste momento, devo ir só.

O silêncio foi a companhia de Victor e dos outros até o dia seguinte. O sol, há muito, havia nascido, quando o jovem acordou como se um trator o tivesse atropelado. Sentia que nem o corpo e nem a mente haviam sido reparados. Mal havia aberto os olhos e viu que o dia estava nublado. A luminosidade era mais amena e, por essa razão, deve ter demorado para despertar. Ou então, era mesmo a sua estafa. Após sentar-se, Victor percebeu que não era o único com essa sensação. Até mesmo Lis estava com cara amassada de sono, recostada no tronco da árvore atrás deles. O jovem se espreguiçou e sentiu o cavalo alado fazer o mesmo, o que despertou Flora, Joca e Antuã.

– Pela Rainha da Magia que a coisa está feia! Até o pangaré perdeu a hora hoje? – perguntou a fada, com a voz de sono.

Joca aproveitou os alimentos colhidos pelo cavalo alado na noite anterior para preparar um café da manhã reforçado. Alaxmaner olhava fixamente para o céu e o urso perguntou:

– Que que tu tá procurando, parceiro?

– Estou tentando avaliar a posição do sol a fim de estimar o momento do dia no qual estamos.

– Não deve ser tão tarde, cavalo alado Alaxmaner. Profissionais como eu tardam, mas não tanto – disse Antuã sorrindo.

– Profissionais... – resmungou Flora.

Apesar do desânimo geral, Alaxmaner falou:

– Devemos apressar-nos, uma vez que o estimado Rufélius deve estar se aproximando do Trapiche da Sabedoria, quiçá terá chegado.

– Ou Nituro e Serê... – retrucou a fada.

Alaxmaner olhou para a quínia e falou:

– Preciso escusar-me com você, estimada Lis. Confesso que a princípio encarei como excesso de zelo de sua parte a desconfiança com as criaturas das quais eu aprecio a idoneidade. Todavia, ao escutar suas honestas palavras, preferi reconsiderar minhas avaliações pessoais. Você está correta. Há algo de muito estranho no Grande Reino Unido de Crux e, caso eu deseje não retornar ao Vale dos Exilados, ou ter um fim ainda mais breve que o exílio, deverei manter-me calado. Daqui por diante, é isso que farei. Peço, mais uma vez, desculpas por minha ingenuidade e agradeço pela sua paciência em mostrar-me o mais árduo e seguro caminho a seguir.

Victor admirava Alaxmaner. Sua forma de agir e de falar o impressionavam. Queria ele ter a modéstia de fazer um pedido de desculpas tão sincero, desnudo e puro como aquele. Flora, contudo, parecia não se importar com as palavras proferidas pelo cavalo alado e perguntou:

– Podemos, então, seguir pelo caminho árduo e seguro? Não temos o dia inteiro!

Rufélius os aguardava, com sua postura esguia e elegante, no Trapiche da Sabedoria ao lado de um enorme barco amarelo. Após saudarem-se, Alaxmaner falou:

– Não há palavras para agradecer-lhe, estimado Rufélius. Não se fazia necessário o enorme esforço apenas para nos auxiliar. Deveria ter poupado sua pata enferma – disse Alaxmaner.

– Ainda que fosse laborioso trazê-lo, seria um prazer muito maior que um sofrimento esforço profícuo a ser realizado ao estimado amigo e a sua estimada equipe.

– Ah, eu tinha me esquecido dessa melação toda! – disse Flora.

Rufélius virou-se para os demais e, após saudá-los, falou:

– Bom dia a todos. Estão prontos? – perguntou Rufélius.

– Sim, meu estimado Rufélius. – respondeu Alaxmaner.

Victor se preparava para entrar no barco quando escutou um grito de uma voz esganiçada.

– Alax!

Nituro e Serephina, uma égua alada lilás tão magra quanto o seu colega, cavalgavam a toda velocidade. Eles carregavam um grande e feio barco verde.

— Pela Rainha da Magia! Não há nada tão ruim que não possa piorar!

Os cavalos alados se aproximaram e Nituro falou:

— E aí, Alax? Bom dia, pessoal!

Alaxmaner e Rufélius fizeram a elegante reverência, enquanto Nituro cumprimentava Victor e Serephina cumprimentava Joca com as suas asas.

— Quanto tempo, Alaxmaner! Quase não chegamos a tempo e eu não te vejo! Trouxemos o barco.

— Bom dia, estimada Serephina! Há muito tempo não nos vemos. Espero que esteja bem! Agradeço a todo esforço de vocês, contudo, o estimado Rufélius já nos havia prometido o seu barco — respondeu Alaxmaner apontando com sua asa para o barco amarelo.

— Ah, poxa! Que pena! Pensamos ser uma boa oportunidade de estarmos juntos — respondeu Serephina.

— A não ser que vocês não se incomodem de que a gente vá com vocês.

Lis fechou a cara de imediato e Alaxmaner ficou sem saber o que responder. Joca, então, respondeu:

— Vem *com nós*! Onde cabe três, cabe quatro!

Alaxmaner parecia ter recobrado a compostura quando falou:

— Não sei se seria uma boa ideia. Acredito que não caberíamos todos no barco do estimado Rufélius. Além do mais, nosso serviço é do mais alto sigilo da coroa.

— Não tem problema, camarada! Na parte sigilosa, nós viramos de costas!

— Cabemos todos no seu barco, estimado Rufélius?

O cavalo alado branco respondeu:

— Não posso garantir.

Nituro olhou para o barco de Rufélius e falou:

— Onde? Nesse barco amarelo? Dá e sobra! Podemos entrar?

— Se é assim, serão todos muito bem-vindos.

Lis bufou antes de entrar no barco de Rufélius. A companhia dos cavalos alados durante o percurso até o Oráculo de Eurtha não era tão bem-vinda quanto Rufélius anunciava. Ainda que a ida dos cavalos alados extras não fosse uma completa surpresa, Victor e os outros não haviam se preparado para perguntar qualquer dúvida ao Oráculo na presença dos demais e nem sabiam como conseguiriam fazer. Alaxmaner estendeu sua asa em direção ao barco. Rufélius, então, entrou após a quínia e sentou-se à sua frente. Foi seguido por Nituro, Serephina, Flora e Antuã.

– Dá licença, pangaré manco. Eu gostaria de sentar aí.

– Escusa, cara Flora de Rubrum. Contudo há mais outros assentos vagos no barco.

– Querido, você sentou justamente onde eu já estava mentalmente sentada. Poderia fazer o favor de chegar para o lado?

– Estimada Flora, o estimado Rufélius está nos ajudando tanto com seu o barco. Não poderia sentar-se em qualquer outro assento? – perguntou Alaxmaner.

– Você pediu alguma coisa pra ele? Eu não pedi. Só vou me sentar se for aqui.

– Solicito escusas, estimado Rufélius. Haveria alguma indisposição se pudesse assentar-se em local diverso? Sabe como são as fadas?

– Sei. Sem problemas, estimado Alaxmaner – respondeu o cavalo alado branco, que não disfarçava a contrariedade.

– Isso mesmo, bom garoto! – respondeu a fada ao sentar-se no antigo assento de Rufélius.

Alaxmaner, Victor, Joca empurraram o barco em direção ao Lago da Ciência. Assim que as águas do lago alcançaram a canela do jovem, ele falou:

– Alaxmaner, é melhor você entrar logo. Porque, se o barco ficar muito alto, você poderá virá-lo ao entrar.

O cavalo alado seguiu a orientação do jovem, entrou no barco e se acomodou ao lado de Antuã, em frente a Rufélius. O barco voltou a afundar na areia com o peso de Alaxmaner, mas Victor e Joca conseguiram empurrá-lo outra vez e, depois, finalmente conseguiram entrar.

– Que falta de atenção a minha! – disse Rufélius. – Esqueci-me por completo dos remos. Jamais me perdoarei por tamanha falha.

– O meu barco tinha remos! – disse Serephina.

– Por quê, se vocês não têm mãos? – questionou Flora.

Um silêncio pairou no ar. Victor, em pensamento, concordou com a indagação coerente da fada.

— A falta de remo é o menor dos problemas, estimado Rufélius. Podemos remar com as mãos, patas e asas. O importante é ter o barco – falou Alaxmaner.

Todos começaram a remar para a direção indicada pelo cavalo alado. Victor olhou para o lado e viu Rufélius e sua bela postura. Mesmo remando, o cavalo alado alvo mantinha-se sentado com as quatro patas firmes no chão do barco. Alaxmaner, por sua vez, após a terceira remada, acabou sentando-se com as patas deitadas no barco. Serephina e Nituro já haviam perdido a compostura há tempos. Ambos remavam esbaforidos sem a menor elegância dos outros dois.

— Socorro! Pela Magia! Eu não aguento mais!

— Tudo bem, estimada Flo...

— Não, panga! Tudo péssimo! Minha pressão caiu e eu vou precisar me deitar e colocar as pernas para cima!

A fada deitou na pelugem de Joca e fez com que ele tirasse a mão do pote de melado para levantar as suas pernas.

— Cuidado para essa nojeira não lambrecar meus pezinhos, hein, Joquinha?

— Será que a fada está passando mal mesmo? – perguntou Nituro, ofegante.

— Está insinuando que sou mentirosa, pangaré?

— De forma alguma, senhora! Jamais faria isso. É que tem tão pouco tempo. É um exercício puxado mesmo!

— E vocês são os melhores para executá-lo, não é mesmo? Adoram um trabalho braçal que eu sei! Estão indo muito bem! Continuem!

O Lago da Ciência parecia mar aberto. Após um tempo, Victor não conseguia sequer ver nenhuma parte de terra em canto algum e isso lhe dava uma sensação muito desconfortável. Seu coração começou a palpitar e ele sentiu suas mãos umedecerem. Ele fechou os olhos e alongou o pescoço para afugentar o mal-estar, porém tudo que ele conseguiu foi uma dor de cabeça adicional. Ele escutou a voz de Rufélius falar:

— Estou sentindo um certo desconforto nessa pata esquerda, que é minha pata de apoio. Seria um grande incômodo se eu a repousasse por alguns minutos?

— Eu senti uma cãibra na asa e vou ter que parar um pouco – disse Nituro com a voz ainda mais esganiçada.

Flora falou baixo, mas para todos escutarem:

– Era o que me faltava! Esse peso todo sobrou para a gente carregar!

– Não há problema algum, posso manter-me remando, cara fada.

– Por favor, estimado Rufélius, eu insisto! Descanse um pouco e relaxe a musculatura. Não queremos ser responsáveis pela má resposta ao seu tratamento – disse Alaxmaner.

– Alax, eu também não consigo não!

– Sem problemas, estimado Nituro. Eu faço o trabalho por nós três.

Nituro deitou-se, exausto, no assoalho do barco. Rufélius, por outro lado, apenas tirou a asa da água e fechou os olhos. Não parecia ter mudado nada, sua postura se mantinha exatamente a mesma. Victor estava muito impressionado com o cavalo alado branco. Também estava cansado e se sentindo mal. Seu braço já doía há um tempo, mas ele não queria reclamar, até porque todos, exceto Flora, Rufélius e Nituro, estavam se esforçando ao seu máximo. Ele decidiu tentar se distrair olhando para o movimento que as águas límpidas do Rio da Ciência faziam de acordo com cada remada de sua mão. Além do movimento das águas, Victor percebeu a presença de peixes. Logo se espantou por não os ter visto antes, pois a quantidade e a diversidade eram enormes. Era uma bela e harmoniosa aquarela que mais parecia um nado sincronizado. Alguns peixes coloridos se agruparam e formaram um círculo, nadando a toda velocidade. Vez ou outra um peixe saía desse círculo, que aumentava e diminuía seu diâmetro de acordo com a dança do multicolorido cardume. Victor observava, cada vez mais próximo da água, maravilhado, quando percebeu um par de olhos observando-o pelo centro do círculo de peixes. Eram olhos negros, belos e hipnotizantes.

– Victor! Victor! Eu estou aqui! Era a ti que procurava!

Victor escutou uma linda voz que o chamava, como em uma canção.

– Oh, rapaz! Venha a mim e terás sua paz.

Os peixes se dispersaram e uma bela moça de barbatanas surgiu bem na sua frente:

– Uma sereia! – pensou.

– Venha! Venha, doce rapaz!

Os lábios da sereia não se moviam, mas ele conseguia entender cada melódica palavra. O que não era nada anormal frente aos recentes acontecimentos.

– Venha, meu doce rapaz!

Victor via com nitidez toda a graciosidade da sereia. Era um conjunto de perfeição que o rapaz não sabia que era possível existir. Seu jeito charmoso de piscar, sua delicadeza em virar o rosto, seus cabelos que se moviam como água e sua barbatana ao nadar eram encantadores. De repente, a sereia veio em sua direção. De perto seu rosto era ainda mais belo. Ela pegou sua mão que estava remando. Seu toque era macio e suave.

– Venha, meu rapaz, vamos para onde quiser!

– Quero ir para casa – sussurrou.

A sereia puxou Victor, com delicadeza, e ele deixou-se levar. Quando percebeu, estava dentro do lago. A sereia brincava com ele. Colocava o dedo na ponta de seu nariz e dava piruetas ao seu redor. Victor sentiu uma alegria que há muito não experimentava.

– Queres voltar para casa? – perguntava a sereia nadando ao seu redor.

– Quero! – disse ele.

Ele falou, mesmo embaixo d'água e somente, então, percebeu que era capaz de respirar mesmo submerso.

– *Crucks*! Crux é mesmo fantástico! – disse.

– Sim, meu rapaz. Você consegue isso e muito mais.

A sereia cantarolava enquanto dançava em torno de Victor até que ela parou em suas costas e o abraçou. Victor sentiu o calor dos seus braços e das suas mãos.

– Conte-me, doce rapaz, como chegastes aqui?

– Eu não sei, linda sereia. Quando eu dei por mim, já estava aqui.

– Oh, doce rapaz, conte-me como! Quero ajudar-te, mas precisas confiar em mim.

– Eu confio em você, mais que tudo! Se eu soubesse te contaria. Eu estava tocando violão e apareci aqui.

A sereia pegou em suas mãos:

– Tens mágica?

– Queria que tivesse, assim já teria retornado para casa.

– E no teu violão, doce rapaz, há mágica?

– Não que eu saiba.

– Onde ele está?

Antes que Victor pudesse responder, ele sentiu as mãos da sereia deslizaram pelo seu braço, tórax e envolverem seu pescoço. De repente, seu braço foi violentamente puxado. Sua visão ficou turva e ele já não enxergava quase nada.

– Onde está a sereia?

Ao tentar falar, engoliu água e se engasgou. Queria tossir, mas não conseguia. Sentia que estava sendo levado para algum lugar, mas não entendia para onde.

– A sereia está me levando para casa? – pensou, sem sentir aquela felicidade de alguns segundos atrás. Sentia, talvez, um leve desespero.

Ele emergiu na superfície e viu que Lis o segurava. Ela parecia não entender o que havia acontecido. Todos no barco observavam-no surpresos.

– Qual é o seu problema, Victor? – Lis perguntou, irritada.

– Problema? – Victor tentava falar ofegante.

– Problema! Ninguém normal se joga do barco e fica se abraçando no fundo de um lago, Victor. Você estava quase com suas mãos em volta do seu pescoço. Isso parece são para você?

– Você estava se abraçando, cara? Isso é carência! – disse Antuã.

– Você não viu? Era a Iara! – Victor falava de forma entrecortada, apontando para o lago.

– Iara? Quem é Iara, garoto? – perguntou Flora.

Lis subiu no barco e o puxou para dentro. Após retomar o fôlego, o rapaz falou:

– Iara, a sereia!

– Sereias não existem, fofo. Tenta outra – disse a fada.

– Eu juro! Lis, você viu, não viu? – Victor olhou suplicante para Lis.

– Victor, você estava sozinho lá embaixo – respondeu Lis, preocupada.

– Ela deve ter me enfeitiçado! Tinha uma belíssima voz e cantava que me levaria pra casa.

– Pode ser insolação, também, parceiro. *Ocê tá* cansado e com sede. Tem criatura que tem convulsão. *Ocê*, no caso, vê sereia – disse Joca.

– Não! Não era delírio! Era real! Eu juro!

– Eu acredito em você, estimado Victor. A Esfinge, que há alguns séculos protegia o Oráculo de Eurtha, diversas vezes nos criava armadilhas para sucumbirmos no caminho. Estimado Rufélius, tem conhecimento se a proteção da Esfinge reativou?

Rufélius não respondeu.

– Estimado Nituro?

O outro cavalo alado respondeu com um enorme ronco.

– Queria eu poder tirar um cochilo no meio dessa confusão toda – disse Antuã rindo. Agora com o chapéu kolage na cabeça, ninguém conseguia saber o real humor do curupê.

– Você está sabendo de algo, estimada Serephina?

– Nada, Alaxmaner. Na verdade, tem muito tempo que nenhum dos meus amigos vem aqui.

Serephina estapeou Nituro para que ele despertasse.

– Essa é das minhas! – disse Flora, orgulhosa.

Nituro ficou surpreso ao ver Victor e Lis molhados.

– O que aconteceu com os humanos? – perguntou o cavalo alado. – Vocês não podem nadar aqui, quínios! O Lago da Ciência pode ser muito perigoso!

– Você tem conhecimento se a Esfinge de Eurtha voltou a proteger seu Oráculo? – perguntou Alaxmaner.

– Não, por quê? – perguntou o cavalo alado amarelo.

– Porque o estimado Victor acabou de ter uma alucinação.

Nituro ficou boquiaberto enquanto Rufélius manteve sua postura e elegância.

– E eu vou tratar de deixar meus olhos muito bem abertos – disse Nituro.

– Eu acho bom! – emendou Serephina.

Flora olhou para os dois e perguntou:

– Vocês namoram?

– Não – responderam ambos.

– Ah! Que pena! "Sereturo". Eu *shippo*!

Victor recuperou a consciência e mal podia acreditar que havia sido vítima de uma alucinação ou de uma armadilha.

– Parecia tão real – pensava. – Será que isso tudo é um delírio? Será que eu enlouqueci?

O rapaz não sabe quanto tempo esteve perdido em seus pensamentos, mas antes de voltar a si, já havia chegado na Pedra de Eurtha. Eles aportaram próximo à pedra para descerem. Alaxmaner foi o primeiro a sair, seguido por Flora e Joca. Lis foi a seguir.

Victor pensava em como iriam conter os amigos de Alaxmaner quando escutou Antuã, esperto, falar para Rufélius, Nituro e Serephina:

– Acho melhor eu ficar aqui para que ninguém apareça e interrompa o nosso serviço. E acho que vocês, cavalos alados, deveriam ficar aqui comigo, já que têm mais conhecimento sobre o Lago da Ciência.

– É uma boa, parceiro. Eu fico também – disse Joca, após olhar a distância que poderia ter que caminhar até a Pedra Asca.

– Não precisa, urso Joca! Acredito que nós quatro daremos um jeito.

– Deixa disso, parceiro! Cinco é melhor que quatro – disse o urso ao voltar para o barco e sentar-se próximo a onde estava o curupê, com o pote de melado entre suas pernas.

Rufélius olhou para Alaxmaner e perguntou:

– Está certo de que não quer que os acompanhe?

– Acho mais prudente ficar, como sugeriu o estimado Antuã. Mas não para nos proteger, e sim para evitar a deambulação desnecessária com essa pata.

Rufélius assentiu.

– Nós vamos ficar porque você disse que vai tratar de assunto do rei!

– Agradeço a compreensão, estimada Serephina.

A Pedra de Eurtha era imensa, tanto em extensão quanto em altura. Victor e Flora estavam montados em Alaxmaner, enquanto Lis corria ao seu lado. O jovem não conseguia ver onde estaria a tal Pedra Asca com o Oráculo de tão comprida que a pedra era. Ela tinha um formato em meia lua e, em sua borda, havia elevações como se fossem vários degraus compridos e finos, cujos sucessores eram sempre mais elevados que os antecessores, sendo o centro muito mais alto do que as laterais. Era como se fosse uma enorme tiara rochosa.

– Sejamos breves – disse Alaxmaner. – Perguntemos apenas o que está acontecendo no Grande Reino Unido de Crux e de qual maneira o estimado Victor retornará para casa.

Um frio percorreu a espinha do jovem e seu peito se encheu de esperança. Após um tempo de caminhada, o rapaz se deparou com três pedras tortas e compridas, duas na vertical sustentando a terceira na horizontal. Ao se aproximarem, Victor notou que dentro dela havia uma serpente com escamas verdes, amarelas e marrons. Ela era enorme, imóvel e estava com os olhos fechados. Atrás dela havia uma enorme rachadura. Quando se aproximaram da serpente, um vento forte começou a soprar e um brado alto se fez escutar:

– Quem sois vós?

– Alaxmaner, do Reino de Magnum – disse o cavalo fazendo sua reverência à serpente.

– Flora, do Reino de Rubrum – disse a fada, ao descer do cavalo e saudar a serpente.

– Lis, do Reino de Quini – disse a quínia, também saudando-a.

– Victor, de Vitória – disse Victor, protegendo o rosto do vento com seu braço.

A voz bradou, novamente:

– Quatro seres distintos. Quatro origens distintas. Uma improvável união.

– Nos encontramos e nos unimos no Vale dos Exilados – respondeu Alaxmaner.

A voz se fez ouvir mais uma vez:

– O que desejais do Oráculo de Eurtha?

Após a voz soar, a serpente abriu seus dois grandes e vermelhos olhos. Victor se assustou e não percebeu ter dado um passo para trás. A serpente mantinha sua boca fechada o tempo todo. Mesmo assim, Victor tinha certeza de que era ela mesma quem falava.

– Caro Oráculo de Eurtha, eu, Alaxmaner, do Reino de Magnum, a estimada fada Flora, do Reino de Rubrum, o distinto urso Joca, do Reino de Alba, o estimado curupê Antuã, do Reino de Mimus e o estimado humano Victor, do Reino de Vitória, fomos enviados ao Vale dos Exilados na ausência de qualquer transgressão. Após o fortuno de escaparmos com vida da pena mortal, constatamos que o Castelo do Grande Reino Unido de Crux, localizado no Topo Quadrirreal, está dando lugar a um forte belicoso. Em seu túnel, sofremos um novo atentado. Gostaríamos de esclarecimento sobre o motivo de termos sido, injustamente, enviados para o Vale dos Exilados e se os atentados se relacionam com essa indevida punição.

O vento se agitou, os olhos da serpente se tornaram mais intensos e a voz tornou a bradar.

– Conheceis o perigo da aliança entre as gotas de água e as gotas de sangue sob raios solares incidentes em uma casca de abóbora na qual desabrocha uma violeta. É o que modifica os três pilares da realidade: a história, o espaço e o tempo.

O vento se acalmou um pouco e Alaxmaner ficou estático e pensativo. Lis se antecipou ao cavalo alado:

– Oráculo, existe alguma explicação para a construção de um forte em segredo no Castelo de Crux?

O vento agitou-se e a voz soou:

– Conheceis o perigo da aliança entre as gotas de água e as gotas de sangue sob raios solares incidentes em uma casca de abóbora na qual desabrocha uma violeta. É o que modifica os três pilares da realidade: a história, o espaço e o tempo.

Lis ainda olhava sem piscar para a Pedra de Eurtha quando Flora fez sua pergunta:

– Onde vou arrumar meu vestido para o Festival Fada Mais?

O vento se agitou, mais uma vez, e a voz se fez ouvir:

– Tu carregas resposta contigo.

– Está vendo, panga? Uma completa perda de tempo! Não fala nada com nada! Era só me indicar uma loja, que eu iria e pronto! – reclamou a fada.

Victor percebeu que os olhos da serpente estavam clareando após a pergunta estúpida de Flora e se apressou para gritar:

– Como eu faço para voltar pra casa?

O vento não se agitou nem a voz bradou tão alto, mas Victor escutou:

– Tu carregas a resposta contigo.

A serpente fechava os olhos quando um pacote caiu a alguns passos da Pedra Asca. Assim que tocou o chão, uma enorme explosão derrubou Victor, Alaxmaner, Flora e Lis. Ainda no chão, o jovem, assustado, viu Antuã correndo, muito suado, com o rosto ensanguentado e atordoado. Joca vinha atrás dele montado em Rufélius, que cavalgava claudicante e com muita dificuldade. Nituro e Serephina o seguiam. Quando Victor virou-se de volta para a Pedra Asca, a serpente havia desaparecido.

– Estimado Antuã, o que você fez? – Alaxmaner gritou.

Pela primeira vez, Victor escutou o cavalo alado gritar com alguém. Antuã, por sua vez, não fez qualquer movimento após a repreenda. Antes de qualquer suposição, Lis já estava ao lado do curupê interrogando-o:

– Por que fez isso, Antuã?

Antuã respondeu aos gritos apontando para a pedra:

– Cuidado!

Flora, que também já estava ao lado do curupê, não se conteve e o chacoalhou:

– Qual é o seu problema, esquentadinho? Fritou o pouco de miolo que tinha?

Antuã, de repente, arregalou os olhos vermelhos e começou a procurar algo em sua volta:

– Onde estão eles?

– Eles quem, curupê? – perguntou Serephina, muito cansada.

– Escorpiões gigantes! Eu vi! Eles estavam aqui! Corriam pra todos os cantos! Estavam alcançando vocês!

– Não tinha escorpião nenhum aqui, Antuã! – repreendeu Lis.

– Tinha sim! Eram enormes e estavam saindo daquele buraco ali! – respondeu Antuã apontando para rachadura da Pedra de Eurtha atrás da Pedra Asca.

Joca, sentado no chão, com o pote de melado entre as pernas, narrou o que havia acontecido:

– O parceiro aí começou a me atacar do nada. Aí dei um soco nele e ele caiu pra trás. Deve ter batido a cabeça com muita força, porque começou a falar um monte de baboseira de escorpião. Correu pro barco, pegou um pacote, que eu nem sabia que tinha, e falou que ia pegar eles *tudo*. Esse aqui me ofereceu uma carona e os outros dois *veio* atrás. Mas, pelo visto, nós *chegou* tarde, né?

Antuã procurava escorpiões por todos os lados:

– Eu juro! Eles estavam aqui!

– Como sabia do explosivo, estimado Antuã? – perguntou Alaxmaner.

Antuã parou de olhar para os lados e franziu o cenho:

– Cavalo alado Alaxmaner, eu não faço a menor ideia! Simplesmente fui lá e peguei.

– Que pergunta boba, panga. Marginal tem mania de roubar até alucinando.

Antuã pensou um pouco e respondeu:

– Acho que pode ter sido isso mesmo, fada Flora.

A fada apenas olhou sobre os ombros, com ar de superioridade. Alaxmaner perguntou para Antuã:

– Você trouxe esse explosivo?

– Não! Onde teria arrumado isso?

– Em qualquer lugar, quando foi atrás do chapéu Kolage – respondeu Lis.

– Não! Eu não peguei nenhum explosivo.

– Que história mal contada, esquentadinho – disse Flora.

Nesse momento, o chão começou a chacoalhar forte. Victor e Flora montaram em Alaxmaner. Lis montou em Serephina e Antuã e Joca em Nituro. Rufélius, por estar com a pata machucada, não conseguiu acompanhar o ritmo dos outros cavalos alados. Victor olhou para trás e pôde ver o motivo do terremoto. A pedra estava saindo do chão e formava mais um degrau. A sensação era de que a pedra tentava se defender. Em alguns minutos eles estavam de volta ao barco. Um por um, entraram no barco e aguardaram a chegada de Rufélius.

– Péssima ideia esse manqueta ter vindo com a gente! – falou Flora, apreensiva.

– Imagina se todo mundo ficasse falando das suas… questões pessoais, fada Flora. Você iria gostar? – perguntou Antuã.

– Capaz. Eu entendi muito bem. Você está querendo falar de algum defeito meu, não é? Querido, isso jamais aconteceria comigo, porque se tem uma coisa que eu não tenho, é defeito.

– Sei…

Assim que Rufélius entrou no barco, Lis soltou a corda que o prendia na Pedra de Eurtha e todos começaram a remar desesperados. As águas do Lago da Ciência estavam agitadas devido ao tremor da pedra, provocando enormes ondas. Foram momentos de pânico e desespero. Victor queria que aquele fosse um novo delírio, pois a cada onda que passava, parecia que o pequeno barco viraria. Então, da mesma forma abrupta que o mar se enfureceu, se acalmou.

– Isso foi péssimo para uma equipe que necessita laborar em anonimato e sigilo – lamentou Alaxmaner. – Esse tremor deve ter atingido boa parte do Reino de Magnum.

– Acredito que a parte leste foi a que mais sentiu – completou Lis.

– Deve ter atrapalhado o Arbol – disse Antuã.

– Calado, transgressor! – reclamou Flora.

Joca não conseguia falar nada, apenas levava os dedos cheios de melado à boca com uma velocidade absurda e olhos bem arregalados. Rufélius, após retomar o ar e a compostura virou-se para Alaxmaner e falou:

— Temo que o tremor possa ter atrapalhado a expedição, estimado Alaxmaner.

— De fato. Entretanto, ainda faremos a análise dos dados obtidos para sabermos se o esforço foi satisfatório.

Serephina aproveitou o hiato de silêncio e perguntou:

— Rufélius, você sabia que o barco tinha explosivos?

— Cara Serephina de Magnum, eu, às vezes, os levo, a depender do labor a ser realizado. Devo ter me olvidado de retirá-los.

Antuã ainda estava assustado e chateado.

— Estão vendo? Não fui eu quem os trouxe! Por que não avisou para eles antes, cavalo alado Rufélius?

— Perdoe-me, caro curupê. Estava deveras exaurido e não conseguia me expressar. Solicito sinceras escusas.

Antuã fez uma careta e depois colocou o rosto entre as mãos:

— Tudo bem. O problema é comigo. Devo estar enlouquecendo!

— Estimado Antuã, acalme-se. Muito acredito ter sido obra da Esfinge, bem como ocorreu com o estimado Victor – Alaxmaner tentava acalmar o curupê.

— Parecia tão real. Eu não sei o que aconteceu – disse Antuã.

Victor tinha certeza de que os cabelos flamejantes sob o chapéu vermelho do curupê estavam azuis bem escuros. Se seus cabelos também pudessem demostrar seu estado de espírito, também estariam azuis. E ele, assim como o curupê, achava que estava enlouquecendo cada dia a mais em que permanecia em Crux.

Ao chegarem no Trapiche da Sabedoria, Victor e os demais desceram do barco, que foi prontamente guardado pelos ursos que trabalhavam no local. Alaxmaner olhou para os cavalos alados e falou:

— Não tenho palavras para expressar-lhe a gratidão pelo auxílio e pela discrição de vocês, haja vista que sabiam e respeitaram o caráter sigiloso da expedição.

— Eu que agradeço a oportunidade de poder ajudá-los. Gostaria de convidá-los para se alimentarem em meu estábulo – disse Rufélius.

— Agradeço o gentil convite. Contudo, teremos que decliná-lo. Fazemos muito gosto de sua agradável companhia, estimado Rufélius, bem como dos estimados Nituro e Serephina. Todavia, temos pressa para analisar os dados da nossa expedição.

– Tudo bem, nos veremos em breve.

– Até breve!

– Vocês vão na Decapluvis Magna? – perguntou Nituro.

– Ainda não decidimos – respondeu Alaxmaner.

– Eu não perderia por nada – disse Rufélius.

– Nós também não! Faça um esforcinho, Alax! – disse Serephina.

Assim que ficaram a sós, Flora falou:

– Olha, eu até gostei do tal Nituro e da Serê, maravilhosa! Mas aquele seu amigo manco, só pela magia! Que pelinha!

– O estimado Rufélius teve uma infância e uma juventude difíceis. Seus antepassados sempre foram influentes à coroa do Reino de Magnum, desde a formação do Grande Reino Unido de Crux. Entretanto, não sei se, devido ao excesso de cobrança dos genitores, se falta de interesse próprio ou mesmo falta de dom, o estimado Rufélius nunca se destacou em nada que tenha feito. Sua insegurança o afastava dos cavalos alados. Eu nunca fui muito próximo a ele. No entanto, não o refutava como os demais e, com isso, ele passou a me enxergar como um amigo. Como eu disse, há anos não nos víamos. Ele deve ter me procurado por algum motivo que ainda não pôde me contar. Talvez por essa razão esteja tão interessado na nossa companhia. Além do mais, o estimado Rufélius tem nos auxiliado bastante, estimada Flora – disse Alaxmaner.

– Uma coisa não exclui a outra, exclui? Continua sendo muito chato. E os outros dois?

– Nituro e Serephina são cavalos alados lisos. Eles não tiveram as cobranças de Rufélius, o que não significa que tenha sido mais fácil para eles. Nituro e Serephina são amigos de infância. A origem deles é muito humilde. Seus pais se esforçaram ao máximo para que eles tivessem um futuro melhor. Os pais de Nituro tiveram morte prematura por servirem de experimentos aos quínios. Os pais de Serephina continuam vivos, mas em situação deplorável pelos anos de exploração. O trabalho de Nituro e Serephina é penoso. Trabalham de sol a sol carregando sementes de uma plantação a outra, mas ainda sim é muito melhor que dos seus pais. Eu os conheci quando comecei a me interessar pelo arbol.

Lis escutou inexpressiva toda a explicação do cavalo alado e disse:

– Todos têm seus motivos para não o quererem bem, Alaxmaner.

— Você, mais uma vez, está correta, estimada Lis — Alaxmaner respondeu. — Agora é hora de nos apressarmos. É melhor não mencionarmos nada sobre o que disse o Oráculo de Eurtha durante o caminho. Ao chegarmos à arvore, discutiremos sobre o que aconteceu e o que foi dito.

Tão logo Alaxmaner terminou de falar, um enorme raio caiu ao longe seguido por um estrondo.

— Ainda tem essa chuva horrorosa. Pode não ser a tal Decapluvis, mas é muito assustadora! Vamos, panga! É melhor não ficarmos em ambiente aberto. Muito menos perto da água — disse Flora e suspirou. — Tanta sabedoria em forma de fada! Sou quase uma enciclopédia! Daquelas de capa dura, claro!

Havia raios no céu e barulhos ensurdecedores de trovões. No entanto, onde eles estavam, o céu ainda estava claro e sem nuvens. Enquanto comiam uma refeição que Joca havia preparado, Alaxmaner começou a conversa:

— Estimado Antuã, você permaneceu calado durante todo esse tempo. Não se culpe. Não foi você, foi a Esfinge de Eurtha.

— Verdade, parceiro! — disse Joca dando tapinhas nas costas do curupê. — O parceiro ali também endoidou, quase se matou e *tá* sem remorso nenhum.

— Eu vi a sereia! Ela tocou em mim. Ela falou comigo. Eu falei com ela. Não pode ter sido um delírio! — disse Victor.

— Os escorpiões também não! — disse Antuã.

— Então, os dois *endoidou* igual e *tá* com remorso — disse Joca lambendo a pata de melado.

— Não estamos doidos iguais, urso Joca. O humano Victor não explodiu a pedra, nem quase matou vocês. Ele não fez a pedra alterar de estrutura e muito menos nos denunciou.

— Isso é verdade — disse Flora, pensativa.

— E se tudo isso foi um surto coletivo? — perguntou Victor. — E se a serpente foi uma alucinação?

— Eu? Louca? Está maluco, garoto? — reclamou a fada.

— Não acredito ter sido delírio coletivo, estimado Victor. Assim como não acredito que o que fez tenha sido intencional, estimado Antuã. Não se culpe e não se preocupe. Ficaremos bem e logo estaremos seguros. O que me leva ao segundo tópico da conversa: o Oráculo de Eurtha.

– Uma completa perda de tempo. Eu já tinha cantado a pedra, muito antes de a pedra aparecer, mas ninguém escuta a sábia fada.

– Estimada Flora, as mensagens dos oráculos são incógnitas que devemos decifrar – disse Alaxmaner.

– Decifra pra mim então o "tu carregas a resposta contigo". Vocês não perceberam que ela sempre duplica a resposta? Aquela serpente, além de perversa, é preguiçosa! Ou então, está com defeito...

– Mas sua pergunta foi desaforada – disse Lis sem elevar a voz ou olhar para a fada.

– O que *ocê* perguntou, docinho?

– Uma pergunta de vida ou morte, Joquinha! Eu quis saber como eu conseguiria o vestido para o Festival Fada Mais.

– Ah! Só uma fada besta para fazer uma pergunta dessa! – esbravejou Antuã. – Você já não catou o vestido da amiga fada para isso?

– Esse trapo? De jeito nenhum! E eu não "catei", pela Rainha da Magia! Eu peguei emprestado, agonia! Pelo menos eu não tentei matar ninguém, não é verdade?

– É verdade – respondeu Antuã cabisbaixo. – O que mais o oráculo falou?

Alaxmaner explicou:

– Primeiro nos apresentamos e o reverenciamos. Depois pedi esclarecimento por termos sido enviados para o Vale dos Exilados e Lis sobre a construção do forte e as respostas foram as mesmas. Estou tentando me recordar...

Lis o interrompeu:

– Conheceis o perigo da aliança entre as gotas de água e as gotas de sangue sob raios solares incidentes em uma casca de abóbora na qual desabrocha uma violeta. É o que modifica os três pilares da realidade: a história, o espaço e o tempo.

– O que isso quer dizer? – perguntou Antuã.

– Absolutamente nada! Aquele oráculo saiu vomitando palavras aleatórias. Sol, mar, flor! – disse Flora. – Depois eu perguntei sobre o meu vestido e a minhoca perguntou como ele fazia para voltar para casa e adivinha o que aquela serpente besta falou?

– O quê? – perguntou Joca lambendo sua pata.

– Que nós já temos a resposta. A mesmíssima coisa, pra mim e pra ele. Uma ridícula, aquela serpente. Pensando bem, foi até bom você tê-la explodido, terrorista. Agora ninguém mais precisa perder tanto tempo e passar tanta raiva como nós passamos.

– Estimada Lis, cuja memória é admirável, poderia nos repetir o que disse o Oráculo de Eurtha, por gentileza?

A quínia falou, pausadamente:

– Conheceis o perigo da aliança entre as gotas de água e as gotas de sangue sob raios solares incidentes em uma casca de abóbora na qual desabrocha uma violeta. É o que modifica os três pilares da realidade: a história, o espaço e o tempo.

Alaxmaner pensava alto:

– Três pilares da realidade? Teríamos sido presos por alterarmos algo da história do Grande Reino Unido de Crux? Não consigo enxergar razão ou sentido.

– Mas *ocê* percebeu que tem uns *troço* de sangue? – perguntou Joca com os olhos arregalados. – E se alguém aqui cometeu um crime?

– Eu já cometi alguns, mas nunca matei ninguém. Talvez no Vale dos Exilados, mas estava tentando nos proteger – disse Antuã.

Flora olhava para Lis, que não se manifestou. A fada, então, questionou:

– E você, selvagem, quantos matou a sangue frio?

– Nenhum.

– E a sangue quente?

– Jamais matei. Imobilizei, amarrei, até mesmo feri, mas nunca de forma fatal.

A fada respirou mais aliviada, mas logo seu semblante mudou e ela gritou irritada:

– Pelo amor da Magia! Aquela serpente falou de uma flor saindo de uma abóbora. Isso não tem a menor credibilidade! Todos sabem que é a abóbora que sai da flor! Vocês estão todos malucos! E vão ficar mais malucos ainda tentando descobrir essa palhaçada toda!

Alaxmaner parecia cansado e decepcionado:

– Apesar de refletir bastante, não consigo elucidar nenhum trecho do que nos falou o Oráculo de Eurtha. É um verdadeiro enigma!

– Se você não consegue, quem me diz eu, que nem daqui sou – falou Victor desanimado, que, secretamente, também havia decorado as palavras do Oráculo de Eurtha. – Alguém aqui conseguiu pensar em alguma coisa?

— Nada — disse Joca lambendo o melado como se não estivesse preocupado.

— Eu também não — disse Antuã.

— Não sei o que é pior. A serpente olhuda não falar nada com nada ou vocês tentarem entender alguma coisa — disse Flora.

Victor suspirou. Seus planos de retornar para casa foram adiados, mais uma vez, por tempo indeterminado. Ele perguntou, desanimado:

— Ninguém tem nem uma mísera ideia? Teoria, que seja? Lis, você não falou nada. Pensou em alguma coisa?

A quínia estava sentada e escorada na árvore quando suspirou e respondeu em tom baixo sem olhar para os demais:

— Pensei, mas melhor não compartilhar.

— Por favor, se tem alguma ideia, qualquer uma que seja, divida com a gente — pediu Victor sem o menor ânimo.

A quínia respirou fundo e falou:

— Conheceis o perigo da aliança entre as gotas de água e as gotas de sangue sob raios solares incidentes em uma casca de abóbora na qual desabrocha uma violeta. É o que modifica os três pilares da realidade: a história, o espaço e o tempo.

— Só repetiu o que aquela troça lá já disse. Pela terceira vez. Outra para o time dos malucos desse grupo — disse a fada.

A quínia não respondeu. Alaxmaner perguntou:

— Estimada Lis, você tem alguma hipótese para esse enigma?

— Estava pensando em alguns fragmentos. Pensei que nós podemos ser os três pilares da realidade. Eu e Victor somos o pilar dos humanos. Alaxmaner e Joca são o pilar dos animais. Flora e Antuã são o pilar das criaturas entre humanos e animais. Nós nos juntamos por um objetivo comum: descobrir a verdade do que está acontecendo de estranho no Reino de Crux e para isso modificamos a nossa história, o espaço e o tempo escapando do Vale dos Exilados. O raio, incidindo na violeta, pode ser o raio que descongelou a Montanha Diminuta e a abóbora, o barco. Navegamos nas gotas de água que formam o Rio Cor e fomos atacados no forte, que pode ter sido simbolizado pelas gotas de sangue. E, ainda assim, consigo ver mais interpretações para algumas dessas alegorias.

— Belo resumo do que aconteceu, fofa! Mas não explicou nada — disse Flora.

– Obrigado por compartilhar, estimada Lis. Concordo que não esclareceu, porém foi uma importante tentativa.

– Como eu disse, além do resumo do que nos aconteceu, eu acho que uma das interpretações pode ter deixado algumas ideias implícitas – continuou a quínia. – Por exemplo, quando um raio de sol incide em alguma superfície, ele deixa claro, ilumina, clarifica, esclarece.

– Esclarece o quê, minha filha? Uma violeta em uma abóbora flutuando em um mar de sangue? Onde já se viu? – perguntou Flora, irritada.

– Exato, onde já se viu?

– O quê? Uma violeta saindo de uma abóbora, brotinho? – perguntou Joca.

– Quais são as cores tradicionais da Decapluvis Magna? – perguntou Lis. Alaxmaner arregalou seus dois olhos:

– Roxo e laranja.

– Em um mar de sangue? – Antuã estava assustado. – Então, uma tragédia está para acontecer.

– Não, o mar de sangue foi por conta da Flora. O oráculo fala em gotas de água com gotas de sangue. Acredito que algo de vital importância acontecerá na festa Decapluvis Magna, que eram as tempestades mais temidas no Reino de Magnum, ou seja, muitas gotas de água causando muita destruição.

– E o que isso significa? – perguntou Victor.

– A meu ver... – a quínia começava a falar, mas foi interrompida pela fada.

– Continuo achando que essa menina está delirando. Deve ter sido o sol. Ou os raios de sol que a tal serpente falou. Até agora você só está fazendo igual a ela, jogando palavras soltas e sem sentido! Se tem alguma coisa de importante, fala logo, que eu não tenho o dia inteiro à sua disposição, linda!

– Fada besta, se você prestasse atenção nas coisas ao seu redor e não em você, teria escutado! Ela disse que alguma coisa vai acontecer amanhã na festa – respondeu Antuã.

– Eu acho que o que vai acontecer, possivelmente, responde às nossas perguntas. O porquê de vocês terem sido enviados ao Vale dos Exilados e o motivo da construção do forte.

Victor estava em parte feliz, mas não conseguiu disfarçar a tristeza que o afligia.

– Não está contente, estimado Victor?

– Muito, Alaxmaner. Feliz por vocês. Já por mim... o oráculo disse que eu já tenho a resposta. Mas se eu a tivesse mesmo, já teria voltado.

A quínia pigarreou e Victor olhou para ela, que continuava olhando o horizonte:

– Eu acredito que o Oráculo disse isso porque assim que soubermos a nossa resposta, teremos a sua também. Uma resposta carrega a outra – respondeu a quínia.

A esperança de Victor havia retornado.

– Lis, você é um gênio!

A quínia manteve-se inalterada.

– Segura seus hormônios aí, fofo! É tudo uma grande suposição. Aliás, a única que conseguiram espremer daquele Oráculo. E minha resposta? Alguém tem ideia do que significa? – disse a fada.

– Mas você já tem o vestido, fada Flora! Você quer um novo e está sem Denus. Se me pedir com carinho, eu resolvo isso fácil para você – disse Antuã com um largo sorriso no rosto.

– Rainha da Magia é mais!

Alaxmaner olhou para o céu e a feição do seu rosto mudou. Enormes nuvens negras vinham do leste do Reino de Magnum em direção a eles.

– A chuva se aproxima. Essa árvore não nos protegerá da tempestade que se forma. Eu conheço o abrigo ideal para nós.

– Peraí, pangaré! Você conhece um lugar ideal desde sempre e nos trouxe para uma birosquinha de uma árvore quase sem galhos?

– Escusas, estimada Flora. Esse local me veio em mente apenas nesse instante.

– Inacreditável!

...

Alaxmaner carregava Victor, Joca, Flora e Antuã, e Lis seguia o caminho indicado por ele. O curupê, então, quis saber para onde estavam indo.

– Vamos à casa do cavalo alado Rufélius, cavalo alado Alaxmaner?

– Ah, não! Eu prefiro ficar encharcada pelas gotas de água da chuva a aguentar aquele chato branquelo – disse Flora.

– Não acho que seja prudente, estimado Antuã, ainda precisamos conversar sobre o enigma e a Decapluvis Magna.

– E aqueles outros amigos, cavalo alado Nituro e égua alada Serephina?

– Os estimados Nituro e Serephina dormem com todos os outros cavalos alados lisos no Estábulo do Pequeno Pasto, também não é sensato, além de ser demasiadamente longe.

– Então, para onde vamos?

– Para a Gruta Escoliótica.

– *Ocê* sabe, pelo menos, onde fica essa gruta, parceiro?

– Salvo algum equívoco, estimado Joca, está relativamente próxima a nós.

12

Victor viu um raio cair no horizonte. O trajeto até a Gruta Escoliótica durava algumas horas, tempo muito maior do que o estipulado por Alaxmaner e, há muito, a chuva havia chegado. O céu escuro anunciava a noite.

– Uma caverna! Ali! – Antuã gritou, apontando com a pata melada.

– Não, estimado Antuã. Aquela não é uma caverna. É a própria Gruta Escoliótica.

– Já não era sem tempo, pangaré! – reclamou a fada.

Victor perguntou ao cavalo alado:

– Alaxmaner, você não sabia onde ficava essa gruta?

– Sabia a localização no mapa. Entretanto nunca fui, presencialmente, a ela. Imaginei que sua localização estivesse mais próxima a nós. Solicito escusas.

– E eu solicito uma bifa nessa sua cara de cavalo! – respondeu Flora.

A Gruta Escoliótica era uma rocha arredondada, com o formato semelhante a duas curvaturas do dorso de um camelo. Havia um grande átrio e, ao fundo, duas entradas, uma para cada curvatura. Assim que chegou, Alaxmaner deitou-se e não se levantou mais. Joca viu uma pilastra ao fundo e correu até ela para se deitar. Após um tempo, já era possível escutar a respiração ressonante do urso em sono profundo. Victor retirou os bolsões de Alaxmaner para ele ficar mais confortável.

– Um aviso – disse o cavalo alado. – Devemos permanecer apenas no átrio, uma vez que não sabemos se conseguiremos sair caso adentremos na Gruta Escoliótica.

– Como assim? – perguntou Victor.

– Eu não saberia dizer por qual entrada nós conseguiríamos sair após adentrarmos.

– Continuo sem entender? A que der para entrar é a verdadeira, não?

– Não, estimado Victor. Gostaria que fosse tão simples quanto pensa. Desde o experimento realizado pelo professor Eliberte, ninguém mais intentou entrar na Gruta Escoliótica. Há muitos anos, já era sabido que muitas criaturas adentravam a gruta Escoliótica e não retornavam. Nunca houve consenso se era pela entrada do sul ou pela do norte, pois algumas criaturas juravam ter entrado e retornado por uma ou por outra. O professor Eliberte decidiu fazer um teste para elucidar a questão. Ele selecionou dez cavalos alados lisos e os pediu para que entrassem na gruta, permanecessem por cinco segundos e retornassem, mas fez o experimento em momentos distintos. Cinco dos dez cavalos alados lisos deveriam entrar na abertura sul e cinco na abertura norte. O resultado foi espantoso: apenas quatro dos dez cavalos alados retornaram. Um da abertura sul e três da norte.

– O que aconteceu com os outros seis? Se perderam lá dentro?

– De acordo com a descrição dos quatro cavalos alados lisos que retornaram, era somente entrar e sair. Não havia razão para se perder lá dentro e nenhum cavalo alado desaparecido foi encontrado posteriormente. Não se sabe o que aconteceu com os que não conseguiram retornar.

– Macabro. Não estou gostando muito de ficar aqui. Lugar estranho esse que você nos trouxe, cavalo alado Alaxmaner. Eu é que não vou chegar perto de nenhuma dessas aberturas! – disse Antuã assustado, colocando no chão alguns alimentos que havia trazido.

Enquanto comiam, mesmo exaustos, os cinco despertos se esforçavam para continuar o assunto que a chuva houvera interrompido. Victor perguntou:

– O que vamos fazer, então? Vamos à festa?

– Eu acho que temos que nos expor. Ou melhor, acho que devemos expor o Victor – disse Lis.

– Enlouqueceu de vez a coitada. Até pouco tempo deu o maior esfrega no pangaré, dizendo que ele gostava de se mostrar pra Crux toda. Agora acha que a minhoca tem que sair da terra pro mundo o ver. A bonitinha não sabe o que quer – disse a fada, ao deitar-se na barriga de Alaxmaner e fechar os olhos.

– Não é que eu não saiba o que quero, Flora. Quem está por trás disso já sabe da existência do Victor. Não apenas sabe da existência dele, como também deve estar muito curioso para saber como ele chegou aqui. Lembrem-se de que ele apareceu do nada, na frente de vários

Mercenários. Além disso, eles já sabem que ele não está mais no Vale dos Exilados. Aliás, sabem que nós também não estamos. Sofremos um atentado no estábulo do Alaxmaner. Eles nos procuraram desprevenidos. Agora, estamos preparados e devemos deixá-los chegarem a nós. Ou melhor, ao Victor. Aí teremos as respostas que tanto desejamos – respondeu Lis.

Victor engoliu a seco. Ele não sabia se estava muito confortável com essa ideia e achou muito estranha a proposta de Lis. Logo ela que escondia o seu passado. Logo ela que era incapaz de olhar para ele. Victor ainda não havia sanado as suspeitas sobre a quínia. Entretanto, apesar de toda a desconfiança, ele reconhecia que ela o havia salvado diversas vezes e não merecia ser desacreditada por algumas conclusões parciais e, talvez, preconceituosas. Ele estava confuso e queria ter mais tempo e menos cansaço para pensar, quando a voz de Antuã o trouxe de volta à conversa.

– Você está sugerindo, humana Lis, que a gente arrisque o pescoço do humano Victor, ainda por cima correndo o risco ser pego? Pura adrenalina! Estou dentro! – disse Antuã.

– Estimada Lis, suas ideias são coesas, contudo deveras arriscadas, em especial no que se refere ao estimado Victor.

– Arriscado para todos nós, Alaxmaner. O que sugere? O Victor já deixou claro que quer voltar logo para casa. E vocês? Não querem voltar a viver livres, sem medo de que alguém possa estar atrás de vocês o tempo todo?

– Sim. Você está correta. E o que você ganha, estimada Lis?

Lis não esperava a retrucada e calou-se.

– O que vocês outros pensam sobre isso? – perguntou Alaxmaner para os demais.

– Uma festa, ai que tudo! Claro que eu vou participar! – Flora ficou, de repente, desanimada. – Mas é só de pangaré alado, não é? Nossa, que tédio. Prefiro sumir em uma dessas duas entradas aqui. Do jeito que eu estou com sorte, esse buraco vai me levar pro Pequeno Pasto para dormir com aqueles cavalos alados suados e fedidos.

– Fada Flora, não vamos à festa pela diversão! Vamos nos arriscar para descobrir por que fomos parar no Vale dos Exilados – disse Antuã.

– Não estou nem aí para isso, fofo. Só vou porque é festa. Mas já aviso, se a festinha estiver morna, eu dou meia-volta e deixo vocês por lá.

– Os estimados Antuã, Lis e Flora consideram essa uma boa opção. Entretanto, é você, estimado Victor, quem está em situação de maior risco. Qual a sua opinião? Está disposto a se expor?

Victor pensou um pouco e respondeu:

– Se pode ser, além da resposta que vocês estão esperando, o meu passaporte de volta para casa, que assim seja.

– Se assim deseja, estimado Victor, agradeço sua coragem e determinação em também ajudar-nos. Agora vamos repousar para que amanhã, descansados, possamos pensar na melhor estratégia para adentrarmos a Decapluvis Magna.

Alaxmaner esperou Flora, Victor e Antuã se deitarem em sua barriga para cobri-los com sua asa, como de costume.

Victor não tinha percebido que era dia até escutar um grito da quínia:

– Joca, não!

Alaxmaner levantou-se de uma vez, derrubando Flora, Victor e Antuã. O jovem, semiacordado, procurou pelo urso, mas não o encontrou. Lis estava em frente à abertura sul da Gruta Escoliótica ajoelhada no chão e olhando para frente. Alaxmaner cavalgou em sua direção:

– Não me diga, estimada Lis, que o estimado Joca adentrou-se por essa abertura da Gruta Escoliótica.

Após se aproximar de Lis e Alaxmaner, Victor notou que o olhar da quínia era desolador. Seus lábios não precisavam responder, seus olhos fixos na abertura da gruta não deixavam o menor resquício de dúvida. Antuã avizinhou-se e, ao se deparar com o semblante da quínia, falou:

– Calma, humana Lis! Ele vai voltar, eu tenho certeza – disse Antuã.

– Esse urso, além de porco, é burro! Por que dormir tão cedo e não prestar atenção na droga da história das duas entradas dessa caverna ridícula e horrorosa? Que ódio desse idiota pançudo! – Flora não conseguia disfarçar a preocupação no seu tom de voz.

– Asserenem-se. Vamos aguardar o retorno do estimado Joca. Devemos nos lembrar de que nem todos os que adentram a Gruta Escoliótica permanecem com paradeiro desconhecido.

Todos os cinco se mantiveram em silêncio enquanto o urso não retornava. Lis não saiu da mesma posição desde a hora em que Victor acordou. Flora não aguentou e começou a chorar:

– É só quarenta por cento que volta! É menos da metade! Será que o último que entrou saiu? Tomara que não, para aumentar a chance de o Joquinha sair!

– De probabilidade você não manja mesmo – retrucou Antuã.

– Cala a boca, meliante. Me deixe sofrer em paz! – respondeu a fada.

Alaxmaner, visivelmente abatido, falou:

– O que aconteceu foi uma terrível fatalidade. Caso o estimado Joca houvesse dormido conosco, como em geral ocorre, teríamos percebido seu despertar e impedido sua entrada na Gruta Escoliótica.

– Acha que ele pode voltar, Alaxmaner? – perguntou Victor.

– Não podemos perder as esperanças.

– O que ele teria para fazer dentro de uma caverna escura e fria? – perguntou Flora nervosa.

– Olha o que eu achei! – disse Antuã, segurando o pote de Joca. – Duvido que o urso Joca não saia dessa gruta agora!

– Passa isso pra cá, mão leve! – respondeu Flora com lágrimas nos olhos, arrancando o pote das mãos de Antuã.

A fada sentou-se no chão e fixou o olhar no pote. As lágrimas escorriam enquanto ela dizia baixo, como se falasse apenas com o pote:

– Volta, Joquinha. Volta.

Antuã abaixou-se e abraçou a fada que, de imediato, o empurrou:

– Sai fora, chulé! Estou triste, mas não estou maluca pra querer abraço de um ladrão fedorento e esquentadinho!

– Insuportável!

Após um tempo, a esperança dava lugar à melancolia e Victor não conseguia acreditar. Joca não havia retornado. Ele havia perdido um amigo. Após tantos dias juntos a união havia sido tão intensa quanto o vínculo criado. A perda de um membro do seu grupo era como perder alguém da família e Victor não queria acreditar nisso. E não era o único, já que todos estavam distantes, cada um demonstrando em maior ou menor intensidade a dor pela partida do urso. Ou culpa. O jovem se aproximou de Alaxmaner:

– Estou preocupado com a Lis. Ela age como se tivesse responsabilidade pelo que aconteceu com o Joca.

– Porque ela acredita que tem, estimado Victor.

– Nenhum de nós tem – disse Victor.

– Ao contrário, estimado Victor. Todos temos. É nosso dever cuidarmos uns dos outros.

Victor calou-se. Não havia mais nada a dizer. O silêncio tomou conta do ambiente, quebrado apenas pelos cantos de alguns passarinhos que insistiam em ser alegres. Alaxmaner respirou fundo e falou:

— Apesar de toda a nossa tristeza, precisamos seguir em frente com o nosso propósito e decidir como procederemos na festa de hoje. Por nós e pelo finado estimado Joca.

O silêncio voltou a imperar entre eles. Escutar finado estimado Joca era duro demais. A fada tentou fingir animação, enquanto fitava o pote como se olhasse através dele:

— A festa já começa agora? Nem tenho roupa ainda.

— Acho que é à fantasia, ou viajei? — Antuã falava com o rosto apoiado no punho.

— Sim, estimado Antuã, a Decapluvis Magna é à fantasia. Acredito que teremos que procurar algum corante. Porque dificilmente obteremos fantasias a tempo.

— Quem disse, parceiro? — uma voz grossa e áspera ecoava pelo átrio da Gruta Escoliótica.

— Joquinha!

Flora correu para pular no pescoço do urso que acabara de sair da abertura sul da Gruta Escoliótica, e foi seguida por Victor, Alaxmaner e Antuã. Ele carregava um grande lençol arrastado pelo chão.

— O que aconteceu, parceiro? Parece que *ocês tá* vendo um fantasma! — Joca não conseguia entender — Isso tudo é fome? Eu faço um pratinho *pr'ocês*.

Todos rodeavam o urso, ou melhor, quase todos. Lis permanecia escorada na pilastra com um meio sorriso sincero no rosto. Após o tumulto e a gritaria da comemoração do retorno de Joca do interior da Gruta Escoliótica, ele não parecia estar entendendo muito bem o motivo daquela reação exagerada. Joca olhou o pote de melado na mão de Flora e falou:

— Que bom que agora *ocê* gosta, docinho! À disposição.

— Dessa nojeira? Nem morta! — respondeu a fada para o urso, empurrando o pote para sua pata livre.

Lis aproximou-se de Joca e falou:

— Que bom que está bem, Joca.

— Também acho, brotinho. E *ocê*? *Tá* bem? *Ocê tá* tão vermelhinha — perguntou, oferecendo o pote para Lis.

— Não importa. O importante é que você está aqui e está bem — disse ela ao recusar o melado.

Joca sorriu, mas parecia confuso. Antuã tentou abrir a trouxa que o urso carregava.

— Alerta bandido! — gritou Flora.

Antuã ignorou a fada e falou:

— Isso é um lençol? Estava dentro da gruta?

— *Ocê* precisa ver o que tem lá dentro, parceiro! — respondeu Joca, caminhando de volta para a abertura da Gruta Escoliótica.

— Não! — os cinco gritaram uníssonos.

Joca parou, assustado, e perguntou:

— *Ocês tá* tudo estranho. O que foi que rolou quando eu *tava* lá dentro?

— É que você estava dormindo quando Alaxmaner nos explicou que nem todo mundo que entra por essas aberturas da Gruta Escoliótica consegue voltar — respondeu Victor.

— *Ocê* tá falando de quê, parceiro? Eu entrei ali e saí.

— Estimado Joca, ficamos muito felizes pelo seu retorno. Contudo, o que o estimado Victor falou é real. Há anos que não entra ninguém nessa caverna, pois o professor Eliberte...

— Pode parar por aí mesmo, panga! Ninguém vai aguentar você contando essa história toda de novo, de jeito nenhum, pelo amor da Magia! — gritou a fada. — É o seguinte, Joquinha, um pangaré, metido a professor, resolveu fazer uma experiência e meteu dez pangarés pobretões aí dentro dessas entradinhas. Cinco para um lado, cinco para o outro. Desses dez, só quatro voltaram.

— E os outros, docinho?

— Viraram vento.

Joca arregalou o olho quando uma brisa tocou seus pelos. A fada se antecipou:

— Forma de falar, fofo. Ninguém sabe o paradeiro deles.

— *Tá* bom, docinho. Mas, por que *tava* tudo arrumado como se alguém tivesse morado ali?

— Como?

— É! Foi lá que eu arrumei as *fantasia* — Joca puxou o lençol e partes de uma armadura caíram no chão. — Ou melhor, uns *pedaço* de fantasia. Porque eu ia chamar *ocês* pra pegar o resto.

— O que é isso? — perguntou Alaxmaner.

— Uma fantasia de guerreiro que encontrei lá dentro. Tem um monte!

Flora e Antuã olhavam e apanhavam as peças na trouxa que o urso havia levado. Na maioria das vezes um queria ver a que estava na mão do outro, resultando em uma eterna disputa, tapinhas e beliscões. Enquanto Antuã puxava uma peça metálica da mão de Flora, ele disse para Joca:

— Isso não parece ser fantasia, urso Joca! Parece ser armadura de verdade.

— É mesmo, parceiro? — respondeu Joca admirado, lambendo o seu melado. — Bem que *tava* pesado.

Alaxmaner, que se mantinha pensativo, perguntou:

— Estimado Joca, você nos disse que, ao seu ver, alguma criatura havia morado lá dentro. Por qual razão acredita nisso?

— Sabe o que é, parceiro? Lá é bem aprumadinho, sabe? No início achei escuro, mas tropecei, caí e bati num espelho, que virou e recebeu luz de algum lugar lá dentro e mandou a luz pra outro espelho, que mandou pra outro espelho e foi mandando pra um monte de espelho. Quando eu vi, *tava* tudo claro. Aí eu consegui ver. Quando *ocê* entra, dá de cara com um laguinho. Do lado desse laguinho, tinha uma mesa com uns *papel*, umas *tinta seca* e uma cadeira. Os *papel tava tudo rabiscado*. As *parede* também. Do lado dessa mesa, tinha uma entrada com uma cama grande improvisada e um armário. Achei essas *fantasia* dentro dele. Esse quarto era mais escuro, porque a luz chegava mais fraca nele.

— Estranho. Deveras estranho — disse Alaxmaner franzindo o cenho.

— Também achei, parceiro.

Joca lambia o melado, quando se lembrou de algo. Virou-se para Victor e falou:

— Ah, parceiro! Lá no quarto tinha um violão parecido com o seu.

— Um violão? — perguntou Victor, intrigado.

— É! Muito parecido! Muito mesmo. Mas não tinha os *furo* e era muito velho.

— Uma criatura entrou e conseguiu morar lá dentro? Entrava e saía sem desaparecer? — perguntou Antuã.

— Cada vez mais estranho esse relato do estimado Joca.

— Tinha alguma ossada lá dentro, urso Joca? — perguntou Antuã.

— O meliante assassino já está farejando a carnificina? — interrompeu Flora.

— Pare com isso, fada Flora! Eu só estou tentando entender. Se uma criatura entra, mas não pode sair, e o Joca não viu lá dentro, pode ter morrido por lá.

— Ou então se escondeu. — respondeu Victor.

— Urso do poder! — gritou Joca — E eu roubei as *coisa* dele! Tenho que devolver!

— Não! — todos gritaram novamente.

— Não sabemos se você conseguirá retornar. Não sabemos como o habitante da Gruta Escoliótica adentrou, tampouco sabemos se consegue, de fato, sair — disse Alaxmaner.

— As *coisa* lá dentro parecia tudo abandonada. Mas não vi nenhuma ossada, não — disse Joca, mais calmo.

— Se for para levar em consideração o estado desse lençol, a criatura ou é eterna, ou já não mora aí há alguns séculos — disse Flora, fazendo cara de nojo para o tecido usado como trouxa para carregar a armadura.

Lis perguntou em tom baixo:

— Joca, por que você decidiu entrar em uma gruta desconhecida enquanto dormíamos?

— Queria buscar água, brotinho. Tanto pra matar a sede, quanto pra fazer o lanchinho da manhã — ele mostrou o cantil pendurado no pescoço.

— Dentro da gruta?

— As *caverna* tudo em Alba tem água, brotinho. Pensei que essa tivesse também. E tinha! — respondeu comemorando.

— Este não é o Reino de Alba, estimado Joca. Não se deve fazer o habitual em ambiente desconhecido. A periculosidade reside em pequenas atitudes impensadas como a sua de adentrar em ambiente sem prévio conhecimento. Seu retorno nos foi fortuno. Contudo, uma pequena decisão impetuosa pode resultar em um desfecho desagradável e, muitas vezes, sem retorno.

— Tá bom. Desculpa, parceiro. — O urso parecia triste.

— Não precisa escusar-se, estimado Joca. Apesar de toda a apreensão, devemos agradecer-lhe por nos trazer algumas entradas para a Decapluvis Magna. Ao menos um de nós conseguirá entrar, com essas partes de armadura. Creio que seja o estimado Victor – respondeu Alaxmaner com a asa apontada para a trouxa cheia.

O urso sorriu satisfeito:

– Vou preparar um lanchinho pra nós.

O dia estava nublado e alternava entre garoa e estiagem. Após tomarem um rápido café da manhã, Alaxmaner falou:

– Devemos nos decidir como vamos nos aprontar para a Decapluvis Magna.

Flora correu para perto da trouxa que Joca havia trazido gritando:

– Eu vou com essa armadura! – E abriu-a na ponta dos dedos. – Pela Rainha da Magia, quanto mofo!

– Eu acho que isso não dá em você não, fada Flora. Vai ficar muito grande, deixa eu ver em mim.

– Nem pensar, lalau! Você é muito miúdo e magrelinho. Vem cá, Joquinha, deixa eu ver uma coisa.

Flora tentou colocar as armaduras em Joca, mas ficaram muito apertadas em seu corpo rechonchudo.

– Quase enfartou a gente à toa, Joquinha. Isso não cabe em ninguém!

– Acho que cabe na Lis – Victor respondeu já abaixado e tocando nas armaduras.

– Parece estar incompleta e ao mesmo tempo tem algumas peças repetidas – respondeu a quínia.

– Eu já disse, brotinho. Eu só peguei o que deu. Acho que tinha mais de uma dessas. Peguei uns *pedaço* e vim embora. Pensei que *ocês podia*, depois, me ajudar a pegar o restante.

– Não há com o que se preocupar, estimado Joca. Podemos contar com o talento artístico da estimada Flora para simular dois combatentes feridos, cansados e abatidos, um pelo outro.

– Ótima ideia, Alaxmaner! – bradou Victor.

– Tudo sobra pra mim, viu? – reclamou Flora, com uma ponta de orgulho.

Victor e Lis separaram algumas peças para se vestirem. O rapaz ficou sem um espaldar e com uma perna toda desnuda, enquanto a quínia ficou com um braço e a metade de uma perna desnudos. Ambos ficaram sem o peitoral. Havia algumas outras peças que eles não entenderam muito bem o que eram e colocaram de qualquer jeito.

Joca enrolou o lençol velho na cabeça e falou:

– Vou de curupê! Meu cabelo é de fogo, olhem!

Victor e Antuã riram. Flora arrancou o lençol da cabeça de Joca e falou:

– Tira essa colônia fúngica daí! Vai querer ir justamente de curupê, fofo? Qualquer coisa é melhor. Que tal de árvore?

– Ah, docinho! Queria ir de curupê – respondeu o urso.

– Melhores criaturas de todo o Reino de Crux! – brincou Antuã.

– Seu sonho! – respondeu a fada, que se virou para Joca: – Quer ir de criaturinha pão com ovo, é problema seu. E você, pangaré? Vou arrumar um jeito de você de ir fantasiado de passarinho.

Alaxmaner franziu o cenho.

– Cavalos alados de linha não precisam de fantasia.

– Se a gente vai, você também vai, panga. Isso não é uma proposta.

O cavalo alado balançou a cabeça. A fada emendou:

– E eu vou de Dama da Floresta!

– Quem? – perguntou Victor.

– Atração principal do Festival Fada Mais.

– E eles vão saber que é fantasia?

– Como se pangaré alado soubesse alguma coisa que não seja do próprio reino deles – resmungou a fada

– E eu? Vou de quê? – perguntou Antuã.

A fada pegou o lençol no chão, envolveu Antuã no pedaço de pano e falou:

– Nós te enrolamos nesse lençol velho, mofado, cafona, que é a sua cara, e você vai de Servo Real de Crux. Combina bem com o seu tipinho.

Antuã respondeu com uma careta enquanto Victor e Joca sorriram. Flora colocou o indicador abaixo das narinas e falou:

– Esse pano vai atacar minha rinite. Vem, bonitinha, faça alguma coisa de útil aqui.

Lis caminhou até Antuã para retirar o lençol que o envolvia. De repente, seus olhos amarelados se arregalaram e sua mão tampou seus lábios com um suspiro. Alaxmaner perguntou:

– O que houve, estimada Lis?

— Alaxmaner, olhe isso!

Lis puxou o lençol com tanta força que jogou o curupê no chão.

— Ai! Não precisava disso, não! — reclamou Antuã.

O cavalo alado emudeceu. Joca, Antuã, Flora e Victor se aproximaram, mas não conseguiram compreender.

— O que tem nesses triângulos para vocês ficarem assim? — perguntou Antuã.

No canto do lençol, havia uma marca com quatro triângulos posicionados como uma cruz de malta, porém com triângulos mais compridos. A quínia estava visivelmente emocionada:

— Esse é o *Argentis Crux*. Ele é da época da unificação do Reino de Crux. Foi o primeiro brasão do reino. Cada um desses triângulos representa um dos reinos de Crux. O azul representa o Reino de Magnum; o vermelho, Rubrum; o lilás, Mimus e o amarelo, Alba. Esse triângulo laranja do lado de fora, entre o amarelo e o azul, representa Quini. Esse lençol carrega a história em seus fios há quase quinhentos anos.

— Será que o morador da Gruta era dessa época? Já deve ter morrido faz tempo, acho que nem a ossada deve existir mais! — disse Antuã.

A quínia continuava contemplando a imagem dos triângulos quando a fada interrompeu o silêncio:

— Olha, se tem uma coisa que eu detesto é ser estraga prazeres. Mas, bonitinha, temos uma festa para ir, e você já tem sua fantasia. Então, por favor, deixe de ser egoísta e não atrapalhe os outros a se arrumarem, por gentileza.

A quínia balançou a cabeça como se tivesse acabado de acordar.

— Você está certa.

— Claro que estou, fofa, sempre.

— Bom, então vou ver o que eu acho por aí para fazer a minha fantasia, a do Joquinha e do panga. Panga, eu que não vou maltratar meus pezinhos delicados, preciso dos seus serviços.

Alaxmaner assentiu e Flora foi ao seu encontro. Porém, antes de chegar, tropeçou em um metal que havia no meio do caminho.

— Quem foi o sem noção que deixou esse trambolho no chão? — perguntou a fada.

— Acho que foi você mesma — respondeu Victor.

— Disparate, garoto! Vamos logo, panga! Essa minhoca já está me dando nos nervos!

Flora montou em Alaxmaner e saíram em busca de outras fantasias. Victor abaixou-se e apanhou a placa metálica na qual Flora havia tropeçado.

— Olha, um peitoral! Quer, Lis?

A quínia recusou. Victor tentou colocá-lo, mas não conseguiu, e Lis foi ajudá-lo. Após ter o peitoral ajustado em seu tórax, o jovem virou-se para a quínia e perguntou:

— E aí? Ficou bom?

Lis deu um pulo para trás:

— Victor, não estamos vestindo uma armadura qualquer.

— Não saquei, brotinho — disse Joca.

— Olhe esse peitoral.

— *Tô* vendo. Parece o desenho de uma flor.

— Não é uma flor. São os mesmos quatro triângulos da *Argentis Crux*.

— O que tem? — perguntou Joca.

— Vocês não estão vendo?

Victor tentava olhar para o peitoral, esforçando-se para entender o que a quínia estava querendo dizer.

— Não? — respondeu Antuã, confuso.

— É quase o antigo brasão do Grande Reino Unido de Crux, falta apenas o arco unindo os quatro triângulos.

— E o que tem isso? — Antuã continuava sem entender.

— Esse não é um peitoral qualquer. É o peitoral da armadura de Cosmus! Acho que nós dois estamos compartilhando a armadura dele, Victor.

A quínia, que em geral não transparecia os sentimentos, estava bastante emocionada. Victor olhou para Antuã, que olhou para Joca, que olhou para Victor. Lis falou para o jovem:

— Victor, deixe-me retirar o peitoral. Deixe-me mostrá-lo para vocês.

A quínia o ajudou a retirar o peitoral e o colocou no chão.

— Estão vendo? As áreas triangulares são mais profundas na armadura. Se olharem bem, conseguem ver um cavalo alado no triangulo inferior, uma borboleta no triângulo esquerdo, uma dália no triângulo superior e um urso no triângulo direito, e uma coruja, fora dos triângulos, entre o direito e o inferior, que são os símbolos de cada reino. Cosmus ficou responsável pela *Anmus Totius*. E era aqui que ela ficava. Sempre com ele.

Os olhos da quínia estavam mareados quando ela terminou de falar, mas apenas Victor ainda prestava atenção. Lis, que parecia um pouco constrangida, apanhou o peitoral e o ajudou a recolocá-lo.

Flora e Alaxmaner retornaram quando Victor escrevia a canção do avô no chão de areia do átrio da Gruta Escoliótica. Ele escutou uma estrondosa gargalhada de Joca e procurou o motivo daquela euforia. Então, viu Alaxmaner todo amarelo com um bico muito comprido.

– Por obséquio, sem comentários – pediu o cavalo alado.

O bico se movia de acordo com o movimento de seus lábios. Antuã e Victor não resistiram e também caíram na gargalhada.

– Estão rindo de quê?

A fada parecia contrariada com a zombaria e desceu irritada do cavalo alado. Ela vestia um vestido verde. Seus cabelos volumosos estavam soltos e, perfeitamente, arrumados.

– E então, estou ou não estou a cara da Dama da Floresta?

– Deve estar – disse Antuã enxugando as lágrimas. – Já o cavalo alado Alaxmaner está um perfeito canarinho. Você também coloriu os bolsões?

– Sim, fofo. Trabalho completo. – A fada cerrou o cenho – Peraí, só a bonitinha e a minhoca anêmica estão prontos? O que vocês ficaram fazendo aqui?

– Deduções – respondeu Antuã.

– A brotinho acha que essa armadura é do primeiro Rei de Crux.

– O quê? – perguntou Alaxmaner, confuso.

– Não. Eu disse que essa armadura pertenceu ao Cosmus.

– Por que diz isso, estimada Lis?

Lis apontou para o peitoral em Victor. Os olhos de Alaxmaner arregalaram.

– Já falei, gente, é muito sol na cabeça da menina. Já está doida, já. Falando muita besteira! – disse Flora. – Encosta na pilastrinha aí e tira um cochilo, amada. Você está precisando.

– O que a estimada Lis fala é de muita relevância. Teria sido o cômodo citado por Joca utilizado por Cosmus, o pacificador? Mas como seria possível ele morar dentro da Gruta Escoliótica com necessidade de sair e entrar a todo instante?

– Talvez não fosse encantada naquela época – chutou Antuã.

– Isso não é encanto ou maldição, estimado Antuã. É a condição de sua arqueologia.

– Não sei a resposta para sua pergunta Alaxmaner. Mas, esse peitoral era o usado por Cosmus, o pacificador – respondeu Lis.

– Sim, o detentor da *Anmus Totius*. Estava sempre consigo. Portanto haveria apenas uma forma de obtê-la – disse Alaxmaner.

– Deve ter sido por isso que humano Caus o matou – concluiu Antuã.

– Ou não matou. Nós *acha* que o moço matou o outro e, às *vez*, o parceiro foi morar dentro da gruta que *ocês fala* que não pode entrar. Talvez ele não saiu pra não ser morto, de novo, pelo irmão – disse Joca, sendo vestido por Flora.

– Não fala, asneira, Joquinha – disse a fada.

– Eu achei que faz sentido – disse Victor.

– Eu também – respondeu a quínia.

– Sério, brotinho? – perguntou Joca, orgulhoso.

– Para quieto que eu preciso te vestir, agonia! – gritou a fada para o urso.

Após Flora vestir as roupas que havia feito para Joca e acender o mato em sua cabeça disse, apontando para o curupê:

– Ninguém vai enrolar esse pobre coitado no pano feio e mofado que nem ele, não?

– Eu sabia que você se importava comigo, fadinha! – respondeu Antuã com uma piscadela.

– Eu, me importando com você? Quero mais é que você se exploda! Temos uma festa para ir. Vamos nos apressar? – disse Flora, irritada.

– Isso não vai queimar minha cabeça, docinho? – perguntou Joca.

– Folha *inflamus*, fofo. Fica tranquilo, nunca para de queimar, a não ser que você jogue água. Então não tem perigo de ela ser consumida e queimar sua linda e fofa pelugem rosa.

– Ah, tá – respondeu Joca metendo o dedo dentro do melado.

Lis conseguiu colocar a manta em Antuã como se fosse um roupão com capuz por cima do chapéu *kolage*, e o curupê sorriu:

– Caraca! Estou igualzinho a um Servo Real de Crux. Vou fazer o desenho na palma da mão. Imagina geral com medo de mim?

– Menos, curupê, menos! É só olhar pra sua cara que todo mundo já sabe que o único serviço real que você pode fazer naquela festa é roubar umas duas palinhas de feno – disse a fada. – Vem aqui, bonitinha. Agora é a sua vez.

A fada caracterizou Lis e Victor como duelistas ensanguentados, inclusive com duas espadas improvisadas com galhos e folhas. Depois, montaram em Alaxmaner, exceto Lis, que, como de costume, preferiu caminhar a seu lado.

– E quando chegarmos lá, o que vamos fazer? – indagou Antuã.

– Acho que uma vez que estivermos dentro do Grande Pasto, devemos nos dispersar para ver se Victor fica, de alguma maneira, em evidência – respondeu Lis.

– Não seria muito arriscado para o estimado Victor estar sozinho? – perguntou Alaxmaner.

– Posso ir com ele, mas não acho interessante ficarmos juntos. Acho que ele sozinho é um atrativo maior para quem o persegue. Porque, assim, parece uma presa fácil. Na minha opinião, devemos nos dispersar, mas sempre nos mantendo sob a visão do outro.

Victor achava a ideia da quínia estranha, mas tentou se mostrar mais otimista do que estava:

– Então, vamos tentar resolver logo isso! De uma vez por todas!

13

A Gruta Escoliótica não ficava tão distante do Grande Pasto quanto Victor imaginava. Em poucas horas de cavalgada ele viu uma área bem iluminada e colorida, a qual julgou ser o local da festa. À medida que se aproximava do evento, Victor compreendia as sempre comentadas abismais disparidades entre o Grande e o Pequeno Pasto. O cercado estava intacto e em perfeitas condições. Parecia reluzir como um cristal e, apesar de parecer vidro, impedia a visualização do seu interior. As bandeirolas roxas e laranjas eram grandes estandartes maiores, mais bonitos, estilizados e pomposos do que as do Pequeno Pasto. Ao centro de cada uma delas, era possível observar o contorno do mesmo cavalo alado que Victor havia visto no brasão do Grande Reino Unido de Crux.

Já era noite quando chegaram ao portão do Grande Pasto. Havia dois enormes cavalos com asas gigantescas, responsáveis por fiscalizar a entrada da festa. Ali, estava um pequeno grupo de ursos, sem fantasias, pedindo para que eles autorizassem sua passagem.

– Apenas criaturas fantasiadas podem entrar na festa.

Ao escutar a resposta negativa, Victor descobriu que não se tratava de um cavalo, mas uma égua alada. Ela continha os ursos revoltos com uma única asa, o que não chegou a surpreendê-lo. O rapaz não compreendeu por que os ursos não fantasiados insistiam em entrar. Até ele já havia entendido sobre o pragmatismo dos cavalos e era claro que quem não estava fantasiado não entrava e ponto. Eles estavam e, portanto, passaram sem a menor dificuldade, deixando os ursos sem fantasia para trás.

Após ultrapassar os portões e olhar o interior do Grande Pasto, Victor se deslumbrou. Aquele lugar não era grande. Era imenso. Era muito maior do que se poderia imaginar. A grama era verde, úmida e tão bem cuidada que mais parecia um tapete gigantesco. Havia belas e frondosas árvores que deveriam, durante o dia, prover abrigo do sol e do calor aos cavalos alados de linha. Havia, também, vários pequenos lagos espalhados para que os cavalos alados pudessem saciar sua sede à vontade. Perto dos lagos, havia uma área direcionada para alimentação com matos e capins, que eram constantemente abastecidas por carroças repletas de refil carregadas por ursos. Era tudo muito limpo e organizado. A maioria dos cavalos alados se cumprimentava fazendo a mesma reverência pomposa de Alaxmaner. Os que não faziam deveriam ser os frequentadores do Pequeno Pasto e pareciam tão impressionados quanto Victor.

A divisão das áreas do Grande Pasto era setorizada e tudo era muito bem sinalizado com placas. Eles estavam na área de eventos, mas Victor podia ver as áreas de escola, de reuniões, de recreação, de discussão, de palestra, de saúde e tantas outras que ele nem conseguia enxergar. Antes de entrar, o jovem chegou a imaginar que o Grande Pasto seria um Pequeno Pasto maior, mas não era. Aquilo era muito mais do que grandeza, era grandiosidade. Talvez, até um pouco de soberba. Ao pararem próximo a um dos oásis de lago e alimentos, Alaxmaner abaixou-se para que Antuã, Victor, Joca e Flora pudessem descer:

– Se me permitem, vou me alimentar um pouco.

– Vou também, parceiro! Tem rango pra nós que é urso?

– Há, hoje, alimentos para todas as criaturas, estimado Joca. Não nos demoraremos. Nos aguardem aqui, por gentileza.

– Como se tivesse pra onde a gente ir nesse lugarzinho, né, fofo?! – disse Flora e, assim que Alaxmaner e Joca se afastaram um pouco, continuou: – Bem típico dos pangarés, não é? Dizem que tem comida pra todo mundo, mas não estão nem aí para o restante dos convidados! Só vejo os matinhos para tudo quanto é canto. E nós? Vamos comer o quê?

Nesse momento, um curupê de cabelos flamejantes alaranjados passou ao seu lado carregando uma bandeja na mão direita com pratos belíssimos e de aroma delicioso e outra na mão esquerda com bebidas e perguntou:

– Estão servidos?

Antuã e Flora não responderam e atacaram a bandeja de comida. Victor conseguiu colocar os braços entre a fada e o curupê e salvar dois pratos, um para ele e outro para Lis, que agradeceu.

Victor retirou a viseira, deu a primeira garfada e logo se arrependeu de ter entregado o outro prato para a quínia ou de não ter partido para o ataque como Flora e Antuã fizeram. Mas a festa era tão organizada e farta que não houve nem tempo para lamentações. Vários ursos e curupês passavam servindo tantos outros pratos e bebidas deliciosos. Victor comeu como se estivesse em Vitória. Enquanto comia, o rapaz observava ao redor. Havia muitos cavalos alados e ursos, alguns curupês e quase nenhuma fada ou humano. Sendo honesto, ele só havia visto Flora como representante do Reino de Rubrum e ele e Lis de humanos.

— Tem pouquíssimas fadas aqui, não? – perguntou Victor.

Flora estava deitada sobre perna de Antuã que, por sua vez, deitava-se no chão. Ambos quase não conseguiam se mexer após tanto comer. A manta de Antuã havia subido. Victor notou que o curupê havia aberto o botão da calça por debaixo do pano e respirava com dificuldade. Já Flora evidenciava uma barriguinha pelo vestido.

— Você acha mesmo que alguma fada iria vir para esse fim de mundo comer essa gororoba e escutar essa bandinha de fanfarra meia boca, fofo?

Victor nem havia percebido, mas, de fato, havia uma banda de fanfarra formada por ursos e curupês. Ao lado do palco, Victor viu um filhote branco de dragão e seu corpo congelou. Era muito real. O dragão caminhava em sua direção. Embora firmes, seus passos eram claudicantes e ele logo se lembrou do amigo de Alaxmaner.

— Olha! Eu acho que aquele dragão branco é Rufélius.

Victor acenou para o cavalo alado dragão, que o viu e retribuiu o aceno. Ao se aproximar, fez a sua saudação e falou:

— Boa noite, meus caros.

— Boa noite.

— Onde está o estimado Alaxmaner?

— Está ali, comendo.

O cavalo alado e o urso conversavam com Nituro fantasiado de Transfex Cão e com Serephina, vestida de Transfex Gato.

— Ele já deve estar voltando, disse que não demoraria.

— Ótimo. Se não for do desagrado de vocês, posso aguardá-lo aqui?

— Claro! Fique à vontade.

A presença de Rufélius causou um incômodo silêncio. Lis estava com o semblante mais fechado, o que fez Victor se arrepender de ter acenado para o cavalo alado branco. De repente, Flora se levantou do chão e falou:

— Que festa mais linda! E nós ainda não vimos nem a metade! Por que não damos uma volta?

Victor franziu a sobrancelha e olhou para Lis, que retribuiu encolhendo os ombros. Antuã parecia ter juntado todas as suas forças para se levantar e colocou a palma da mão na testa da fada.

— O que você comeu? Você está bem, fada Flora? Está querendo conhecer essa festa dos cavalos alados que você tanto criticou?

— Que eu critiquei? Endoidou? Não consegue enxergar a beleza desse lugar? Como é lindo! – disse a fada. – Ei, você poderia me dar uma carona?

Victor não conseguia entender aonde a fada queria chegar com aquela encenação, mas achou que aquilo era exagero demais.

— Flora, não acho que seja legal você montar nele. Ele tá com a pata machucada, lembra?

— Não há incômodo algum, caro Victor de Quini. É um deleite, para mim, fazê-lo.

O rapaz estava desconfortável com aquela situação estranha. Flora elogiar a festa dos cavalos alados já era estranho. Querer conhecer mais da Decapluvis Magna, montada em Rufélius, o cavalo alado com quem ela tinha tanta implicância, beirava a loucura. Lis parecia pensar da mesma forma que ele. Enquanto a fada montava no cavalo alado fantasiado de dragão, Victor falou:

— Tudo bem, se você quer dar uma volta. Mas, me espera aqui, rapidinho, que só vou ali chamar o Joca e o Alaxmaner.

Antuã olhava para a fada sem entender nada. E ela respondeu para Victor, animada:

— Grita pra ele daqui! Vamos, Rufélius! Quero ver o que está acontecendo naquela área ali! – disse a fada ao apontar para a área de recreação.

— Espera um pouco, Flora! – pediu Victor.

A fada parecia não ter escutado e puxou a crina de Rufélius por debaixo da fantasia com tanta força que o cavalo partiu em disparada, mesmo coxeando. Lis falou, apreensiva:

— Eu vou correndo chamar Joca e Alaxmaner. Vocês dois sigam Flora e Rufélius. Não se preocupem conosco, daremos um jeito de encontrá-los.

Lis correu em direção ao oásis, enquanto Victor e Antuã correram atrás de Rufélius. Apesar de machucado, o cavalo alado branco trotava muito rápido, possivelmente pelos puxões de Flora em sua crina. O semblante da fada era de encantamento com cada detalhe da festa. Antuã também estava confuso. Victor falou:

— Só pode ser um plano.

— Isso não está certo. Se ela tinha um plano, era obrigação dela ter explicado pra gente antes de pular em cima do cavalo alado machucado — reclamou Antuã bufando com a barriga cheia.

Victor e o curupê pararam atrás do cavalo alado branco. Eles estavam na área de recreação, em frente a uma quadra enorme onde estavam alguns cavalos alados. Nem todos estavam fantasiados ou pintados. Eles batiam uma só asa uma única vez para que uma pequena bola voasse até um diminuto aro preso na horizontal, bem próximo da grama. Havia vários aros dispostos no campo. Quanto mais longe o aro acertado pela pequena bola, maior era a comemoração entre eles.

— Que esporte mais sem graça, se é que isso é considerado esporte mesmo! — disse Antuã. — Não tem contato, não tem movimento, não tem suor, não tem nada!

— Isso sim é um verdadeiro espetáculo! — respondeu Flora deslumbrada.

— O que está acontecendo?

A voz era de Alaxmaner. Joca estava montado no cavalo alado e Lis estava ao seu lado, com a respiração rápida e curta. Seu olhar era indecifrável. Antuã se antecipou e respondeu:

— A fada Flora está passando mal, só pode — respondeu Antuã.

— Estimada Flora, o que você está sentindo?

Quando Victor olhou para a fada, ela já estava com os olhos fechados e mãos na cabeça:

— Eu... eu... não estou me sentindo muito bem.

Sua voz era arrastada e seu corpo foi ficando cada vez mais flácido e ela não conseguiu mais se firmar em cima de Rufélius. Antuã conseguiu segurá-la e evitar sua queda no chão. Ele a deitou e deu-lhe três leves tapas em seu rosto.

— Fada Flora? Fada Flora?

A fada não respondeu e Antuã virou-se para Victor e falou:

— Acho que ela desmaiou.

Victor olhou para Alaxmaner como se pedisse socorro. O cavalo alado não apenas não respondeu, como virou-se de costas e cavalgou para a direção oposta, sem olhar para trás.

– Ei, pra onde *ocê tá* indo, parceiro? A docinho desmaiou! Parceiro? Volta! – gritou Joca, montado no cavalo alado.

– Alaxmaner, o que houve? – gritou Victor. – Será que ele também teve um plano e não quis con...

De repente Lis o agarrou com muita força pelo braço e perguntou:

– Agora você vai ter que falar! Como você veio parar aqui, Victor?

– Eu vim junto com você! O que está acontecendo com você? O que está acontecendo com todo mundo?

– Eu estou perguntando como você veio parar no Grande Reino Unido de Crux?

– Você sabe que eu não sei, Lis! Você diz que está tentando me ajudar, mas... – Victor viu seu violão nas mãos da quínia. – Lis, o que você está fazendo com o meu violão? Essas são as minhas roupas? Que horas você pegou isso no bolsão de Alaxmaner?

A quínia agarrou Victor pela gola e o puxou com tanta força que ele foi de um só solavanco em sua direção. As pontas de seus narizes se tocaram. A jovem olhava para o fundo dos seus olhos, não com seu habitual olhar amarelo e melancólico, mas furioso, irado e raivoso. Lis falou por entre os dentes:

– Me encontre no Grande Voador. Vá sozinho.

A quínia soltou sua gola e correu em direção a Rufélius:

– Ao Grande Voador! Vamos!

– Não faça isso, Rufélius! Cuidado com ela! Fuja!

Mas, já era tarde. Lis já estava montada no cavalo alado branco.

– A cara quínia sabe bem como domar um cavalo! – respondeu Rufélius cavalgando rápido, porém manco.

Victor olhou para Antuã, que retribuiu com olhar de decepção. Ainda segurando Flora em seus braços, falou:

– Eu não esperava isso da humana Lis.

Victor não respondeu. Seu sentimento em relação à quínia sempre foi dúbio, apesar de seus esforços para acreditar em sua idoneidade. Algo em seu olhar, sempre triste e hesitante, ou na dificuldade de compartilhar qualquer coisa a seu respeito, ou mesmo seu receio pelo toque de alguém. Era ela. Desde o início. Ela o viu aparecer do nada. Ela manipulou seu encontro com Alaxmaner, com Joca, com Flora e com Antuã. Foi dela a ideia de escapar pela Montanha Diminuta do Vale dos Exilados. Ela interpretou o enigma do Oráculo de Eurtha. Ela era a única acordada quando Joca entrou na Gruta Escoliótica. Ela, sempre ela. Ele a achava inteligente e, realmente, era, mas não para ajudá-los. Sua inteligência era a serviço próprio. Ela o capturaria, ganharia sua recompensa e fim. Victor teve seus pensamentos interrompidos por Antuã.

— Humana esquisita e muito reprimida. Uma hora a coisa explode mesmo.

Flora começou a se mexer e gemeu baixo:

— Ai, minha cabeça!

— Você está bem, fada Flora?

— Eu hein, sai de mim, carrapato! — Flora tentou empurrar o curupê.

— De nada, entojo! Quase caiu do cavalo alado Rufélius! Agradeça ao curupê Antuã aqui!

— Rufélius? Do que você tá falando, esquentadinho? Cadê as fadas que estavam dançando no palco?

— Fadas? — Antuã estava confuso. — Que fadas? Nós estamos no Reino de Magnum. Reino dos cavalos alados. Numa festa que eles dão para celebrar uma chuva eterna que não existe mais. Nós não vimos nenhuma outra fada aqui. Até porque você mesma disse que nenhuma fada gosta dessa festa. Qual foi a palavra que você usou? Pão com ovo? E o palco não fica aqui, fica para o outro lado. Na verdade, você veio para o lado errado.

— Eu jamais usaria uma expressão ridícula dessas, curupê! A não ser para falar de você! — disse a fada. — Eu tenho certeza de que tinha um monte de fadas cantando e dançando nesse palco! Cadê o palco?

Flora olhou para o campo de bolarte e constatou que, de fato, não havia palco algum e fez cara de nojo.

— Nossa, que aberração esse joguinho de pangaré alado.

— Eu não estou conseguindo entender! — disse Victor coçando a cabeça.

— Lis! — Antuã disse para Victor. — Só pode ter sido ela! Ela colocou alguma coisa na comida da fada Flora.

— A bonitinha é esquisitinha mesmo. Mas não encostou na minha comida — disse a fada.

— Você não deve ter visto. Estava comendo como uma ursa — retrucou Antuã.

— Está falando por quê? Acha, por acaso, que você estava comendo como um verdadeiro lorde? – ironizou Flora.

— Vocês poderiam parar de brigar? Nós temos uma situação muito séria aqui. Onde foi parar Alaxmaner?

— Por que a bonitinha colocaria alguma coisa na nossa comida? Aquela pobretona esfomeada não tinha nada pra comer? Era só esticar o braço e pegar.

— Porque ela não está do nosso lado! Nunca esteve, Flora! A questão não era a fome! – respondeu Victor.

— Se não está aqui, para onde ela foi? Gente, como vocês estão confusos hoje! Pela Magia! Me dê paciência! – reclamou Flora.

— Não, Flora! Não nesse sentido de "lado"! A Lis me puxou com muita força, me perguntou como eu vim parar em Crux. Carregou meu violão e minhas roupas e ordenou que eu me encontrasse sozinho com ela no Grande Voador.

— Hum... me parece que não é nada sonsa, essa quínia. Não é de hoje que ela tá querendo te dar uns pegas!

— Não, fada Flora. Não aconteceu desse jeito você está pensando. Tinha tanto ódio no olhar dela que parecia que sairia um relâmpago lá de dentro. – disse Antuã.

— Como, meliante? Se ela nem olha pra gente! – disse Flora.

— Era tudo fingimento para tentar descobrir como eu cheguei aqui. Como ela não conseguiu, porque eu não sei mesmo, deve ter se irritado – disse Victor.

— Ou então, humano Victor, ela está trabalhando para alguém que deu um prazo para ela. E o prazo deve estar se esgotando. Ou se esgotou e ela precisa levar alguma coisa... ou talvez ela vá te levar! – Antuã raciocinava em voz alta.

— Pode ser TPM. Pela Rainha da Magia, já escutei cada história sobre TPM...

— Não acho que seja TPM. Acho que ela está contra nós, Flora.

A fada, finalmente, compreendeu o que estava acontecendo e falou:

— Então, não falta apenas hidratação naquele cabelo horroroso, mas caráter na alma!

— Onde está Alaxmaner? Eu não consigo entender qual o plano dela! Se fosse para me sequestrar, ela poderia ter me levado junto com o violão e as roupas. Não faz muito sentido! – disse Victor.

Antuã pensou um pouco e respondeu:

– Talvez ela não quisesse correr o risco de o cavalo manco não conseguir carregar vocês dois.

– Eu não sei. Está tudo muito estranho – disse Victor, pensativo.

– Muito estranha, isso sim. Nunca me enganou. Aquela carinha sonsa. E o papinho de que alguma coisa se esclareceria na festa! A coisa era ela! E fez a gente de besta direitinho – disse Flora, pegando mais um doce de uma bandeja que passava ao seu lado.

– Vai devagar com o doce, fada Flora.

– Cuida da sua vida, meliante.

– Você acabou de passar mal.

– Mas já estou boa! Me deixa, esquentadinho!

Victor estava nervoso:

– Será que vocês podem parar de brigar por um minuto? Onde está o Alaxmaner? O que eu faço? Vou atrás dela? Sozinho? – perguntou Victor.

– É mesmo! Onde está aquele pangaré covarde quando a gente precisa dele? É o primeiro a fugir!

– Não sabemos, fada Flora. O cavalo alado Alaxmaner parecia estar procurando alguma coisa e saiu cavalgando pra longe – respondeu Antuã.

– Será que ele está mancomunado com a sonsa? – Flora pensava alto.

– Com certeza, não! Vamos procurá-lo para tentar descobrir – disse o jovem.

Victor, Flora e Antuã saíram em busca de Alaxmaner pela festa, o que não era uma tarefa fácil. Eram muitos cavalos alados de grande porte, que estendiam suas asas o tempo todo, o que dificultava muito a busca. Após percorrerem vários pontos do Grande Pasto, Antuã sugeriu:

– E se nós nos separássemos?

– Não acho uma boa ideia, Antuã. Podemos não nos encontrar de novo e estou receoso de ficar sozinho – respondeu Victor.

– Está com medinho, fofo? – implicou Flora.

– Sim. Muito – Victor respondeu.

– É, eu também – disse a fada.

Antuã falou, receoso:

– Esse pasto é muito grande! Acho que vai ser impossível achá-los!

— Você não é ladrão, curupê? Então, faça alguma coisa! Use seu faro bandido! Vai! – bradou Flora.

— Não é bem assim que funciona, fada Flora.

— Num momento como esse, deveria. Por que eu tenho que fazer tudo sozinha?

Flora agarrou Antuã e Victor pelas mãos e correu por entre a multidão. O jovem e o curupê eram arrastados pela fada e se chocavam com várias criaturas no caminho.

— Devagar, fada Flora!

A fada não escutou e continuou caminhando, acelerada, por entre a multidão. De repente, parou:

— Se for fazer alguma coisa, faça como uma fada!

Flora soltou os braços de Antuã e Victor e eles puderam, finalmente, ver onde estavam. O palco da banda de fanfarra estava bem à sua frente, no qual Victor viu a fada subir.

— O que ela vai fazer? – perguntou Victor para Antuã.

Antuã respondeu dando de ombros. Flora agarrou um dos microfones usados para amplificar o som dos instrumentos:

— Boa noite, "pangaroas" e pangarés e demais criaturas sem nada melhor para fazer e que acabaram caindo nessa festinha de fim de mundo!

Antuã olhou para Victor e fez sinal de que a fada era maluca. Flora, que não estava olhando para eles, continuou:

— O som dessa bandinha já está meio caidinho, não é mesmo? Não acham que é uma boa hora para balançarmos esse esqueleto equino? Ei, fofo! – disse a fada apontando para um urso desanimado segurando um triângulo. – Me dá um sol! Sol é o meu tom!

O urso franziu o cenho:

— Isso é percussão!

— E você é um inútil! Ei, você! – apontou para um curupê com um clarinete – Me dá um sol!

O curupê respondeu:

— Clarinete é transpositor, você sabe, né?

A fada perdeu a paciência:

— Não, meu filho! Não sei nem o que é um clarinete! Alguém me faça o favor de me dar um sol!

A fada não esperou e começou a cantar, em fá sustenido, e a banda, ao identificar a música, a tocou, em sol. Apesar do semitom de diferença, o som da fada fez um enorme sucesso. A música, que Victor não conhecia, era bastante animada e atraiu vários cavalos alados para a região do palco. Ao perceber que Antuã estava curtindo, Victor o cutucou:

— Vamos procurar Alaxmaner, ele deve ter escutado a Flora e deve ter vindo para cá.

— Deixa essa música acabar! É minha favorita!

— Você curte música de fada?

— São as melhores que existem! — disse Antuã ao dançar muito bem.

Flora terminava a canção, quando parou de cantar e gritou:

— Ali! Ali!

Victor e Antuã olharam para onde a fada apontava. Ao finalizar a música, Flora foi aclamada pela multidão.

— Pela incrível apresentação que eu acabei de fazer, eu só tenho uma coisa para dizer: de nada! Podem me elogiar! Eu gosto de elogios!

Antuã e Victor correram na direção em que a fada havia apontado e encontraram Alaxmaner, Joca, Nituro e Serephina. O cavalo alado, vestido de canário, parecia incrédulo:

— O foi este acontecimento?

— A Flora arrasou! — disse Antuã.

— Como não conseguimos te encontrar, a Flora deu um jeito de chamar sua atenção — disse Victor.

— Minha e de todos da Decapluvis Magna — recriminou Alaxmaner.

A fada se aproximou, montada em um cavalo alado fantasiado de urso alado, enquanto várias criaturas tentavam paparicá-la e assediá-la.

— Depois, queridos! Agora a fada aqui precisa fazer um repouso vocal e uns gargarejos.

Flora desceu do cavalo alado vestido de urso e agradeceu:

— Sei que foi uma honra me trazer até aqui. Agora, vai pastar com os coleguinhas, vai!

O cavalo saiu se vangloriando por ter levado a artista da noite ao destino desejado.

— O que foi isso, estimada Flora?

— Isso, panga, foi um verdadeiro espetáculo, como eu tenho certeza de que nem você, nem nenhum pangaré alado jamais presenciou em toda a triste vida de blá blá blá. De quebra, uma tentativa desesperada para encontrar você e Joquinha. Acha que é fácil cantar com uma bandinha de curupês e ursos que não entendem nada de música?

— *Ocê* arrasou, docinho! Vi tudo daqui, já sou seu fã número um!

— Ah! Joquinha! Você é um fofo, mas devo dizer que é o número dois. O número um é aquele ali de urso alado.

— Foi muito bom mesmo, Flora! Precisa vir aqui mais vezes! — disse Serephina.

— Olha, fofa, não apela! Não estrague o raro e bom sentimento que eu tenho por você, sendo uma égua alada!

— Só falei verdades!

— Ah, para! — disse a fada, fingindo modéstia.

Alaxmaner ponderou:

— Você precisava mesmo se expor dessa forma, estimada Flora?

— Se você não tivesse tido uma crise de ausência, panga, talvez, eu não precisasse me expor. Apesar de me destacar de qualquer forma nesse lugar aqui.

— Eu não sei o que me aconteceu. Escutei minha mãe me chamando, gritando por socorro. E ela já se foi há muitos anos.

— Eu tentei fazer ele parar, mas ele não me obedeceu! Só parou depois que acertou o pobre do parceiro Nituro com uma cabeçada — disse Joca.

— Você está bem, Alaxmaner? — perguntou Victor.

— Um pouco zonzo. Onde está a estimada Lis?

— É esse o problema — respondeu Victor. — Mas não acho que seja o melhor momento para falarmos disso.

Victor olhou para Nituro e Serephina. Alaxmaner disse para os dois:

— Estimados Serephina e Nituro, agradeço a companhia e cuidado de vocês. No entanto, neste momento, será necessária uma reunião de emergência...

— De caráter sigiloso — completaram os dois.

— Não acho que festa seja lugar para isso, mas tudo bem, Alax! A gente se vê por aí!

— Tchau, Alaxmaner! Tchau, pessoal! — disse a égua alada.

Alaxmaner esperou que seus colegas se afastassem para perguntar:

– O que tem a estimada Lis?

– Ela não é estimada – disse Antuã. – Talvez nem se chame Lis.

– Não compreendo – disse Alaxmaner.

– Se *ocê* não entende, imagina eu – completou Joca.

– Lis não é nossa amiga. Ela pegou o meu violão e as minhas roupas nos seus bolsões e me pediu para que eu a encontrasse no Grande Voador. Sozinho. Seus olhos eram puro ódio. Ela acha que eu sei como vim para Crux, mesmo depois de tudo que nós passamos!

– Ou ela trabalha para alguém que quer saber. Talvez para algum Servo Real de Crux – disse Antuã apontando para sua fantasia.

– Antuã acha que ela tinha um prazo para descobrir como eu vim parar aqui, mas que se esgotou, e agora ela está desesperada e quer me entregar a eles. Eu não sei o que eles podem querer! Se estiverem atrás de magia, eu não tenho! O que eles vão fazer comigo?

As lágrimas escorriam pela pelugem rosada de Joca, que havia descido de Alaxmaner e saboreava o melado.

– Eu não acredito! Eu não acredito! Ela parecia tão doce, tão meiga!

– Ela nunca pareceu doce nem meiga, Joquinha. Sempre foi descabelada, violenta e esquisita – respondeu a fada consolando o urso.

– Mas, que história estapafúrdia! – disse o cavalo alado, surpreso, quando algumas gotas grossas começaram a cair do céu, tirando parte da tinta do seu corpo.

– Eu sei! É tudo muito estranho! Mas eu acho que vou ter que ir de qualquer jeito. Preciso recuperar meu violão. Eu cheguei aqui enquanto o tocava e talvez ele seja minha única chance de voltar para casa. Mas estou com muito medo.

– Não é para menos, estimado Victor.

– Devo ir sozinho mesmo, Alaxmaner?

– Sim e não. Vamos acompanhá-lo até certo ponto. Depois, nos manteremos a distância. A razão de ser necessária a distância reside no fato de que o Grande Voador é amplo e vazio e sem opções de encoberta. Talvez esse tenha sido o motivo para ter sido escolhido como ponto de encontro. Você vai sozinho, mas nos manteremos próximos.

– Então, eu vou sozinho mesmo? – Victor estava apavorado.

– E se ele levasse alguma arma? – Perguntou Antuã.

— Acho que nós não *tem* nenhuma arma aqui, parceiro. A não ser essa de madeira, mas a brotinho também tem — disse Joca.

— Você poderia levar um espelho. Ela pode se olhar e tomar um susto, quem sabe funciona?

— Não é hora de brincadeiras, Flora! — respondeu Victor trêmulo.

— Não levaremos armas. Enquanto você a distrair, tentaremos nos aproximar de vocês no Grande Voador.

A chuva engrossava cada vez mais. Victor colocou a viseira, inspirou profunda e demoradamente e falou:

— Se é assim, desejem-me sorte. Vou precisar.

— Pelo menos *ocê* tá com a armadura quase toda, parceiro. Quer um pouco para te animar? — disse Joca estendendo o pote.

Victor agradeceu, porém recusou. Alaxmaner passou a asa ao redor de seus ombros e falou:

— Vamos, estimado Victor. Vou te levar até onde a vista do Grande Voador não pode nos alcançar.

Antuã, Joca, Flora e Victor montaram em Alaxmaner. Victor nem conseguia reparar mais nada do Grande Pasto ou da festa. Só conseguia pensar no que viria a seguir. Não sabia se escaparia ou se sucumbiria. Sua família, seus amigos e sua vida em Vitória invadiram seus pensamentos com tanta intensidade que nem a falação constante de Flora conseguiu desviar sua atenção. Mais do que nunca, ele precisava voltar. Pensou em como chegara a Crux. Pensou em Alaxmaner, Joca, Flora, Antuã e Lis. Lis. Seus olhos tristes e hesitantes escondiam muito mais do que seu passado, escondiam a sua verdade. Verdade de que Victor até duvidou, mas não conseguiu enxergar. Agora, ele via que a inteligência e a espertreza dela o conduzia para o exato local que ela havia determinado. Ele repetiria toda a história de como chegara a Crux. Porém ele também iria sanar as dúvidas dele. Ele queria saber como e por que ela se aproximou dele. Ele daria um jeito de fazê-la responder. Esse jogo era perigoso, talvez até mortal, mas já havia passado da hora de ele começar a jogar.

14

Alaxmaner havia contornado quase toda a parte leste do cercado do Grande Pasto. Ao se aproximar de dois estandartes, ele falou:

— Aqui é o máximo que eu consigo chegar sem a possibilidade de sermos vistos, estimado Victor. Eis o nosso limite seguro.

A chuva havia engrossado e removido toda a tinta do cavalo alado. Victor olhou de esguelha pela parte do cercado indicado por Alaxmaner. Ao longe, ele pôde ver o Grande Voador, que era próximo, mas não tanto quanto pensava. Além da distância, o morro que formava o local de treino de voo dos cavalos alados de linha era muito alto. Em seu topo, era possível observar enormes fogueiras, que se mantinham acesas mesmo com a incessante chuva. O coração de Victor batia muito forte.

— O Grande Pasto fica muito longe daqui, Alaxmaner! Se ela me atacar, vocês não conseguirão chegar a tempo!

— Não pense nisso. Seu foco inteiro deve ser distraí-la. A distância não é tão grande e nós nos aproximaremos aos poucos, para não levantarmos suspeitas. Quanto mais distraída estiver a cara Lis de Quini, mais breve conseguiremos chegar até você. Estaremos te acompanhando, estimado Victor. Todo o tempo.

Antuã puxou Victor para um longo abraço.

— Estamos juntos, cara! — disse o curupê, tentando animar o jovem.

Joca lhe ofereceu o melado, que agradeceu e recusou. Com os olhos cheios de lágrimas, o urso abraçou e levantou o jovem, quase quebrando seus ossos. Joca tentou falar alguma coisa, mas chorava tanto que Victor não conseguiu compreendê-lo. Flora deus uns tapinhas nas costas do urso o urso e falou:

— Joquinha, meu filho, trate de se recompor! Vamos precisar de você! Isso não é uma despedida! Não é!

Aquilo não poderia ser uma despedida. A fada deu um abraço em Victor. Ela tentou disfarçar, mas seus olhos estavam marejados.

– Olha aqui, minhoca. A sua tarefa é a mais fácil. É só ficar enrolando a bonitinha. E ela já está na sua. Não que você seja grande coisa, porque você não é. Mas ela também não. Então, é só jogar um charminho, e esperar a gente chegar!

Victor achou graça. Ainda mais porque sabia que, se ela tivesse falado isso em outros tempos, ele teria ficado muito irritado. O jovem, então, se aproximou de Alaxmaner, que o envolveu em suas asas, que tantas vezes foram sua proteção e seu porto seguro. Ele retirou os bicos de pássaro e acariciou sua crina. Depois, ajeitou sua viseira e saiu rumo ao Grande Voador, sem olhar para trás.

Seus passos eram lentos como se pudessem impedir o inevitável. A chuva espessa dificultava a sua visão, mas ainda era possível ver Lis, inquieta, no topo da elevação. Rufélius estava sentado ao lado da quínia, com sua postura impecável. A fantasia de dragão estava dobrada ao seu lado. Escalar o Grande Voador não foi fácil. Além da inclinação e da instabilidade da terra molhada, ele ainda vestia partes de uma armadura, o que o deixava mais pesado. Após várias derrapadas, Victor chegou à pista de decolagem do Grande Voador. Lis o aguardava na outra extremidade. Ela segurava, com a mão direita, o violão, e com a esquerda, as roupas dele. Rufélius mal se mexia, possivelmente devido à dor na pata enferma pela extensa cavalgada. A quínia gritou:

– Venha, Victor.

– Lis, eu...

– Venha a mim, Victor – sua entonação era mais firme.

Victor caminhou até a quínia, que o seguia com o olhar. Assim que parou na sua frente, ela perguntou, muito irritada:

– Me diga, de uma vez por todas, como chegou ao Grande Reino Unido de Crux?

– Lis, você viu como eu cheguei! Ou pelo menos, me falou que viu. E também já ouviu, mais de uma vez, essa mesma história. Quer ouvir de novo? Eu te falo! Eu estava no meu quarto, tocando meu violão, quando, de repente, apareci no meio da neve, no Vale dos Exilados. Está satisfeita agora?

– Você acha que foi isso que te trouxe? – ela mostrava o violão.

Victor não sabia, exatamente, o que o teria levado à Crux, mas sabia que deveria distrai-la e ganhar tempo.

– Só pode ter sido, Lis.

— Mostre-me.

— Lis, eu já tentei outras vezes e não deu certo.

— Mostre-me! – gritou a quínia ao enterrar o violão em seus braços.

O jovem passou o dedo nas cordas que haviam sobrado do violão.

— Cara, isso está muito desafinado. Olhe para esses buracos! Impossível tocar assim! Posso, pelo menos, tentar afinar?

— Toque.

— Vou tentar. Mas antes, eu só gostaria de deixar bem claro que eu sou apenas um iniciante. Não tenho muito domínio. Além disso, eu tenho uma ou outra dificuldade e...

— Toque! – bradou a quínia.

— Só mais uma cois...

— Faça o que eu mandei!

— Liberta o Rufélius, por favor. Ele não tem nada a ver com a minha história.

— Não fale sobre o que não sabe! Toque!

Victor franziu o cenho:

— O que você quer dizer?

— Conserte essa porcaria e toque logo – bradou a quínia.

Victor retirou quase toda a armadura e sentou-se no chão. Ele manteve apenas o peitoral, que era mais difícil de se tirar sozinho, e começou a fingir saber afinar as cordas do violão com as mãos trêmulas. Sua cabeça tentava chegar a alguma conclusão sobre o que acabara de escutar. Ele não havia entendido o que a quínia queria dizer. Rufélius não tinha nenhuma relação com toda aquela história, a menos que fosse cúmplice de Lis. Um frio percorreu sua espinha. Poderia ser tudo um plano, desde o início. Eles, talvez, já tivessem se conhecido antes de chegarem ao Reino de Magnum, até mesmo antes de ela o encontrar no Vale dos Exilados. Fazia sentido. Os pensamentos de Victor estavam acelerados, bem como suas mãos ao simular a afinação do violão, quando foi surpreendido por um novo grito da quínia:

— Não tente me ludibriar, Victor! Sem mais delongas! Toque! – gritou a quínia.

— Os acordes eram MI e LÁ. Acho que tinha o FÁ também. Mas essa chuva está me atrapalha...

— Eu não quero saber de acordes, nem de chuva! Faça o que deve ser feito! Agora!

Victor respirou fundo e, ainda trêmulo, começou:

– *Co... mo... um... rio... que... cor... ta... o co...*

Victor tentava se concentrar e pensar o que mais ele poderia fazer para que Lis não desviasse a atenção dele quando, de repente, a quínia tomou o violão de suas mãos e disse:

– Não faça isso, Victor!

Seus olhos se cruzaram por um breve momento. O olhar melancólico havia retornado. Sua pupila estava contraída, mas apenas por um instante. Os olhos amarelos raivosos e de pupilas dilatadas haviam retornado. Ela empurrou o violão outra vez para ele e gritou de maneira descontrolada:

– Ande! Rápido! Mostre-me como essa magia acontece!

O cérebro de Victor parecia um turbilhão. Ele tentava se recordar de todos os momentos com a quínia. Comparou a maneira de andar, de agir, a forma de falar, a entonação da voz, as palavras e, principalmente, o olhar. O olhar. Não, aquela não era Lis. Aquela era uma outra pessoa... ou criatura. Seus olhos voltaram-se para Rufélius, que permanecia imóvel. Victor lembrou-se de quando saltou no Rio da Ciência atrás da bela sereia. Lembrou-se de quando Antuã explodiu a pedra Asca. Agora ele entendia. Aquilo não era armadilha da Esfinge. Lembrou-se de quando Flora desejou conhecer a festa dos cavalos alados. Recordou-se de Alaxmaner com seu olhar vago e perdido correndo por entre a multidão. Pensou em Lis, que olhava com raiva para ele. Olhava para ele. Em todas essas ocasiões, Rufélius estava presente. Victor não entendia muito bem como, mas a resposta gritava dentro dele. Aquilo era loucura. No entanto, tudo que vivera em Crux parecia insano e já estava na hora de ele abraçar essa sua nova realidade.

Victor levantou-se de uma vez só, agarrou o braço do violão com a mão esquerda e respirou fundo. Ele não queria fazer aquilo, mas foi a única ideia que teve naqueles segundos de apreensão. Ele segurou o braço de Lis com a mão direita, fechou os olhos e, com toda sua força, arremessou o violão do topo Grande Voador. Lis tentou pular atrás do instrumento, mas Victor a impediu, fazendo com que ambos caíssem no chão. Ele escutou Rufélius gritar:

– O violão, não!

Victor sentiu o cavalo alado branco pular por cima dos dois, seguir em direção à beira do Grande Voador e desaparecer. Rufélius havia se jogado atrás do instrumento. Victor, ainda no chão, olhou para Lis e retirou os cabelos pesados e molhados da frente de seu rosto. Os olhos tristes e amarelos haviam retornado e estavam ainda mais tristes do que o habitual:

— Desculpe, Victor. Eu não tinha controle sobre mim.

— Acho que agora está tudo bem. Fique tranquila.

Ao longe, a voz de Alaxmaner ecoou:

— Estimado Victor!

Antes que Victor pudesse tomar consciência do que estava acontecendo, Antuã agarrou e imobilizou a quínia.

— Peguei ela! — gritou Antuã.

O reforço havia chegado. Não no momento e nem da maneira que Victor esperava. Antuã segurava Lis, que aceitou a contenção sem tentar se livrar. Alaxmaner, Flora e Joca, no entanto, estavam paralisados olhando para o alto. O semblante deles era um misto de surpresa e pavor. Victor estava receoso pelo que veria, mas, ao mesmo tempo, já esperava. Ele se virou e lá estava Rufélius. O imponente cavalo alado pairava no céu com suas enormes asas abertas, as quais impediam o violão de cair de suas costas.

— O parceiro *tá* voando! — gritou Joca.

O cavalo alado branco abaixou uma de suas asas para deixar o violão cair. Victor se apressou para pegá-lo, mas seu instrumento já estava em posse da quínia, que havia se desprendido de Antuã. Seu olhar raivoso havia retornado. Rufélius pousou no Grande Voador e Victor bradou:

— Não precisa mais desse teatro, Rufélius! Eu já sei que essa não é a Lis. Liberte-a!

Victor olhou para a quínia e falou, tentando alcançar suas mãos:

— Lis, eu sei que bem aí dentro você sabe quem sou eu. Eu sei que você é muito mais forte do que isso. Nós estamos juntos! Você não precisa fazer isso.

Era muito difícil para o rapaz falar palavras serenas e de conforto para quem o olhava como um animal feroz. Ele sabia que não conseguiria muita coisa, mas a fração de segundos que a quínia titubeou foi suficiente para Victor tirar o violão das suas mãos e jogá-lo para longe. Rufélius abriu suas asas falou para o rapaz:

— O caso ordinário do mentecapto que se acha finório.

— Eu não faço ideia do que você esteja falando. Mas, mesmo assim, eu acho que isso deve se referir mais a você do que a mim.

Victor apontou o seu violão, que já estava em posse de Antuã. O cavalo alado branco transbordava ira pelas ventas quando golpeou o jovem e o derrubou no chão. Victor sentiu uma dor lancinante e ainda estava de joelhos quando recebeu o segundo golpe. Ele não sabia se havia levado um chute ou se o golpe havia sido desferido pela asa do cavalo alado. Tudo que ele sabia é que a dor era tão intensa que mal dava para saber se estava vivo ou não. Ele teve certeza de sua vividez quando escutou a respiração ofegante de Alaxmaner e a voz o curupê perguntando, bem ao fundo:

– Humano Victor, você está bem?

Victor não conseguia abrir os olhos de tanta dor. Ele ouviu a voz de Flora dizer:

– Pela magia, quanto sangue!

– Como *ocê tá*, parceiro? – perguntou Joca.

– Com muita dor! Cadê a Lis? Ela está sendo usada por ele! Cuidado para não a machucarem!

– Estou aqui.

Victor, de olhos fechados, não conseguia saber onde estava a quínia, mas sua voz soava próximo a ele.

– *Tô* segurando a brotinho, parceiro – disse Joca.

Rufélius gritou com ódio do céu:

– Eu te disse que era para vir sozinho!

Victor sentia-se tonto e nauseado de tanta dor. Ele conseguiu abrir apenas um olho, pois o outro estava coberto por sua mão, tentando estancar o sangue que jorrava sem parar do seu supercílio. Enquanto se recompunha, ele pôde ver que Flora ajudava Antuã a se levantar, Joca mantinha Lis presa e Alaxmaner e Rufélius combatiam. Mesmo a briga entre os cavalos alados era elegante. Alaxmaner conseguiu golpear o flanco de Rufélius e perguntou, quase aos gritos:

– Qual a razão disso, estimado Rufélius?

– Você não é estimado para mim, seu tolo! Nunca foi. Achava-me medíocre como todos os outros, eu bem sei. Eu, ao contrário de você, evoluí. Em breve, todos os que me depreciaram beijarão meus pés e implorarão por escusas. Inclusive você, Alaxmaner.

Rufélius tomou impulso no chão e ganhou o ar para descer a toda velocidade e acertar em cheio o pescoço de Alaxmaner, que foi derrubado no chão, mas conseguiu agarrar Rufélius pelas asas. Flora ficou apavorada com o que viu e falou:

– Gente, nada de pânico! Esse mosquito gigante *só* derrubou o nosso pangaré tamanho geladeira *frost free*! Cadê o inseticida?

Joca ainda segurava Lis, quando olhou espantado para o céu e perguntou:

– Por que que ele *tá* conseguindo voar?

– E acho que eu sei a resposta, Joca! Antuã, vem comigo! Enquanto isso, vocês duas distraiam Rufélius! – disse Victor, confiante.

– Eu e a bonitinha do mal? – perguntou Flora.

– Mas se eu soltar ela, ela vai atrás *d'ocê*, e eu vou ter que segurar ela de novo, parceiro – questionou o urso.

– Acreditem em mim! A Lis está do nosso lado!

– A bonitinha era do bem, virou do mal e agora virou do bem de novo? Decide o que você quer, minha filha, e faça logo uma limpeza de pele. Você está precisando urgentemente!

– É pra soltar ela mesmo, parceiro?

Rufélius havia imobilizado e golpeava Alaxmaner sem clemência. Victor, então, gritou:

– Vamos! Façam o que eu digo! Alaxmaner não vai aguentar por muito tempo.

Joca soltou Lis, que correu de imediato em direção a Flora. A fada arregalou os olhos e deu dois passos para o lado, se afastando um pouco da quínia. Rufélius havia desaparecido e Alaxmaner se levantava com muita dificuldade. Joca, Antuã e Victor correram em direção ao cavalo alado.

– Como você está, Alaxmaner? – perguntou Victor.

– Não muito bem, estimado Victor.

– Alaxmaner, eu sei que é uma péssima hora para te pedir isso, porque você está muito machucado. Vamos precisar de toda a qualidade do arbol que você disse que tem.

O cavalo alado, ferido e com o rosto abatido, respondeu:

– Não compreendo a razão, estimado Victor.

– Eu já te explico, Alaxmaner!

– Se é importante como parece, dar-me-ei por inteiro – respondeu o cavalo tentando se manter de pé.

– Eu tenho certeza disso! – respondeu Victor. – Antuã, você vai fazer, exatamente, o que eu te disser, beleza?

– Beleza! – respondeu o curupê.

– Alguém viu o Rufélius?

– Está voando, humano Victor. Ele está parecendo uma ave de rapina escolhendo a presa.

– Hoje não, aberração! – berrou Flora.

Victor ainda não tinha encontrado Rufélius quando escutou um gemido vindo do céu. Ao olhar para cima, viu o cavalo alado branco esfregar a cabeça com a asa. O urso falou:

– Caramba, docinho, que força! Mas, com tanta coisa pra tacar, *ocê* foi tacar logo o meu meladinho?

Flora havia feito uma espécie de estilingue gigante com as roupas de Victor e Lis e dois pedaços de madeira de uma das fogueiras, apagados pela chuva, e lançou o pote de melado em Rufélius a fim de chamar sua atenção. Joca se preparou para pegar o pote que caía do céu. Porém ele passou por entre as suas mãos e acertou, em cheio, sua cabeça. O urso caiu desmaiado e seu chapéu, já apagado pela chuva, rolou para um lado e o pote para o outro.

– Eu acertei o pangaré! Eu acertei o pangaré! – cantou Flora.

Lis pulou em cima de fada, que gritou:

– Ela virou do mal de novo! Ela vai me matar!

A quínia derrubou a fada para evitar que a asa de Rufélius a acertasse, e ambas rolaram para onde estava Joca, desacordado. Victor assistia, atônito, ao que acontecia enquanto explicava seu plano para Alaxmaner e Antuã. Contudo, percebeu que seu tempo havia se esgotado ao ver a expressão colérica de Rufélius tentando, mais uma vez, atingir a fada. Lis se aproveitou o rasante do cavalo alado para pular em suas costas, com sua destreza habitual, e tentou imobilizar suas asas. Entretanto, a força e a fúria de Rufélius arremessaram-na com força para o chão. Seus olhos pareciam sair de órbita.

– Você é uma imprestável! Não serve nem para fantoche!

O cavalo alado tomou novo impulso no céu e voltou como um disparo de canhão em direção à quínia, que permanecia imóvel.

– Bonitinha, sai daí!

Lis estava paralisada e ninguém entendeu o porquê.

– Bonitinha, se mexa!

A quínia se manteve parada.

– Por que eu tenho que fazer tudo nesse lugar? – questionou a fada.

Antes que Flora se aproximasse de Lis, Alaxmaner apareceu por trás da quínia. Rufélius bradou:

– Quer apanhar mais, cavalo alado imbecil?

– Não, caro Rufélius de Magnum. Gostaria apenas de dar-lhe um aviso: nos meus, você não toca – falou Alaxmaner, antes de fazer o seu famoso bater de asas.

O bater de asas de Alaxmaner foi tão forte que arremessou Rufélius para trás e o fez cair e rolar no chão. Antes de se levantar, ele soltou uma risada nada mélica e falou:

– O que você pensou que aconteceria, caro Alaxmaner? Continua tão patético quanto outrora! Acha que esse ventinho é capaz de me deter? A mim, um cavalo alado voador?

– Não – respondeu Antuã. – Mas talvez isso possa!

Antuã havia arrancado, de maneira imperceptível, o curativo da pata esquerda de Rufélius evidenciando uma grande ferida aberta.

– Não!

Rufélius gritava desesperado para que o curupê parasse enquanto se levantava. Antuã desembrulhou a atadura retirou um objeto azulado de dentro do curativo quando um coice o acertou. Ele caiu no chão e deixou o objeto escapar de suas mãos e cair próximo a Joca, que despertava mais desorientado do que de costume.

– Pela Rainha da Magia, que falta de classe! Um coice? – reclamou Flora.

– Joca! Rápido, pegue esse negócio azul! – gritou Victor.

– Eca! Que nojo, está cheio de pelos de pangaré! – disse a fada.

Joca balançou a cabeça, como isso se o ajudasse a compreender o que estava acontecendo, mas se assustou ao ver Rufélius vindo como um touro em sua direção e paralisou. Lis, então, chutou a peça para os pés de Victor antes que o cavalo alado chegasse.

– Humano Victor, a "parada" azul está perto de você! – gritou Antuã.

O jovem ainda apresentava bastante dificuldade de enxergar devido ao sangramento. Ele se abaixou às cegas e tateou o chão em busca do objeto. Ele escutava as baforadas iradas de Rufélius se aproximando e, desesperado, afundou a mão na pedra, machucando-a também. Sem poder perder tempo com queixas ou dor, Victor conseguiu abrir parte de um dos olhos e viu que Rufélius havia mergulhado em direção ao objeto. Ele fez o mesmo e, tão logo que se jogou no chão, sentiu algo triangular em sua mão e rolou para o lado para não se chocar com Rufélius. Victor limpou o sangue e a água do seu rosto e olhou para a peça, triangular e brilhosa, mesmo coberta de sangue. Ele olhou para Rufélius e o inquiriu, exigindo uma resposta:

– Rufélius, o que é isso?

Victor enxugou novamente os olhos e, para sua surpresa, Rufélius não corria mais atrás dele. Muito pelo contrário. Ele estava parado com sua elegante e serena postura. Os olhos coléricos haviam dado lugar à apatia. Victor olhou para os demais, que pareciam não ter entendido. O cavalo alado branco respondeu com a voz monótona:

– É a *Anma*.

– *Anma*? Que *Anma*?

– A *Anma Mentis*.

– Será que eu posso penetrar em sua mente, Rufélius? – pensou ele.

De repente, Victor teve uma sensação muito esquisita. Como se um trem bala se movimentasse dentro de sua cabeça. Vários flashes piscavam em sua mente e ele estava muito confuso. Eram seus pais, sua escola, seus amigos. Eram vários potros. Ele viu Alaxmaner ainda jovem. Ele sentia-se excluído. Ele tentava falar com seus pais que estavam ocupados demais para escutá-lo. Ele sentiu como era pesado carregar daimófepos. Ele odiava seu trabalho. Ele sentiu uma grande desilusão amorosa. Aquela égua alada tola não conseguia entender seu amor por ela. Ele sentiu raiva. Muita raiva. Uma humana o conheceu quando transportava daimófepos para o castelo e percebeu o quão importante ele era. Quem é essa humana? Por que eu não consigo ver seu rosto? Ele estava no Castelo do Grande Reino Unido de Crux quando o forte começou a ser construído. Havia a silhueta de uma humana. Quem é mesmo essa humana? Havia um urso ali também? Ou seria outro humano? Ele escutou o que sempre quis ouvir. Ele se sentiu especial. Ele viu *Anma Mentis* pela primeira vez. Ele viu mãos humanas delicadas preparando suas patas para a *Anma*. Havia a Mancha Real em sua mão. Havia um humano também. Ele viu a silhueta da mesma humana invadindo sua mente e sua ira frente à sua incapacidade de bloqueá-la. Ele e a humana discutiam sobre um objeto que não havia chegado ao castelo. Qual era mesmo esse objeto? A humana percebeu a presença de outro cavalo alado. Ele sabia demais e deveria ser exterminado. Ela foi tomar suas providências e pediu para que ele tomasse as dele e deixou claro que uma nova falha seria inadmissível. Ele colocou explosivos na casa de Alaxmaner e guardou os demais em seu barco. Ele viu uma maquete do Grande Reino Unido de Crux com o exército real nas margens do Reino de Magnum. A humana deslizava seu dedo do Reino de Magnum ao Reino de Mimus. Ele viu uma garota, no Bosque Merigo, ao lado do soberbo Alaxmaner. Com ele, havia um curupê, um urso, uma fada e um garoto. Mas, espera! Esse garoto era eu? O quê? Era Victor, o garoto que havia trazido a magia de volta a Crux com a *Anma Exponentia*. Como ele fez para ativá-la? O que estava acontecendo? Ele sabia que aquelas criaturas haviam escapado do Vale dos Exilados, pois era lá que estavam Alaxmaner e o garoto. Ele precisava obter a *Anma Exponentia*. Ele tentou penetrar a mente de Victor no Bosque Merigo, mas não conseguiu. Maldito fedelho. Mas, espere! Esse fedelho não era eu? O que está acontecendo? Ele viu a silhueta da mesma humana furiosa com ele. Ela dizia coisas terríveis. Ela não conhecia Victor, mas precisava dele. Ela conhecia Lis. Ela disse que ele precisaria de novos treinamentos e ele os fez. Ele precisava se livrar das outras criaturas e pegar apenas o garoto. O garoto era eu? Ele aproveitaria o explosivo do barco para separar Victor das outras criaturas. Ele entrou no barco e se posicionou próximo ao pacote de explosivo. A idiota da fada o obrigou a trocar de lugar. Ele penetrou a mente de Victor e a manipulou para que ele visse uma bela sereia a fim de que a verdade sobre a *Anma Exponentia* fosse extraída. O imbecil do garoto não quis responder, mas deixou a pista de ter sido o violão. O trem parou deixando um rastro de breu. Se acha muito esperto, garoto? Você bloqueia a forma pela qual chegara aqui. Todavia, quer invadir minha vida? A escuridão tomou conta de Victor. De repente, um baque.

Victor estava no chão, suas costas doíam. O sangue estava por todo seu rosto e pingava na pedra. O objeto havia caído de suas mãos e tinha sido recolhido por Antuã. Ele o limpou e o suspendeu.

– Por *Didahbigo*! Como brilha!

– Tira o olho, meliante, que isso não é seu! – gritou Flora.

Victor quase não conseguia falar:

– O que aconteceu?

– Tivemos que golpeá-lo. Você estava estranho. Fechou os olhos e não escutava, não falava e não se mexia. Parecia estar em transe. Ficamos preocupados – respondeu Lis.

Victor balançou a cabeça como se estivesse voltando a raciocinar. Ele olhou para Rufélius, contido por Alaxmaner, Flora e Joca, e falou:

— Eu era ele! Será que isso é mesmo a...

— *Anma Mentis*, Estimado Victor. Acredito que sim. Creio que você a tenha usado em Rufélius. Isto é, você foi capaz de penetrar em sua mente e navegar por seus pensamentos. Você era você, porém mergulhado num mar de Rufélius.

As palavras de Alaxmaner eram de conforto, mas seu semblante denunciava o mesmo assombro de Victor. Todos já haviam escutado ou estudado sobre as *Anmus*, mas jamais pensaram que as veriam ou seriam submetidos ao seu poder. Antuã, Flora, Alaxmaner e Lis tiveram suas mentes invadidas por Rufélius, bem como ele próprio. Estavam todos perplexos.

— Eu invadi a mente de Rufélius? — Victor pensou alto.

Rufélius reagiu com fúria e, tentando se desvencilhar da imobilização, rosnou:

— Por pouquíssimo tempo.

— Tempo suficiente para saber que você foi um péssimo aprendiz. Que não conseguiu bloquear nem uma invasão mental feita por forasteiro que acabou de descobrir a existência de uma *Anmus*.

— *Anma* — corrigiu Lis.

Ao penetrar a mente de Rufélius, Victor havia sentido que o maior ponto fraco do cavalo alado era a inferioridade. Antuã ainda segurava a *Anma* quando olhou para Rufélius e falou:

— Eu também quero testar essa belezinha! Cavalo alado Rufélius, qual é o seu plano?

— Não, estimado Antuã! A *Anma Mentis* não deve ser usada de forma recreativa!

Alaxmaner estava muito preocupado com as consequências do uso da *Anma*. Entretanto, seu rosto de preocupação foi substituído pela surpresa ao escutar Rufélius gargalhar de forma maléfica:

— Acredito que esse garoto não esconda apenas de mim certas verdades. Soube bloquear minha primeira invasão mental e, agora, soube usar a *Anma Mentis* em mim, mesmo que por muito pouco tempo. Vocês deveriam analisá-lo melhor antes de crerem fielmente em sua integridade moral.

— Por que não está funcionando? — perguntou Antuã.

– Pergunte ao seu amigo forasteiro, ou deveria dizer, sorrateiro? – respondeu Rufélius com um sorriso maléfico no rosto.

– Eu não sei! Não sei como! Quando eu vi, já estava acontecendo! Eu juro!

Antuã olhou com desconfiança para Victor. Flora lançou o mesmo olhar. Joca estava confuso. Alaxmaner aguardava alguma explicação. Lis mantinha-se incógnita. Victor falou:

– Eu não sei! De verdade! Foi do nada, quando eu dei por mim, eu já era ele!

Rufélius, ao perceber a tensão formada, continuou em tom sereno:

– Se ele omite saber usar a *Anma Mentis*, ele seria capaz de esconder de vocês informações até mais grandiosas do que essa, eu penso. O que mais esse forasteiro sabe e não quer compartilhar?

– Não! Eu não sei! Eu estou perdido! Em todos os sentidos. Eles são meus amigos e eu não tenho nada para esconder deles. Se quiser, Antuã, pode entrar na minha mente, procure o que quiser!

– Você já viu que eu não consigo – disse Antuã sério, como Victor nunca havia visto – Como podemos acreditar em você, humano?

– Tenta de novo!

– Minha vez! Eu quero tentar também! – gritou Flora.

Antuã deixou a *Anma Mentis* no chão e foi segurar Rufélius para que Flora pudesse soltá-lo e apanhar a peça brilhante.

– Pela magia! É bem bonitinha pra ser coisa dos pangarés. Ah, lembrei! Foram as fadas que fizeram! – Flora segurou a *Anma*, apontou um dos vértices para Victor e falou: – Desembucha logo tudo o que você sabe de verdade, minhoca anêmica!

Rufélius soltou uma gargalhada mais alta ainda, que fez Alaxmaner pisar em seu pescoço. Victor estava com olhos fechados torcendo para que o trem bala voltasse para sua cabeça, ou que alguma alucinação aparecesse. Entretanto, nada aconteceu. Ele estava desolado. Não sabia como havia penetrado a mente do cavalo alado branco. Não sabia como havia chegado a Crux e, agora, seus únicos amigos duvidavam dele. O desespero o invadiu. Além de perdido e triste, ele estaria sozinho, naquele reino que ele não fazia ideia de onde ficava ou de como conseguiria voltar para casa. Sua cabeça latejava e o corte não parava de sangrar. Ele olhava dentro dos olhos de cada um suplicando por ajuda, quando escutou a voz de Lis:

— Eu acredito no Victor.

— Eu não! Em nenhum de vocês dois, inclusive! – disse Flora.

— Posso tentar, docinho?

Joca correu em direção à fada, sem esperá-la retornar para segurar Rufélius. O cavalo alado branco rodou no chão e conseguiu se soltar de Alaxmaner e Antuã.

— Fada Flora! – gritou Antuã.

A fada, assustada com o grito, jogou a *Anma Mentis* para trás, que caiu próximo à beirada do Grande Voador. Rufélius, agora sem o curativo na perna, era capaz de correr em alta velocidade, mesmo com o ferimento exposto. Ao esticar a asa para se apossar do objeto triangular, tropeçou em Lis. A quínia havia se jogado no chão e alcançado a *Anma* antes de Rufélius. Porém a força do colapso fez com que ambos rolassem para além da beira do Grande Voador.

— Lis! – gritou Victor.

Alaxmaner correu e foi seguido pelos demais para a ponta da pedra. Rufélius planou com dificuldade até alcançar o chão. Ele continuou a cavalgada veloz até sumir de vista. Só foi possível acompanhar a silhueta do cavalo alado devido à iluminação da grandiosa festa Decapluvis Magna.

— Pela Magia, alguém faça alguma coisa! – gritou Flora.

A fada apontava para Lis agarrada em uma saliência da rocha com uma mão e segurando a *Anma* com a outra. A quínia não gritava, mas seus olhos, geralmente inexpressivos, pediam por ajuda.

— Calma, brotinho, nós *vai* te pegar! – disse Joca.

— Amarrem as roupas que Flora fez de estilingue na minha perna boa para eu descer e resgatar a Lis.

Victor e Joca fizeram o que o curupê havia pedido. Apanharam as roupas e as amarraram na perna direita, para não haver possibilidade de ele se soltar da sua prótese. Antuã desceu e Victor não conseguia ver o que acontecia lá embaixo porque precisava segurar as roupas que faziam as vezes de corda junto de Joca. Apenas escutava o curupê falar:

— Lis, eu vou agarrar o seu punho da mão que você está segurando a *Anma*, está bem? Quando você estiver segura, solte a outra mão da pedra e agarre a minha! Isso! Pronto, galera! Podem puxar!

Joca, mais do que Victor, puxou o curupê e a quínia de volta ao topo do Grande Voador. Lis parecia abatida quando falou:

– Obrigada. Muito obrigada a todos.

Antuã, ofegante, apontou para a escuridão além da festa e perguntou:

– E agora? Nós vamos atrás de Rufélius?

– Eu acredito, estimado Antuã, que seria perda de tempo – respondeu Alaxmaner.

Flora percebeu que estava ao lado de Victor, correu para perto de Joca e falou:

– O que vamos fazer, então? Eu é que não fico perto desse traíra dissimulado!

– Pare com isso, estimada Flora. O caro Rufélius de Magnum, apesar de demonstrar confiança e razão, estava apavorado. Notei em seu timbre de voz. Ele não possuía em pata a *Anma Mentis* para nos manipular. Dessa forma, estava usando as palavras como única arma para nos ferir e nos separar.

Victor respirava aliviado. Lis ainda confiava nele e Alaxmaner parecia ter compreendido o que acabara de acontecer.

– Obrigado, Alaxmaner! Ele tentou jogar em mim a mesma sombra da rejeição que sempre acompanhou a vida dele. Mas ainda bem que você não acreditou nele! – Victor abraçou Alaxmaner.

Joca estava sentado no chão com seu pote de melado entre as pernas, lambendo seus dedos lambuzados. Olhou para Victor e perguntou:

– *Ocê* entrou mesmo na cabeça dele, parceiro?

– Acho que sim, Joca.

– E como é que é?

– É muito estranho! É como se várias memórias e emoções me invadissem ao mesmo tempo. Como se eu fosse ele, sabe? Eu senti as alegrias, os amores, as dores, as frustrações e os ressentimentos de Rufélius. É difícil você saber quem é você e quem é ele. Quero dizer, você sabe que você é você, mas fica escondido em algum canto, que não consegue se manifestar. Mas, depois de um tempo, eu percebi que eu era eu e estava vendo a vida de Rufélius pelos seus olhos. Sentindo os sentimentos dele. Acho que eu só consegui perceber que eu era Victor, e não Rufélius, depois de me ver algumas vezes em sua memória.

– Ou talvez, estimado Victor, você tenha absorvido, inconscientemente, alguma coisa do treinamento do uso da *Anma Mentis* e soube diferenciar-se do que era você e do que era ele – disse Alaxmaner.

— Pode ser. Foi tudo tão rápido, que eu não tenho certeza de nada – queixou-se Victor. – Se eu tivesse entendido antes o que estava acontecendo, poderia ter conseguido muito mais informações! Por favor, acreditem em mim!

— Então, conta pra nós o que *ocê* descobriu, parceiro – disse Joca com o dedo dentro do pote de melado.

— Quais são os planos de Rufélius, humano Victor? – perguntou Antuã, se aproximando do rapaz.

— Você não desconfia mais de mim, Antuã?

— Não disse isso, humano Victor. Vai depender da sua resposta.

— Infelizmente, eu não sei quais são os planos de Rufélius.

Antuã bufou, impaciente, e virou-se de costas.

— Mas posso contar o que eu consegui entender. Parece que Rufélius nunca se destacou em nada. Não se sentia valorizado pelos pais ou pelos amigos. Fazia seu trabalho mediano. Nunca tomou esporro por fazer errado, mas nunca foi elogiado por fazer bem feito. Até que um dia, chegando no Castelo de Crux, uma mulher, acho que uma Serva Real de Crux, fez ele se sentir especial. Hum... estou tentando me lembrar como... – Victor fechou os olhos, como se isso o fizesse lembrar melhor.

— Anda, garoto!

— Calma, Flora! Eu estou tentando ver se consigo me lembrar do que a mulher usou para seduzir Rufélius... Ah! Lembrei! A mulher falou ou mostrou alguma coisa no Castelo de Crux. Tinha um urso também, eu acho... Eu sei que tinha um homem lá também, mas não sei quem era. A humana agradeceu Rufélius pela lealdade, mas ficou muito brava por ele não ter prestado atenção e ter deixado algo escapar. Acho que foi a tal conversa que você escutou, Alaxmaner, porque foi depois disso que ele colocou os explosivos na sua casa. Porém, acredito que a Serva Real de Crux deva ter mexido seus pauzinhos para te colocar no Vale dos Exilados. Depois, ela ofereceu uma missão que apenas uma criatura muito inteligente seria capaz de realizar. O coitado acreditava muito nela. A missão era vir atrás de mim em busca da *Anma Exponentia*, usando como principal arma o controle da mente de qualquer criatura que se colocasse no caminho. Isso a princípio. E ela iniciou seu treinamento e se sentiu a criatura mais importante do mundo. Depois que as invasões mentais não deram muito certo, a ideia era me separar de vocês.

— O que seria um favor!

Victor olhou feio para Flora. Alaxmaner, acostumado com as reações da fada, ignorou o comentário e falou:

— Obrigado por compartilhar conosco, estimado Victor, suas impressões sobre a invasão mental de Rufélius. Recorda-se de algo a mais que seja importante informar-nos?

— Hum, deixe-me ver... – continuou Victor. – Ele é, realmente, mediano no que faz, porque não aprendeu direito a usar a *Anma Mentis*. Ele, apesar de se dizer pronto para o uso, estava morrendo de medo, por ter dificuldade de bloquear uma possível contra-invasão mental. E foi exatamente isso o que aconteceu. Por isso ele só conseguia criar fantasias nas nossas cabeças, a não ser da Lis. Eu não sei por quê. Se ele fosse inteligente como a mulher que ensinou para ele, nós estaríamos fritos. Pelo pouco que pude perceber, ela consegue o que quer das criaturas sem que elas percebam. Rufélius tinha muito medo disso. E, Lis, acho que ela te conhece.

A quínia franziu o cenho, mas não respondeu. Victor continuou:

— Você conhece alguém tão poderosa assim?

A quínia manteve-se calada e Antuã interrompeu o silêncio.

— Você descobriu alguma coisa sobre terem nos mandado para o Vale dos Exilados? – perguntou Antuã.

— Só o que eu falei do Alaxmaner.

— E sobre te perseguirem?

— Eles acham que eu tenho a *Anma Exponentia* e que eu domino a magia. Eles acreditam que eu apareci em Crux por causa da magia.

— Não faz sentido – respondeu Lis, séria. – Se as *Anmus* são objetos triangulares, por que eles achariam que o violão era a *Anma Exponentia*?

— Não, eles não acham que o violão seja a *Anma Exponentia*. Isso na verdade é um pensamento do Rufélius. Ele deve pensar que eu ativo a *Anma* pelo violão. O problema é que eu não tenho *Anma* nenhuma pra fazer ativar pelo violão!

— Você não conseguiu captar como se ativa a *Anma Mentis* quando entrou na cabeça de Rufélius?

— Acho que algumas partes específicas ele conseguiu bloquear. Como, por exemplo, o rosto da Serva, que eu não consegui ver, ou como se ativa a *Anma Mentis*.

Flora olhou para Victor com uma sobrancelha levantada e com olhar de desconfiança. O jovem falou:

– Eu, realmente, não sei, Flora. De verdade!

– Por via das dúvidas, é melhor deixar essa pecinha bem longe de você.

Lis riu como só havia feito uma vez desde que Victor a conhecera.

– Está vendo? – sussurrou Flora. – É louca, a coitada.

– Conheceis o perigo da aliança entre as gotas de água e as gotas de sangue sob raios solares incidentes em uma casca de abóbora na qual desabrocha uma violeta. É o que modifica os três pilares da realidade: a história, o espaço e o tempo.

– Ah, lá vem ela repetir esse enigma de novo! – disse Flora, irritada.

– O oráculo já nos havia dito. Eu que interpretei errado! Se prestarmos atenção, ele indica a presença das quatro Anmus. A união das gotas de água forma rios, mares e oceanos. São azuis, tanto quanto a *Anma Mentis*. A união das gotas de sangue é vermelha, bem como a *Anma Exponentia*. Os raios solares são amarelados, como a *Anma Impetus*. E a violeta é lilás, como a *Anma Mutatio*. Se elas forem unidas a uma superfície oriunda do Reino de Quini, representado pela cor laranja, ou pela abóbora, podemos concluir que a casca a que o enigma se refere é o peitoral da armadura de Cosmus! Esse peitoral, que Victor veste nesse momento, e que tem as marcas das quatro Anmus.

Victor arregalou os olhos, estupefato. A quínia ignorou sua reação e continuou:

– Talvez por isso você tenha conseguido ativar a *Anma Mentis* e Antuã e Flora não.

– Para mim, isso é só uma desculpinha esfarrapada sua pra tentar defender esse sonso – resmungou Flora. – Então, me dá esse peitoral pra eu fazer o teste.

– Estimada Flora, peço para que não o faça. A *Anma Mentis* não é objeto para diversão e deve ser respeitada. Continue seu raciocínio, por obséquio, estimada Lis.

– A aliança, ou seja, união das quatro Anmus, forma a *Anmus Totius*. Uma criatura com tamanho poder pode alterar a realidade e o curso da história.

Alaxmaner, preocupado, falou:

– Ao que tudo indica, quem quer que esteja por trás das *Anmus* aparenta ter planos grandiosos e nefastos.

– Como você sabe? – perguntou Victor.

– Apenas deduzo. Pois não me parece apropriado beneficiar-se da autoestima dilacerada de uma criatura a fim de usá-la para alcançar seus próprios objetivos.

A chuva diminuía. Após um intervalo em silêncio, Alaxmaner continuou:

– E também acredito ter compreendido o motivo de termos sido condenados ao Vale dos Exilados.

– Pra quê fazer esse suspense todo? Joga na roda, pangaré! – pediu Flora.

– Creio que nós, eu, o estimado Joca, a estimada Flora e o estimado Antuã presenciamos fragmentos de fatos ou conversas em torno da procura das *Anmus*. Eles devem enviar para o Vale dos Exilados quaisquer criaturas que julgam ser um entrave para o encontro, ou mesmo, união delas. A conversa que presenciei na plantação e que o estimado Victor viu na mente do caro Rufélius de Magnum, a qual pensei ser sobre tributos, devem ter sido, na realidade, sobre a *Anma Mentis*. O estimado Joca pode ter presenciado, mesmo sem ter se atentado, a conversa entre dois ursos, que poderiam estar relacionados com a procura das *Anmus*. Além disso, o estimado Joca foi demitido durante o suspeito desmonte do sistema judiciário no Reino de Alba. A estimada Flora chegou a ter em mão um mapa do Grande Reino Unido de Crux todo riscado como se estivesse em busca de algo. É plausível que esse algo possa ser qualquer *Anma*. O estimado Antuã fez um serviço para uma Serva Real de Crux, entregando-lhe um embrulho que poderia conter muitas coisas, inclusive a própria *Anma Mentis*.

– Não. O conteúdo era muito mais leve, cavalo alado Alaxmaner.

– Compreendo. Entretanto, não se pode descartar que você pode ter se encontrado com essa mesma Serva Real de Crux que eu escutei e que o estimado Victor viu.

Antuã confirmou com a cabeça. Alaxmaner prosseguiu:

– Eles, por motivos óbvios, não conseguiram prever a aparição, misteriosa, talvez mágica, do estimado Victor no Vale dos Exilados. Menos ainda, imaginariam uma reunião espontânea das criaturas não transgressoras expatriadas. Isso dever ter desordenado seus planos e foram obrigados a se certificar se Victor estava em posse da *Anma Exponentia*.

Acredito que nós, os repatriados, somos também uma preocupação para eles. A princípio, o estimado Victor e a *Anma Exponentia* ocupam o topo dos receios. Não digo que essa é a realidade, é apenas uma hipótese.

– Eu tenho a sensação de que é isso mesmo. Pelos menos pelo que pude perceber pelos sentimentos de Rufélius – disse Victor.

– Ao que tudo indica frustramos, involuntariamente, os planos deles. Agora, temos que nos empenhar para continuar frustrando-os. Devemos impedi-los de formar a *Anmus Totius*. Temos a posse da *Anma Mentis*. Não sabemos o paradeiro das demais. Se devemos procurá-las ou se estão com eles.

Victor teve um estalo.

– Acho que eu senti, quando era Rufélius, que a única *Anma* que eles tinham era a *Mentis*. Mas, já estavam em busca das demais.

– Ótimo. Só precisamos encontrar mais três *Anmus*. E antes deles! – disse Antuã confiante.

– O Oráculo de Eurtha nunca mentiu. Os exílios aconteceram porque havia algum conhecimento sobre a busca das *Anmus*. E, assim que estivermos em posse da *Anmus Totius*, estaremos carregando a sua resposta, Victor. Seu bilhete de retorno para casa – disse Lis para Victor.

– Eu volto para casa e vocês se tornam livres! Para sempre! – exclamou Victor.

Todos se entreolharam sorrindo, inclusive Lis, mesmo que por apenas alguns instantes, e se abraçaram. Era uma grande vitória. Não estavam mais no breu total. Joca ofereceu melado a todos e disse, contente:

– Partiu?

Victor, de repente, parou de sorrir e olhou para Alaxmaner, que olhou para Antuã, que olhou para Flora, que olhou para Lis, que não olhou para ninguém, e fez Flora olhar para Joca, que já estava descendo o morro do Grande Voador.

– Joquinha, espera um segundo, fofo. Eu detesto ser estraga prazeres, mas pra onde iremos?

– Atrás das três *Anma* que *falta*, docinho! – respondeu o urso, animado.

– Sim, fofo, eu captei a ideia. Perguntei onde vamos procurar a próxima *Anma*?

O Grande Voador foi, novamente, tomado pelo silêncio e pela consternação. Decerto que não estavam no breu total, mas pareciam longe de estar com uma robusta tocha capaz de iluminar o caminho. Lis falou:

— Se fôssemos à biblioteca de Quini, poderíamos...

— Corta essa, bonitinha! Você não vem com essa ideia besta de biblioteca de novo! E minha rinite, como fica? E minha asma?

— Acredito que seja uma boa solução para nos trazer alguma pista de onde procurarmos. Existem livros e enciclopédias sobre a formação do Grande Reino de Crux.

— Humana Lis, eu acho que nós até podemos ir. Mas somente se não tivermos nenhuma outra opção, pois o Reino de Quini fica longe de tudo. Você não conseguiu acessar os planos do Rufélius, humano Victor? Seria mais fácil do que procurar em um monte de livros em um reino tão distante.

Victor tentou resgatar as memórias do cavalo alado branco e, lentamente, algumas ideias foram se encaixando:

— Eu me lembro de ter visto uma maquete de Crux. Tipo um mapa. Nessa maquete, a Serva Real de Crux indicava um trajeto do Reino de Magnum para o Reino de Mimus. Acho que a ideia era pegar a *Anma Exponentia* comigo e, em seguida, procurar a *Anma Mutatio*.

— Ou qualquer outra *Anma*, já que estavam procurando a *Anma Exponentia* no Reino de Magnum – disse Lis.

— Ótima observação, estimada Lis! – disse Alaxmaner. – Vamos, então, para seu Reino, estimado Antuã. Faria a gentileza de nos guiar?

— Claro, cavalo alado Alaxmaner! – respondeu Antuã.

— Pela Magia, que vamos sair do reino tedioso dos cavalos alados e ir para um pior ainda que é a cópia "curupezada" desse! – disse Flora ao apanhar a camisa de Victor do chão. – Mas, já que vamos, que tal estancar essa cachoeira "de gotas vermelhas" em cima do seu olho?

— Gotas de sangue, fada Flora – corrigiu Antuã.

— Eu lá te perguntei alguma coisa, curupê? Até a paz dos outros você rouba, é?

Flora fez um curativo usando algumas peças de roupa na cabeça de Victor, que agradeceu. Antuã e Lis retiraram as fantasias e colocaram no bolsão de Alaxmaner junto com as partes de armadura que Victor já havia tirado. Após colocar seu violão dentro do bolsão, o jovem perguntou

— Está muito pesado, Alaxmaner?

– Não tão difícil de transportar – disse o cavalo alado bastante ferido.

– Eu vou ficar com isso aqui, tudo bem? – disse Antuã segurando a *Anma Mantis* enrolada na atadura.

– Bom, a minhoca aí vai querer entrar na cabeça de todo mundo. O Joquinha só quer saber desse pote nojento. O panga já carrega muita coisa. A bonitinha, se colocar a *Anma* perto daquele emaranhado que ela chama de cabelo, ela vai sumir e ninguém nunca mais vai achar. Você é um pivete. Então acho que só sobra eu! A única maravilhosa, confiável e de cabelos hidratados do nosso grupo!

– Mas a maravilhosa e hidratada não tem bolsa ou bolso – respondeu Antuã.

– Quem disse que uma fada precisa de bolsa para guardar alguma coisa?

– Que tal se vocês dois se revezassem? – perguntou Victor.

– Acho desnecessário! – disseram Antuã e Flora ao mesmo tempo.

– Pelo menos vocês concordam em alguma coisa – brincou o jovem. – Não tem jeito. Vamos ter que revezar, cada dia um leva, tudo bem?

– Fazer o quê? – bufou Flora.

Alaxmaner pigarreou e falou:

– Uma vez que o impasse do transporte da *Anma* está resolvido, vamos ao Bosque Merigo. Creio que esse é o caminho mais rápido e seguro para adentrarmos no Reino de Mimos.

– Não sei se essa é uma boa ideia. É que em uma das lembranças, toda fronteira do Reino de Magnum era vigiada. Apenas uma parte estava mais vazia. Era bem à esquerda da maquete de Crux... era confuso, parecia um labirinto. Eu não sei muito bem.

– Você nos diz, estimado Victor, que o Labirinto das Perdições é a nossa única opção para chegarmos ao Reino dos curupês? – perguntou Alaxmaner.

– Pelo que estava na cabeça de Rufélius, é a menos vigiada.

O cavalo alado pensou por algum instante. Algo parecia tê-lo incomodado.

– Se é assim, é para lá que devemos seguir. Vamos repousar, ao clarear do dia, partiremos rumo ao Reino de Mimus – disse Alaxmaner.

– E nós *dorme* onde, com essa chuva toda? Na gruta? – perguntou Joca.

– Pode ser. Podemos esconder as fantasias por lá. Já estou vendo o urso Joca guardando as fantasias dentro da gruta e quase nos matando do coração! – brincou Antuã.

— Surtou, curupê? Nem pensar! Se você quiser, que se enfie lá para todo o sempre! Não vai fazer falta para ninguém! — disse Flora.

— Duvido, fadinha! De quem você iria reclamar o tempo todo?

— Criatura é o que não falta para se reclamar nesse mundo, esquentadinho. Você é só mais um — respondeu a fada dando um peteleco no chapéu kolage.

Alaxmaner abaixou-se para permitir que montassem nele, o que não aconteceu. Devido aos ferimentos por todo o corpo do cavalo alado, todos decidiram caminhar ao seu lado, menos Flora.

— Ué, docinho? *Ocê* não vem com *nós*?

— Pela Magia, Joquinha! Depois de salvar todo mundo eu mereço um refresco! Além do mais, sou leve como uma pluma e não vou fazer a menor diferença! Não é, panguinha?

— Nem sei! Depois do tanto que comeu na festa! — disse Antuã, rindo.

Ao iniciarem a caminhada, nenhum deles percebeu o estado de graça e euforia em que Victor se encontrava. Ele não via mais nada nem ninguém. Já podia sentir o cheiro da mãe, a voz da irmã, o carinho do pai. Seus pensamentos estavam perdidos em casa, quando Lis pigarreou e, num sobressalto, o trouxe de volta a Crux. A quínia falou, quase sussurrando:

— Desculpe.

— Não tem por que se desculpar, Lis. Você está bem?

— Acho que melhor que você, pois seu ferimento não para de sangrar. O sangue já manchou a vestimenta em sua cabeça. Creio que Flora deverá fazer um curativo medicinal em você assim que possível.

— Sim, é uma boa ideia. Vou falar com ela.

Victor acenou para Flora, que olhava, maliciosa, para os dois. Ele se afastou um pouco da quínia, que não percebeu, ou fingiu não perceber, o desconforto do jovem com os olhares da fada.

— Victor, desculpe minha indiscrição, mas gostaria de saber, caso seja possível, se você pôde entrar na minha mente durante a invasão mental de Rufélius. Quero dizer, quando você era ele e sabia de tudo que ele sabia.

Victor surpreendeu-se com a pergunta:

— Não, Lis, não entrei nem na minha! Engraçado! Ele bloqueou minha invasão logo depois que eu criava a sereia no meu pensamento, se eu bem me lembro. Se teve algo a mais, não me atentei, mas não sei como foi a invasão e nem o que se passava nas mentes de nenhum de vocês.

    Lis assentiu com a cabeça e se calou. Eles continuaram caminhando devagar, e Victor se questionou sobre qual o motivo de a quínia perguntar sobre a invasão da sua mente. Ele não queria mais duvidar dela, mas sua pergunta o deixou intrigado. Logo seus pensamentos voaram de volta para Vitória. Seu peito não se cabia em felicidade. Agora sim, havia algo de concreto para sonhar com seu retorno. Algo que lhe dava não mais uma centelha, mas labaredas de esperança, que ardiam e aqueciam seu corpo, sua mente e seu coração. Era sua combustão para sobrevivência e permanência, mesmo que transitória, nesse Reino, nem mais tão desconhecido, chamado Crux.

- editoraletramento
- editoraletramento.com.br
- editoraletramento
- company/grupoeditorialletramento
- grupoletramento
- contato@editoraletramento.com.br
- editoraletramento

- casadodireito
- editoracasadodireito.com.br
- casadodireitoed
- casadodireito@editoraletramento.com.br